KB152044

애국 살인

One, Two, Buckle My Shoe

Copyright ⓒ 1975 Agatha Christie Ltd.

Korean translation edition is published by arrangement with Agatha Christie Ltd., a Chorion group company.

이 책은 Agatha Christie Ltd., a Chorion group company와 적법한 계약을 통해 출간되었습니다. 저작권법에 의해 한국 내에서 보호를 받는 저작물이므로 무단 전재와 무단 복제를 금합니다.

AGATHA CHRISTIE MYSTERY AGATHA CHRISTIE MYSTERY AGATHA CHRISTIE MYSTERY AGATHA CHRISTIE MYSTERY AGATHA CHRISTIE MYSTERY AGATHA CHRISTIE MYSTERY AGATHA CHRISTIE MYSTERY AGATHA

애거서 크리스티 추리 문학 19

애국 살인

이가형 옮김

해문

■ 옮긴이 이가형

동경제국대학 불문과, 미국 윌리엄스 대학 수학. 전남대학교, 중앙대학교, 국민대학교 교수 역임. 한국영어영문학회, 한국추리작가협회 회장 역임. 국민대학교 대학원장 역임

애국 살인

초판 발행일	1986년 08월 10일
중판 발행일	2009년 08월 24일
지은이	애거서 크리스티
옮긴이	이 가 형
펴낸이	이 경 선
펴낸곳	해문출판사
주 소	서울시 마포구 합정동 392-2 써니힐 202호
TEL/FAX	325-4721~2 / 325-4725
출판등록	1978년 1월 28일 (제3-82호)
가격	6,000원
ISBN	978-89-382-0219-2 04800 978-89-382-0200-0(세트)

※ 잘못된 책은 바꾸어 드립니다.

추리소설과 크림을 좋아하는

도로시 노스에게

하나, 둘, 내 구두를 채워라
셋, 넷, 문을 닫아라
다섯, 여섯, 막대기들을 주워서
일곱, 여덟, 똑바로 정돈하라
아홉, 열, 보기 좋게 살찐 암탉 한 마리
열하나, 열둘, 남자들은 찾아다닐 것
열셋, 열넷, 하녀들은 구애를 하고
열다섯, 열여섯, 하녀들은 부엌에 있고
열일곱, 열여덟, 하녀들은 기다리며
열아홉, 스물, 내 접시가 비었다…….

차 례

•등 장 인 물•

헨리 몰리— 잘 나가는 치과의사로 많은 유명 인사를 고객으로 두고 있다.

레일리— 몰리의 동업자, 몰리와 달리 약간 경박한 인물.

글레이디스 네빌 양— 몰리의 비서. 사건이 있던 날 거짓 전보로 오전에 출근하지 못했다.

세인즈버리 실 양— 인도에서 오랫동안 지내다 돌아온 중년 여인으로 어딘지 약간 맹한 구석이 있다. 항상 뭔가를 흘리고 다닌다.

앨리스테어 블런트— 영국에서 제일 큰 은행의 총수. 재벌인 레베카 아놀드와의 결혼으로 엄청난 재력을 가진 인물.

줄리아 올리베라— 앨리스테어의 처조카.

제인 올리베라— 앨리스테어의 손녀. 줄리아의 딸.

헬렌 몬트레서— 앨리스테어의 육촌 여동생.

앰브로이티스— 그리스인. 인도에 있다 돌아온 지 얼마 되지 않았다.

하워드 레이크스— 진보주의자로 제인과 만나고 있다.

반스 씨— 몰리의 고객으로 내무부에서 은퇴하고 한가하게 정원을 가꾸면서 지낸다.

프랭크 카터— 글레이디스 네빌의 약혼자. 평소 자신을 반대하던 몰리 박사를 싫어했다.

재프 경감— 런던경시청의 경감.

에르큘 포와로— 벨기에 출신 사립탐정.

하나, 둘, 내 구두를 채워라

1

아침식사 때, 몰리의 기분이 그리 좋은 것 같지 않았다. 그는 베이컨이 어떻다는 둥, 커피에는 지저분한 찌꺼기가 많다는 둥, 게다가 오트밀은 날이 갈수록 점점 형편없어져 간다는 둥 계속해서 불평을 늘어놓기만 했다.

몰리의 체구는 작은 편이었다. 하지만 그의 입은 단호해 보였고, 턱은 매우 사나워 보였다. 집안일은 그의 윗누이가 돌봐주고 있었는데, 그녀는 마치 여자 척탄병(擲彈兵; 적에게 폭탄을 던지는 병사)처럼 우람해 보였다. 동생을 유심히 바라보던 몰리 양은 혹 목욕물이 차갑진 않았느냐고 물었다.

마지못해 몰리는 괜찮았다고 대답했다. 그는 신문을 읽기 시작했다. 그러고는 무능한 정부가 이제는 바보짓까지 하는 모양이라고 하며 한마디 던졌다!

몰리 양은 나지막한 목소리로 말하고 있었는데, 정말이지 우아함이라고는 손톱만큼도 느낄 수 없는 그런 목소리였다. 그녀는 어떤 정부가 집권하든 그게 무슨 상관이 있느냐고 생각하는 그런 단순한 여자였다. 그래서 그녀는 도대체 정부의 현재 정책이 뭐가 우유부단하고 어리석으며, 또 왜 다음 선거에서 질 것이 뻔하다는 건지 설명해보라고 동생을 다그쳤다!

그런 문제들에 대한 자신의 견해를 충분히 설명한 뒤에, 몰리는 맛없는 커피를 두 잔이나 마셨다. 그제야 자기가 뭐가 그렇게 불만인지 털어놓았다.

"여자들은, 하나같이 똑같아요! 믿을 수 없는데다가 이기주의자들이라니까—도대체 의지할 수 없는 존재들이라고요."

"글레이디스 얘기니?" 몰리 양이 넌지시 물었다.

"방금 들은 얘긴데, 그녀의 아주머니는 뇌일혈을 일으키지 않았대요. 그러니까 그녀가 서머셋에 내려갈 이유는 하나도 없었던 거예요."

"네가 몹시 괴롭겠구나, 몰리. 하지만, 어쨌든 그것이 글레이디스의 잘못은 아니잖니?"

몰리는 침통한 표정으로 고개를 저었다.

"그녀의 아주머니가 뇌일혈을 앓고 있었다는 게 사실인지 아닌지 내가 어떻게 알아요? 이 모든 일이 그녀와 함께 싸돌아다니는 그 돼먹지 않은 젊은 녀석이 짠 것이 아니라고 내가 어떻게 확신할 수 있겠어요?"

"오! 아니야, 몰리. 나는 글레이디스가 그런 일을 꾸미리라고는 절대 생각지 않는단다. 너도 그녀가 매우 양심적인 여자라고 생각해 왔잖니."

"그건 그래요."

"그녀가 매우 지적이고 자기 일에 열성적이라고 네 입으로 말했었잖아."

"그래요 그래, 조지나 누님. 하지만, 그건 그 돼먹지 않은 젊은 녀석이 나타나기 전까지의 얘기지요. 글레이디스는 요즘 변했답니다—그것도 아주 많이요. 어딘가에 넋이 팔려 있고, 걸핏하면 신경질이나 내고, 이제는 뻔뻔스럽기까지 하던걸요."

"하지만, 헨리, 여자들이란 결국 누군가와 사랑에 빠지기 마련이란다. 그건 누구도 어떻게 해볼 수 없는 거야."

몰리는 화를 벌컥 내며 재빨리 말했다.

"그렇다고 해서 그녀가 맡은 비서 일에 지장을 준다는 건 말도 안 돼요. 더욱이, 오늘 같은 날은 눈코 뜰 새도 없이 바빴단 말이에요! 또, 환자 중 몇 명은 중요한 사람이었다고요. 정말이지 모든 일이 너무나 힘들어요!"

"내가 생각해도 네가 지금 매우 힘겨운 입장에 처해 있는 것 같구나, 헨리. 그건 그렇고, 이번에 새로 들어왔다는 사환 아이는 일을 잘하던?"

헨리 몰리는 무뚝뚝하게 대답했다.

"지금까지 써본 사환 중에서 가장 형편없어요! 글쎄 그 녀석은 환자 이름 하나도 제대로 기억하지 못하더라고요. 게다가 상스럽기 그지없는 태도하며……. 계속 그런 식으로 나가면 내쫓아 버리고 다른 애를 구할 생각입니다. 난 요즘의 우리 교육이 뭘 가르쳐 주는지 모르겠어요. 교육이라는 것이 기억은 고사하고 자기가 들은 단 한 가지의 일도 이해하지 못하는 멍청이로 만드는 것 같으니 말이에요."

그는 시계를 바라보았다.

"어쨌든 이제부터 다시 일을 해야만 하겠어요. 아침은 내내 쉴 틈도 없다니까요. 또, 그 세인즈버리 실이라는 여자가 통증이 몹시 심하다고 하니 어딘가에서 치료받을 수 있도록 조치해줘야겠어요. 일전에 내가 그녀에게 레일리를 만나보는 것이 어떻겠냐고 말해 주었는데, 그녀는 도무지 들으려고 하지도 않더군요……."

"저런, 그러면 안 되는데……."

조지나는 마치 동생의 비위를 맞추어 주려는 듯이 말했다.

"레일리는 유능한 의사랍니다. 두말할 필요도 없는 사람이에요. 그의 의사 자격증은 1급이며, 치료 방법 또한 최신이니까 말이에요."

"하지만, 그에게는 수전증이 있더구나." 몰리 양이 말했다.

"내가 보기에는 그는 알코올 중독인 것 같아."

몰리는 한바탕 크게 웃어젖혔다. 이제야 다시 기분이 좋아진 것이다.

"평소 때처럼 1시 30분에 샌드위치나 한 조각 먹으러 올라올게요."

2

사보이 호텔. 앰브로이티스 씨는 슬그머니 이를 드러내 놓고 웃으면서 이를 쑤시고 있었다. 모든 것이 매우 순조롭게 진행되고 있다.

오늘 일진도 평소와 마찬가지로 그럭저럭 괜찮은 편이었고, 더욱이 그 멍청한 암탉 같은 여자에게 내던진 친절한 몇 마디의 말이 그렇게 값진 결과를 가져온 걸 생각하면 생각할수록 그는 흐뭇해졌다.

'그래, 음덕(陰德)을 베푼다는 것은 괜찮은 일이지.' 하고 그는 생각했다.

늘 그는 친절한 마음씨를 갖고 있었다. 게다가 인자하기조차 하고! 장래에는 자신이 더욱더 인자하고 관대해질 수 있으리라고 생각했다. 자선을 베푸는 자신의 모습이 눈앞에 아른거렸다. 작달막한 디미트리……, 그리고 조그마한 레스토랑을 경영하는데 전심전력을 다하는 사람 좋은 콘스탄토포플루스. 그렇게 되면 사람들이 얼마나 놀랄까?

순간 앰브로이티스 씨는 몸을 움츠렸다. 이쑤시개가 그만 그의 잇몸을 찔렀던 것이다. 미래에 대한 꿈은 사라지고 이제 그는 코앞에 닥친 걱정에 휩싸였다. 그는 혓바닥으로 조심스럽게 상처를 문질러대고는 주머니에서 수첩을 꺼냈다. 거기엔 '정오. 퀸 샬로트가(街) 58번지'라는 글이 적혀 있었다.

그는 느긋했던 좀전의 기분을 되찾으려 애썼지만 별반 소용이 없었다. 그의 장밋빛 시계(視界)는 무미건조한 몇 마디로 축소되고 만 것이다.

'정오. 퀸 샬로트가 58번지.'

3

켄싱턴 남부의 글렌고리 코트 호텔. 아침식사는 이미 끝난 지 오래다. 라운지에서 세인즈버리 실 양은 볼리소 부인과 얘기를 나누며 앉아 있었다. 그들은 1주일 전 세인즈버리 실 양이 이 호텔에 도착한 다음 날, 가까운 테이블에 앉아 식사했던 것이 인연이 되어 이렇듯 친해진 것이다.

세인즈버리 실 양이 말했다.

"알다시피, 볼리소 부인, 이제는 정말 통증도 없답니다! 쿡쿡 쑤시지도 않고요! 내 생각엔 그 귀찮은 일을……."

볼리소 부인이 그녀의 말을 막으며 말했다.

"그렇게 어리석게 굴지 말아요, 세인즈버리 양. 귀찮더라도 치과의사한테 치료받는 게 좋을 거예요."

큰 키의 볼리소 부인이 그녀의 말을 막으며 나지막한 목소리로 명령하듯이 말했다.

세인즈버리 실 양은 마흔 살 남짓 되어 보이는 반백의 머리를 단정치 못하게 말아 올리고 있었다. 그녀의 옷은 특별한 모양새는 없었지만 그런대로 예뻐 보였다. 자그마한 코안경이 그녀의 코에서 계속 미끄러져 내리곤 했다. 그녀는 대단한 수다쟁이였다.

이제 그녀는 애원이라도 하듯이 말했다.

"하지만, 부인도 알고 있잖아요. 정말로 통증이라곤 전혀 없답니다."

"그런 말 말아요. 간밤엔 눈도 제대로 붙여 보지 못했다고 조금 전에 말했잖아요."

"그래요, 어젯밤엔 한숨도 잘 수가 없었답니다. 그래요, 그건 사실이지만 지금은 신경이 모두 죽어 버렸나 봐요."

"그렇다면 당신은 치과의사한테 더더욱 가봐야겠군요."

볼리소 부인이 딱 잘라 말했다.

"사실, 대부분의 사람들이 병원 가는 걸 미루고 싶어 해요. 하지만, 그건 겁쟁이 같은 행동이에요. 마음을 굳게 먹고 귀찮은 일을 끝내 버리는 게 더 나은 일이지요!"

뭔가 할 말이 있는지 세인즈버리 실 양의 입술이 씰룩거렸다. '그래요, 하지만 이건 당신의 치아가 아니잖아요!' 하고 말하고 싶었지만, 그것이 볼리소 부인의 기분을 상하게 하리라는 걸 그녀는 잘 알고 있었다.

"나도 부인의 생각이 옳다고 믿어요. 게다가 몰리 씨는 매우 세심하신 분이어서 어떤 환자라도 고통스럽게 만들거나 하진 않아요."

그녀는 이런 말밖에는 할 수가 없었다.

4

중역 회의가 끝났다. 회의는 무리 없이 진행되었다. 보고도 훌륭했다. 모든 사실들이 빠짐없이 보고되었다. 하지만, 민감한 새무얼 로더슈타인에게는 뭔지는 모르지만 회장의 태도에 전과 다른 미묘한 변화가 있다고 느껴졌다.

한두 번인가 무뚝뚝하고 신랄한 기운이 그의 목소리에 담겨 있었던 것이다. 하지만, 회의의 진행 과정에서 그가 그런 기분을 느끼게 만든 건 하나도 없었다.

어떤 남모르는 걱정거리가 있는 것일까? 하지만, 로더슈타인은 그런 비밀스러운 걱정거리로 고민하는 앨리스테어 블런트를 상상해볼 수가 없었다.

그는 사소한 감정에 좌우될 사람은 아니었기 때문이다. 그는 지극히 정상적이고 전형적인 영국인이었던 것이다.

로더슈타인은 간장(肝臟)이 나빴다. 그 때문에 자주 고통을 당해야만 했다.

하지만, 그는 앨리스테어가 간장이 나쁘다고 불평하는 것을 들어 본 적이 없었다. 앨리스테어의 건강은 사실 금융에 대한 그의 지력과 이해력만큼이나 이상이 없었다. 로더슈타인이 느끼고 있었던 것은 분명히 그의 나빠진 건강 상태 같은 건 아니었다. 왜냐하면 앨리스테어는 그지없이 평안한 생활을 하고 있었기 때문이었다.

하지만, 그의 태도에는 전과 다른 것이 분명히 있었다. 한두 번 앨리스테어는 두 손으로 턱을 받치고 앉아 있곤 했던 것이다. 그것은 그가 평소에 하는 행동이 아니었다. 또한, 그는 몇 번인가 멍한 사람처럼 보였다—그렇다. 그는 마치 넋 나간 사람과 같은 표정을 짓고 있었던 것이다.

사람들이 회의실을 나와 계단을 내려가기 시작했다.

로더슈타인이 말했다.

"실례인지 모르겠습니다만, 제 차로 모셔다 드릴까요?"

앨리스테어 블런트는 미소를 짓더니 고개를 저었다.

"내 차가 기다리고 있습니다." 그렇게 말하고서 그는 시계를 쳐다보았다.

"그리고 지금은 시내로 나가려는 게 아닙니다." 그는 발걸음을 멈췄다.

"사실은 치과의사와 약속이 있거든요."

로더슈타인의 궁금증은 이것으로 해결되었다.

5

에르큘 포와로는 택시에서 내려 운전사에게 차비를 내고는 퀸 샬로트가 58번지 건물의 벨을 눌렀다.

조금 뒤에 사환 유니폼을 입은 한 소년이 문을 열어 주었다. 얼굴에는 온통 주근깨투성이였는데, 머리카락은 붉은색이었다. 그래도 그의 태도는 성실한 편이었다.

에르큘 포와로가 물었다.

"몰리 씨는 안에 계신가?"

에르큘 포와로는 마음속으로 몰리가 외출을 했다든지, 오늘은 기분이 언짢아서 환자를 받지 않는다는 따위의 대답을 우스꽝스럽게도 기대하고 있었다. 하지만, 그런 생각은 쓸데없는 것이었다. 사환 아이가 안으로 들어가자 에르큘 포와로도 곧 뒤따라 안으로 발을 내디뎠다. 그러자 그의 뒤에선 돌이킬 수 없는 냉혹한 운명과 더불어 문이 쾅하는 소리를 내며 닫혀 버렸다.

"명함을 좀 주시겠습니까?" 소년이 말했다.

포와로가 그에게 명함을 주자 홀의 오른쪽 문이 활짝 열렸다. 그래서 그는 대기실로 발걸음을 옮겼다.

대기실 안은 고상한 여러 가지 가구들로 꾸며져 있었다. 하지만, 그런 것들이 에르큘 포와로에겐 이루 형언할 수 없을 만큼 음울한 분위기로 느껴졌다. 복제품이긴 했지만 반짝거리는 셰라턴식 탁자 위에는 신문과 정기간행물들이 반듯하게 놓여 있었다. 마찬가지로 복제품이긴 했지만 헤플화이트식 장식장에는 가볍게 은도금을 입힌 두 개의 촛대와 장식용 쟁반이 놓여 있었다. 벽난로 위에는 청동으로 된 괘종시계와 두 개의 청동 화병이 놓여 있었다. 그리고 파란색 벨벳으로 된 커튼이 창문에 드리워져 있었다. 의자는 붉은 새와 붉은 꽃이 새겨진 재코비언식 디자인으로 장식되어 있었다.

대기실에 앉아 있는 환자 중에는 군인처럼 보이는 사람도 있었다. 그는 흉포해 보이는 콧수염을 기르고 있었으며 얼굴에는 누런빛이 감돌았다. 그는 독이 있는 곤충이나 바라보는 듯한 시선으로 포와로를 노려보았다. 그는 총은 말고 살충제 분무기라도 있었으면 하고 생각하는 것 같았다.

포와로도 불쾌한 시선으로 그를 응시하면서 중얼거렸다.

'태어날 때의 고통조차 경험하지 못한 것처럼 불쾌하고 우스꽝스럽게 보이는 영국인도 있구먼. 세상에—.'

한참이나 포와로를 노려보던 그 군인 같은 사람은 타임스지(紙)를 집어들더니 포와로와 마주치는 것을 피하기라도 하려는 듯 의자를 돌리고서 이내 읽기 시작하는 것이었다.

포와로는 펀치지(紙)를 집어들었다. 그는 하나도 빼놓지 않고 읽어 내려갔으나 재미있는 기사는 하나도 찾아볼 수가 없었다.

사환 아이가 대기실로 들어오더니 이름을 불렀다.

"어로범비 대령님?"

그러자 군인처럼 보이던 그 신사가 자리에서 일어나 소년을 따라 나갔다.

포와로는 세상에 별난 이름도 다 있다고 생각했다. 바로 그때 대기실 문이 열리더니 서른 살쯤 되어 보이는 젊은 남자가 방으로 들어왔다.

그 젊은 남자는 뭐가 불안스러운지 잡지들의 커버를 가볍게 두드리면서 탁자 옆에 서 있었다. 포와로는 곁눈으로 그를 쳐다보았다. 험악하고 위험스럽게 생긴 젊은이이긴 했지만 살인 같은 걸 저지를 인물은 아니라고 포와로는 생각했다. 하지만, 그 남자는 지금껏 포와로가 잡아냈던 그 어떤 살인자보다도 훨씬 더 살인자 같은 인상을 풍기고 있었다.

사환 아이가 대기실 문을 열더니 허공에 대고 소리쳤다.

"피어러 씨!"

그 어정쩡한 발음을 자신의 이름을 부르는 모양이라고 판단하고 포와로는 자리에서 일어났다. 포와로는 소년을 따라 홀의 뒤쪽으로 가서 모퉁이를 돌아 조그마한 엘리베이터에 올라탔다. 소년은 2층에서 엘리베이터를 세웠다. 소년은 포와로를 데리고 복도를 지나 옆방으로 통하는 문을 열고 들어가 두 번째 문을 두드렸다. 그러고는 안에서의 응답도 기다리지 않고 그냥 문을 열고서 포와로가 들어갈 수 있도록 옆으로 비켜섰다.

포와로는 물이 흐르는 소리가 나는 곳으로 들어갔다. 그가 문 뒤를 돌아서 들어가니, 벽에 붙어 있는 세면대 앞에서 의사다운 기품으로 손을 씻는 몰리의 모습이 눈에 띄었다.

6

아무리 위대한 사람일지라도 살다 보면 굴욕스러운 순간이 있기 마련이다. 영웅도 그의 시종에게는 여느 사람과 다를 바 없다는 옛말도 있지 않은가! 그 속담에 '치과의사를 찾아가는 그 순간만큼은 누구도 영웅일 수 없다.'라는 금언을 덧붙여도 될 것이다.

에르큘 포와로는 이러한 사실을 누구보다도 잘 알고 있었다. 그는 자신을 대단한 사람으로 여기는 그런 사람 중 하나였다. 대부분은 그 누구보다도 뛰어난 에르큘 포와로였던 것이다. 하지만, 포와로도 바로 이 순간만큼은 어떤 면으로든 그런 우월감을 느낄 수가 없었다. 그의 사기는 완전히 떨어져 버렸다. 그저 치과의사의 의자를 두려워하는 평범하고 겁 많은 사람에 불과했다.

몰리가 손을 다 씻었다. 이제 그는 자신의 환자를 격려하는 의사다운 태도로 말했다.

"절기에 비해 요즘 날씨가 너무 따뜻한 것 같지 않습니까?"

천천히 그는 포와로를 정해진 지점—그 끔찍한 환자용 의자가 있는 곳으로 안내했다. 그러고는 능숙하게 의자 머리를 눕히더니 위아래로 움직였다.

에르큘 포와로는 깊게 숨을 들이마시고 발판에 올라선 뒤 의자에 앉았다. 그러고는 몰리의 능숙한 치료 솜씨에 머리를 내맡겼다.

몰리는 비위가 거슬릴 정도로 유쾌하게 말했다.

"선생님, 편안하신가요?"

풀죽은 목소리로 포와로는 그렇다고 대답했다.

몰리는 작은 탁자를 가까이에 끌어다 놓았다. 진찰용 거울을 집어들고 의료기구들을 점검하면서, 그는 일을 진행할 준비를 하고 있었다.

에르큘 포와로는 의자의 손잡이를 꽉 붙잡고 눈을 감은 채 입을 벌렸다.

"특별히 아픈 데가 있나요?" 몰리가 물었다.

입을 벌린 채로는 자음(子音)을 발음하기가 어려웠다. 그 때문에 뚜렷하지는 않았지만, 그런대로 특별히 아픈 곳은 없다는 뜻으로 몰리는 알아들었다. 사실 이것은 그의 깔끔한 성미 때문에 1년에 두 번씩 받는 치아 진찰이었다. 물론, 그 치아에 전혀 손을 대지 않을 수도 있다. 어쩌면 통증이 느껴지는 두 번째 어금니를 몰리가 그냥 지나쳐 버릴지도 모를 일이었다. 그럴 가능성도 있었다. 하지만, 실제로는 그런 일은 일어날 것 같지 않았다. 몰리는 매우 유능한 치과의사였기 때문이다.

무슨 말을 중얼거리며, 치아들을 두드려 보기도 하고 자세히 살펴보기도 하면서 몰리는 천천히 포와로의 치아 상태를 진찰했다.

"충전재가 약간 닳아서 떨어졌군요. 하지만, 심각할 정도는 아닙니다. 선생님의 잇몸이 아주 좋은 상태인 것을 보니 저도 기분이 매우 좋습니다."

이렇게 말하던 몰리는 뭐가 이상한지 말을 멈추고 탐침(探針)으로 치아를 눌러 보았다. 하지만, 이내 그 치아에 별 이상이 없다는 것을 알고서 계속 검사를 진행해 나갔다. 이제 그는 아래쪽 치아들을 진찰하기 시작했다.

하나, 둘, 세 번째 치아를 그냥 지나쳐갈까? 천만에, 그렇지 않았다.

당혹스런 기분에서 에르큘 포와로는 생각했다.

'제기랄, 결국 개가 토끼를 찾아냈군!'

"여기에 문제가 좀 있군요. 지금 아무런 통증도 느껴지지 않나요? 음, 정말 놀랐습니다."

다시 검사는 계속되었다.

마침내 몰리는 만족스러운 표정을 지으며 허리를 폈다.

"그렇게 심각한 문제는 없습니다. 다만 두 개의 충전재가 닳아 떨어졌고, 그 위쪽 어금니가 충치로 될 기미가 있을 뿐이니까요. 제 생각으론, 그 정도라면 지금 당장 끝낼 수도 있을 것 같습니다만."

그가 스위치를 켜자 이내 윙윙거리는 소리가 들렸다. 몰리는 드릴의 갈고리를 빼내고 조심스럽게 바늘 하나를 거기에 끼워 넣었다.

"아프면 언제든지 말씀해 주세요."

몰리는 짧게 말한 뒤 마침내 그 끔찍한 작업을 하기 시작했다.

하지만, 포와로는 손을 치켜들거나 찡그린다든가, 혹은 고함 따위를 지를 필요가 전혀 없었다. 포와로가 통증을 느낄 만하면, 바로 그 순간에 몰리는 드릴을 정지시키고, "헹구십시오."라는 짤막한 말을 했기 때문이다. 치아의 상처에 약을 좀 바르고 다시 새 바늘을 갈아 끼우고서 치료를 계속해 나갔다. 드릴로 치료할 때의 시련이란 고통이라기보다는 차라리 공포였다.

몰리가 충전재를 준비하는 동안 다시 대화가 시작되었다.

"오늘 아침에는 이 모든 일들을 저 혼자 해야 한답니다. 네빌 양이 외출했기 때문이지요. 선생님도 그녀를 기억하시겠지요?"

포와로는 잘 모르면서도 그의 말에 고개를 끄덕였다.

"그녀의 친척분이 아프다고 해서 시골에 내려갔거든요. 으레 바쁜 날이면 그런 일이 일어난다니까요. 오늘 아침엔 벌써 일이 산더미처럼 밀려 있답니다. 선생님 앞의 환자가 늦게 왔답니다. 그런 일이 생길 때면 몹시 화가 나지요. 왜냐하면, 그런 일 때문에 오전 시간이 몽땅 망쳐지거든요. 오늘도 그 때문에 선약이 없었던 여자 환자를 돌봐야 했습니다. 그녀가 몹시 고통스러워했으니까요. 저는 이런 일이 일어날 것에 대비해서 오전 중에 15분 정도는 비워둔답니다. 하지만, 지금은 그 때문에 더욱 바빠지게 되었답니다."

몰리는 천천히 살펴보면서 조그만 약연(藥硏)을 잘 갈았다. 그러고 나서 그는 계속 말을 이었다.

"포와로 씨, 그동안 제가 늘 생각해 왔던 사실을 말씀드려도 되겠죠? 큰 사람들, 다시 말해서 핵심 인물들은 언제나 시간을 잘 지킨답니다. 그 사람들은 결코 사람을 기다리게 하는 법이 없더군요. 시간관념이 정말 정확해요. 그리고 대실업가들도 마찬가지랍니다. 그런데 오늘 아침에 그런 요인 중 한 분이 여기 오시기로 되어 있답니다. 바로 앨리스테어 블런트랍니다!"

몰리는 의기양양한 어투로 앨리스테어 블런트라는 이름을 말했다.

양모로 된 몇 개의 타래와 혀 아래서 꼴꼴 소리를 내는 유리 튜브 때문에 포와로는 제대로 말도 못하고 그저 알아들을 수 없는 소리만을 웅얼거렸다.

앨리스테어 블런트! 요즘 세인들을 오싹하게 하는 이름이었다. 공작의 이름도, 백작의 이름도, 더욱이 총리의 이름도 아닌데. 그렇다. 그저 앨리스테어 블런트라는 평범한 사람의 이름이었다. 그의 얼굴은 일반 대중들에게 거의 알려지지도 않았다. 신문의 짤막한 기사에나 이따금 실리는 그런 사람이었다. 따라서 그는 세인의 구경거리가 될 만한 인물은 아니었다.

앨리스테어 블런트는 별로 특징이 없는 영국인이었다. 하지만, 그는 영국에서 제일 큰 은행의 총수였다. 다시 말해서 엄청난 재력을 가진 사람이었다. 그 때문에 그는 정부의 각료들에게 가타부타 말할 수 있는 인물이었던 것이다. 그는 조용하고도 검소하게 생활했으며, 공공단상 위에 나타나 연설을 하지도 않았다. 하지만, 그는 말로 표현할 수 없을 정도의 권력을 손에 쥐고 있었던 것이다.

포와로를 내려다보며 충전재를 다져 넣는 몰리의 목소리에는 여전히 앨리스테어 블런트라는 사람에게 경의를 표하는 기운이 역력히 나타나 있었다.

"언제나 그분은 자신이 약속한 시각에 정확히 오신답니다. 이따금 자기 차를 돌려보내고 사무실로 걸어서 돌아가기도 하지요. 정말 점잖고, 조용하고, 주적거리지 않는 사람이에요. 골프 치는 것을 좋아하고 정원을 돌보는데도 매우 열심이랍니다. 그 누구도 그런 사람이 유럽의 절반을 살 수도 있다고는 생각지 않을 거예요! 선생님이나 저 같은 사람들은 말입니다."

몰리가 이렇듯 무례하게 자신의 이름과 그의 이름을 연결해 부르자, 순간적이긴 했지만 포와로는 분노가 치밀었다. 몰리는 유능한 치과의사였다. 물론 그것은 사실이다. 하지만, 런던에는 그 말고도 유능한 치과의사는 얼마든지 있었다. 그러나 에르큘 포와로처럼 유능한 탐정은 결코 둘이 있을 수 없다고 그는 생각하고 있었던 것이다.

"자, 헹구세요, 포와로 씨." 몰리가 말했다.

"선생님도 아시다시피, 그것은 히틀러나 무솔리니 같은 그런 사람들에 대한 보복일 거예요."

두 번째 치아를 치료하면서 몰리는 계속해서 말했다.

"물론 우리가 그 문제에 대해 야단법석을 떨 필요는 없지요. 우리의 국왕과 왕비가 얼마나 민주적인지 한번 보세요. 물론, 공화주의적 사상에 익숙해져 있는 선생님과 같은 프랑스인들도……."

"나, 나는, 프랑스인……, 이 아니오. 나, 나는 벨기……, 에, 인이오."

"쯧쯧." 몰리는 애석하다는 듯이 혀를 차며 말했다.

"구강(口腔)을 완전히 말려야겠군요."

그는 포와로의 입속으로 뜨거운 공기를 무자비할 정도로 뿜어 넣었다. 그러고는 계속해서 말을 이었다.

"저는 선생님이 벨기에인인 줄은 몰랐습니다. 아주 흥미로운 사실이군요. 레오폴드 왕은 아주 훌륭하신 분입니다. 잘은 모르지만, 지금까지 저는 줄곧 그렇다고 들어왔습니다. 개인적으로 저는 왕정의 전통을 대단히 신봉하고 있습니다. 선생님도 아시다시피 왕정의 훈육이란 대단한 겁니다. 그들이 그 많은 사람의 이름과 얼굴을 기억하는 놀라운 방법을 생각해보세요. 물론 어떤 사람들은 그런 일에 선천적인 재능을 타고나기도 하지만—어쨌든 그것은 모두가 교육의 결과지요.

나 자신도 그런 일에 대해 선천적인 재능을 가진 편이랍니다. 사람들의 이름을 잘 기억하진 못하지만, 저 자신도 깜짝 놀랄 정도로 사람들의 얼굴은 절대 잊어버리지 않는답니다. 예를 들면, 일전에 어떤 환자가 왔었습니다. 그런데 저는 그 환자를 그전에 본 적이 있었지요. 하지만, 이름이 전혀 생각나질 않는 거였어요. 그래서 저는 이렇게 생각해보았습니다. '음, 전에 어디서 내가 이 사람을 만났었지? 잘 기억이 나질 않는데. 하지만, 곧 생각이 날 거야, 분명해.'라고 말입니다. 자, 다시 입 안을 헹구세요, 포와로 씨."

입을 헹구자 몰리는 날카로운 눈초리로 포와로의 입 안을 들여다보았다.

"좋습니다. 이젠 치료가 끝난 것 같군요. 입을 다무세요, 아주 천천히……. 편안하신가요? 충전재가 불편하게 느껴지지는 않습니까? 다시 입을 벌려 보세요, 포와로 씨. 좋아요, 이제 모두 정상적인 것 같습니다."

치료용 탁자가 뒤로 밀려나고 포와로가 앉아 있던 의자가 빙그르르 돌았다.

에르큘 포와로는 의자에서 내려왔다. 이제 그는 다시 자유로워진 것이다.

"그럼, 안녕히 가십시오, 포와로 씨. 아직 저희 집에서는 범인을 한 명도 못 찾아내셨나요? 저야 물론 그랬으면 합니다만."

포와로는 미소를 띠면서 대답했다.

"이곳으로 올라오기 전에는 모든 사람들이 범인처럼 보이더군요! 하지만, 이제는 사정이 달라지겠지요!"

"아하! 그렇겠군요. 치료받기 전과 받은 뒤에는 엄청난 차이가 있기 마련이니까요! 아무튼 우리 치과의사들도 이젠 전과 같이 무서운 사람들은 아니랍니다. 엘리베이터를 타고 내려가시도록 사환을 불러 드릴까요?"

"아니오. 고맙긴 하지만 나는 걸어서 내려가겠소."

"좋으실 대로 하십시오. 하지만, 엘리베이터는 계단 바로 옆에 있습니다."

포와로는 밖으로 나왔다. 그가 문을 닫자마자 이내 누군가가 다시 문을 두드리는 소리가 들렸다.

그는 계단을 두 단씩 건너 내려왔다. 그가 마지막 층계참에 다다랐을 때,

영국과 인도의 혼혈인 듯한 육군 대령이 눈에 띄었다. 포와로는 그가 조금도 기분 나쁘게 생기지 않았다고 아주 기분 좋게 생각했다. 그는 아마도 숱한 호랑이를 쏴 죽인 경험이 있는 명사수일 거라고 포와로는 생각했다. 그리고 대영제국의 정규 전초병으로서도 쓸모 있는 사람이라고 혼잣말로 중얼거렸다.

포와로는 모자와 지팡이를 가져가려고 다시 대기실로 들어갔다. 안절부절못하던 젊은이가 여전히 그곳에 있었기에 포와로는 약간 놀랐다. 그 젊은이 외에도 또 한 사람의 환자가 있었는데, 그는 필드지(紙)를 읽고 있었다.

포와로는 다시금 되살아난 친절한 마음으로 그 젊은이를 유심히 바라보았다. 하지만, 그는 여전히 매우 흉포하게 보였다. 그래도 그가 살인자는 아니리라고 포와로는 좋게 생각했다. 이 젊은이도 잠시 뒤 그 시련을 끝내고 나면 만면에 미소를 띤 행복한 표정으로 그 누구라도 좋게 생각하며 경쾌한 걸음걸이로 계단을 내려오겠지.

그때 사환 아이가 들어오더니 분명한 목소리로 말했다.

"블런트 씨!"

탁자 옆에서 필드지를 읽으며 앉아 있던 남자가 잡지를 내려놓고 자리에서 일어섰다. 그는 중간 정도 되는 키의 중년 남자였다. 뚱뚱하지도, 그렇다고 야위지도 않았으며 아주 세련된 옷차림을 하고 있었다.

그는 사환 아이를 따라 대기실 밖으로 나갔다.

영국에서 최고의 부귀와 권력을 누리는 사람 중 하나라—하지만 그도 역시 다른 사람들과 마찬가지로 치과의사한테 가야만 한다. 그리고 다른 사람들이 느끼는 것과 똑같은 기분을 느끼게 되겠지.

이런 생각들을 하면서 에르큘 포와로는 자신의 모자와 지팡이를 집어들고 문가로 갔다. 문을 열면서 그는 다시 한 번 그 젊은이를 돌아다보았다. 그러자 젊은이는 정말 지독한 치통을 앓고 있음이 분명하다는 생각이 느닷없이 포와로의 뇌리를 스쳐갔다.

홀로 나온 포와로는 거울에 자신의 얼굴을 비추어 보았다. 치료받는 동안 다소 볼품없어진 그의 콧수염을 매만지기 위해서.

그가 만족스럽게 콧수염을 가다듬었을 때, 엘리베이터가 다시 내려오더니 전혀 음정도 맞지 않는 휘파람을 불면서 사환 아이가 홀의 뒤편에서 나타났다. 포와로를 보자마자 그 소년은 황급히 입을 다물고 포와로가 나갈 수 있도록 현관문을 열어 주었다.

문을 나서자, 택시 한 대가 병원 앞에 멈춰 섰다. 택시 문이 열리면서 누군가의 한쪽 발이 밖으로 나왔다. 포와로는 은근한 호기심으로 그 발을 살펴보았다.

미끈한 발목에 고급스러운 스타킹을 신고 있었다. 못생긴 발은 아니라고 포와로는 생각했다. 하지만, 신발은 맘에 들지 않았다. 그것은 번쩍거리는 커다란 버클이 달린 새로 나온 가죽구두였다.

그는 설레설레 고개를 젓고는 중얼거렸다.

'세련되지는 않았어, 아주 촌티가 나니 말이야!'

그 발의 주인공인 여자가 택시에서 내렸다. 하지만, 택시에서 내릴 때 다른 쪽 발이 택시 문에 걸리는 바람에 커다란 버클이 떨어지고 말았다. 그것은 달랑달랑 소리를 내며 보도 위로 떨어졌다. 포와로는 용감하게 앞으로 뛰어가 버클을 집어들었다. 그러고는 허리를 굽혀 인사하고 버클을 그 여자에게 건네주었다. 세상에! 그녀는 마흔을 넘어 거의 쉰 살에 가까워 보이는데다가 코안경까지 끼고 있었다. 노란빛이 감도는 회색 머리는 제대로 빗지도 않은 것 같았으며, 온통 녹색인 옷은 그녀에게 전혀 어울리지도 않았다! 그녀는 포와로에게 감사하다고 말을 하다가 이번엔 코안경과 핸드백을 떨어뜨렸다.

조금 전과 같은 씩씩한 태도가 누그러지긴 했지만, 포와로는 여전히 공손하게 그것들을 집어서 그녀에게 건네주었다. 그녀는 퀸 샬로트가 58번지 건물의 계단을 올라갔다.

포와로가 팁이 인색하다며 역겨울 정도로 투덜대는 택시 운전사에게 물었다.

"이봐요! 내가 타도되겠소?"

"물론이지요." 택시 운전사는 퉁명스럽게 대답했다.

"나도 이제부터는 자유롭답니다." 에르큘 포와로는 말했다.

"이제는 걱정거리가 없다고요!"

그는 택시 운전사가 의심스런 눈초리로 자신을 바라보고 있다는 것을 의식했다.

"아닙니다, 기사 양반. 난 지금 술에 취한 게 아니라오. 나는 방금 치과의사한테 다녀오는 길입니다. 이제 앞으로 6개월 동안은 다시는 병원에 갈 필요가 없어서 이렇게 기분이 좋은 거요. 정말 생각만 해도 기분이 좋군요."

셋, 넷, 문을 닫아라

1

전화벨 소리가 울린 것은 3시 15분 전이었다. 에르큘 포와로는 맛있게 먹은 점심을 소화시키면서 느긋한 기분으로 안락의자에 앉아 있었다.

전화벨 소리에도 그는 까딱하지 않고 충실한 하인 조지가 전화를 받을 때까지 내버려두었다.

"누구지?"

그는 조지가, "잠깐만 기다려 주십시오, 선생님." 하고는 수화기를 내려놓자 그에게 물었다.

"재프 경감입니다, 주인님."

"그래?" 포와로는 수화기를 들어 귀에다 갖다댔다.

"여보세요? 자네로구먼. 요즘 어떻게 지내나?"

"당신은 어떻게 지내십니까, 포와로?"

"그저 그러네."

"오늘 아침에 당신이 치과 병원에 갔었다는 이야기를 들었는데, 그게 사실인가요?"

"런던경시청은 별걸 다 아는군!" 포와로가 중얼거렸다.

"당신을 치료한 의사가 퀸 샬로트가 58번지의 몰리라는 사람이었습니까?"

포와로의 목소리는 호기심으로 변했다.

"그렇다네. 대체 왜 그러나?"

"물론, 당신은 치료를 받으러 그곳에 갔겠지요, 맞습니까? 내 말은 당신이 그 사람을 깜짝 놀라게 만들, 뭐 그런 종류의 일 때문에 그곳에 간 건 아니냐는 겁니다."

"내가 그럴 리가 있나. 난 병원에서 치아 세 개에 충전재를 끼웠다네. 자네가 원한다면 보여 줄 수도 있어."

"당신에겐 그가 어떻게 보였습니까? 그의 태도에서 특별히 이상한 점은 없었습니까?"

"그렇다고 말할 수 있지. 그런데 도대체 무슨 일인가?"

재프의 목소리는 냉담하게 굳어져 있었다.

"당신이 나간 뒤 얼마 지나지 않아서 그가 자살했더군요."

"뭐라고?"

"내 말에 놀란 모양이죠?" 날카로운 목소리로 재프가 물었다.

"솔직히 말해서 그렇다네."

"그 말을 들으니 내 기분이 별로 좋지 않은데요……. 당신과 지금 좀 얘기를 나눴으면 좋겠는데. 당신이 이곳으로 와 줄 순 없겠습니까?"

"그곳이 어딘가?"

"퀸 샬로트가입니다."

"그래. 내가 곧 그리 가겠네." 포와로가 말했다.

2

58번지 건물의 문을 열어 준 사람은 경관이었다. 그는 조심스럽게 물었다.

"포와로 씨인가요?"

"그렇소. 내가 포와로요."

"경감님은 위층에 계십니다. 2층……, 선생님도 그곳을 아시겠지요?"

에르퀼 포와로가 대답했다.

"오늘 아침에 그곳에 갔었소."

2층 방에는 세 남자가 있었다. 포와로가 방에 들어서자 재프가 머리를 들고 그를 쳐다보았다.

"다시 만나게 되어서 반갑습니다, 포와로. 시체를 막 옮기려고 했었죠. 먼저 시체를 보는 게 좋겠지요?"

죽은 몰리 옆에 꿇어 앉아 사진을 찍고 있던 남자가 일어섰다.

포와로가 시체 앞으로 다가갔다. 시체는 벽난로 옆에 누운 채로 있었다.

몰리는 분명히 죽어 있었는데도 마치 살아 있는 것처럼 보였다. 그의 오른쪽 관자놀이 바로 아래에 새카만 구멍이 조그맣게 뚫려 있었다. 그리고 소형 권총이 그의 젖혀진 오른손 옆에 놓여 있었다.

포와로는 천천히 고개를 저었다.

"좋아. 이제 시체를 옮겨도 좋네." 재프가 말했다.

두 남자가 몰리의 시체를 들고 밖으로 나갔다. 방에는 재프와 포와로만이 남아 있었다.

"우리가 으레 하게 되는 일들은 모두 끝난 셈입니다. 지문 채취 같은 것 말입니다."

자리에 앉자마자 포와로가 말했다.

"좀 자세히 얘기해보게."

재프는 입술을 오므렸다. 그러고는 말하기 시작했다.

"그가 자신을 총으로 쏘았을 수도 있습니다. 그래, 자살했을지도 몰라요. 왜냐하면, 총에서 발견된 지문은 바로 그의 것이었으니까 말입니다. 하지만, 어쩐지 그런 추측만으로는 만족할 수가 없군요."

"그렇다면 자네가 만족하지 못하는 이유가 뭔가?"

"글쎄, 무엇보다 우선 그가 자살해야 할 이유가 뭔지 도대체 모르겠단 말입니다……. 그는 아주 건강한 편이었고, 돈도 적잖이 벌고 있었거든요. 게다가 걱정거리도 없었고요. 적어도 복잡한 여자관계는 없었단 말입니다."

재프는 얼른 조심스럽게 방금 자신이 말한 것을 수정했다.

"우리가 아는 한, 그는 여자 때문에 골머리를 앓지는 않았어요. 기분이 언짢아 있었다거나 크게 낙심한 적도 없었고요. 평소와 조금도 다르지 않았답니다. 이런 이유 때문에 나는 당신의 말을 듣고 싶었던 겁니다. 오늘 아침 당신이 그 사람을 만났었다니까, 당신이 뭔가 눈치 채지는 않았을까 해서 말입니다."

포와로는 고개를 저었다.

"아닐세. 나는 아무것도 눈치 채지 못했다네. 그는, 뭐라고 얘기해야 좋을까. 그래, 지극히 정상이었거든."

"그렇다면 일이 더 이상하지 않습니까? 어떤 경우든 한창 바쁜 근무 시간에 자살한다는 건 상식적으로 생각해볼 때도 이해하기 어려운 일이 아니겠습니까? 왜 저녁까지 기다리지 않았을까요? 일이 다 끝나고 나서 저녁 시간에 자살했더라면 이해하기가 훨씬 쉬웠을 텐데 말입니다."

포와로도 그의 말에 동의했다.

"이 비극이 일어난 건 언젠가?"

"정확한 시간은 말할 수가 없습니다. 총소리를 들었다는 사람이 아무도 없어서요. 내가 생각하기에도 총소리를 듣기는 어려웠을 겁니다. 왜냐하면 이 방과 복도 사이에는 문이 두 개나 있는데, 그 문들의 가장자리에 베이즈(테이블보나 당구대용의 초록색 융단 같은 천)를 대 놓았기 때문이죠. 아마도 치료를 받는 환자들의 고함이 새어나가지 못하게 하려고 해놓았던 것 같아요."

"자네 말이 매우 일리가 있군. 마취용 가스를 쐬게 되면 때때로 환자들은 커다랗게 고함을 지르거든."

"그래요. 그리고 바깥 거리에는 많은 차량이 지나다닙니다. 그러니 밖에서 총소리를 듣는다는 것은 여간 힘든 일이 아닐 겁니다."

"그런데 몰리 씨의 시체가 발견된 것은 언젠가?"

"1시 30분경입니다. 앨프리드 빅스라는 사환 말에 따르면 말입니다. 그 앤 여러모로 봐서 그다지 머리가 좋은 것 같진 않더군요. 12시 30분에 몰리 씨를 만나기로 했던 환자가 시간이 지나자 약간 짜증을 냈던 모양입니다. 1시 10분에 그 애가 위층으로 올라가 문을 두드려 보았다는군요. 하지만, 안에서 아무런 대답도 없었기 때문에 무턱대고 안으로 들어갈 수 없었답니다. 이미 몰리 씨에게서 몇 번이나 꾸지람을 듣곤 했기 때문에, 그 앤 혹시나 또 일을 그르치게 되는 건 아닌가 염려했던 거죠. 할 수 없이 그 아이는 다시 아래층으로 내려왔답니다. 그래서 기다리던 그 환자는 1시 15분에 화를 발끈 내면서 나가 버렸다더군요. 그 여자 환자를 탓할 순 없는 일이죠. 그녀는 무려 45분간이나 기다린데다가, 또 점심도 먹어야 했으니까요."

"그 여자는 누구였나?"

재프는 씁쓸한 표정으로 웃었다.

"그 사환의 말로는 셔티 양이라더군요. 하지만, 환자 명부에는 커비라고 쓰여 있더군요."

"그런데 이 병원은 어떤 절차로 환자들을 위층으로 안내하나?"

"몰리 씨가 다음 환자를 받을 준비가 되면 저기에 있는 부저를 누른답니다. 그러면 사환 아이가 환자를 위층으로 안내해 주게 되지요."

"그렇다면 몰리 씨가 마지막으로 부저를 눌렀던 건 언제였나?"

"12시 5분이었습니다. 부저 소리를 듣고 사환이 기다리던 환자를 위층으로 안내했답니다. 환자 명부를 보니 그 환자는 사보이 호텔에 묵고 있는 앰브로이티스 씨더군요."

포와로의 입가에 엷은 미소가 번졌다. 그는 혼잣말로 중얼거렸다.

"도대체 그 애가 어떻게 그런 이름을 만들어 냈는지 모르겠군!"

"그야 엉망으로 만든 거겠죠 뭐. 한바탕 웃고 싶다면 그 애를 불러서 그 이유를 물어보면 될 겁니다."

포와로가 말했다.

"그런데 앰브로이티스 씨가 이 병원을 나간 건 언제였었나?"

"그 애는 그를 배웅하지 않았다더군요. 그러니, 언제 앰브로이티스 씨가 갔는지는……, 꽤 많은 환자가 엘리베이터를 타지 않고 그냥 계단으로 내려간다더군요."

포와로는 고개를 끄덕였다.

계속해서 재프가 말을 이었다.

"하지만, 내가 사보이 호텔로 전화해봤습니다. 앰브로이티스 씨는 정말 세심한 사람이더군요. 그는 병원 현관문을 닫을 때 시계를 봤었는데, 그때가 12시 25분이었다고 했습니다."

"그 외 그가 특별히 중요한 얘기는 하지 않았나?"

"그렇습니다. 그저 그의 행동으로 봐서는 지극히 정상적이고 침착했었다는 정도였습니다."

"여보게." 포와로가 말했다.

"그렇다면 요지는 분명해진 것 같구먼. 12시 25분과 1시 30분 사이에 어떤 일이 일어났던 거야. 그리고 어쩌면 12시 25분쯤 발생했을 가능성이 더 커."

"맞아요. 그렇지 않았다면……."

"그렇지 않았다면, 다음 환자가 올라오도록 벨을 눌렀을 테니까."

"바로 그겁니다. 사실 여부는 알 수 없지만 의학적 검증도 당신의 말과 일치하고 있어요. 이곳 관할 구역의 외과의사가 시체를 살펴봤거든요. 2시 10분에 말입니다. 그는 확실한 대답을 하지 않으려 하더군요. 요즘에는 개인마다 특성이 달라서 뭐라고 단번에 말할 수가 없다는 겁니다. 그렇더라도 몰리 씨는 1시 전에 죽은 것이 틀림없다고 말했습니다. 어쩌면 그보다 훨씬 이른 시각일지도 모른다고 하더군요. 하지만, 분명하게 얘기하려고 하지는 않았습니다."

포와로는 뭔가를 깊이 생각하면서 말했다.

"그렇다면 12시 25분까지 몰리 씨는 유쾌하고 예의 바르며 자신감에 가득 찬 정상적인 의사였다는 얘기로군. 그런데 그 시각 이후로는 어떻게 됐지? 절망하고, 시름에 잠겨서, 뭐라고 말하든 간에 아무튼 자살했다는 건가?"

"그게 참 이상합니다." 재프가 말했다.

"누가 생각하더라도 정말 이상하기 짝이 없는 일입니다."

포와로가 말했다.

"이상하다는 말은……, 적당한 말이 아닐세."

"나도 그 말이 대단히 부적당한 줄은 알고 있습니다. 하지만, 이런 일을 당하면 사람들은 으레 그렇게 말하지 않을까요? 아니, 차라리 별난 일이라고 할까? 당신 맘에 든다면 말입니다."

"권총은 몰리 씨의 것이었나?"

"아닙니다. 몰리 씨의 권총이 아니었어요. 권총 같은 것은 그에게는 없었다는군요. 전에도 권총을 소지한 적이 없었고요. 그의 누이 말에 따르면, 집에도 그런 건 없었다는 겁니다. 사실 집에 권총을 가지고 있는 사람은 흔치 않죠. 물론 권총으로 자살하고자 결심했다면야 어디서든 구입했을 가능성도 있겠지만. 만일 그랬었다면 얼른 그 권총의 출처에 대해 알아봐야 할 겁니다."

"달리 또 자네를 의심스럽게 만드는 것이 있나?" 포와로가 물었다.

재프는 코를 문질렀다.

"흠, 그래요. 그것은 바로 죽은 몰리 씨의 자세입니다. 나는 사람이 그런 식으로 넘어질 수 있다고는 생각지 않습니다. 쓰러져 있던 그의 자세는 결코 정상적인 상태가 아니었습니다! 그리고 양탄자 위 한두 군데에는 어떤 흔적이 있더군요. 마치 무슨 물건이 끌려간 것처럼 말입니다."

"그렇다면 그것이 결정적으로 뭔가를 암시해 주는 걸로 생각할 수 있겠군."

"그렇겠죠. 만일 그렇게 한 사람이 그 바보 같은 사환 아이가 아니었다면 말입니다. 나는 그가 죽은 몰리 씨를 발견하고는 그를 움직이려고 애쓰지는 않았을까 하는 생각이 들더군요. 물론 그 애야 이런 내 말을 부인했지만, 그때 그 앤 몹시 겁에 질려 있었을 겁니다. 그 애는 정말 바보 같은 녀석이더군요. 부주의로 늘 곤란한 처지에 빠지게 되고, 그래서 욕을 얻어먹고, 나중에는 거의 자동으로 거짓말이나 해대는 그런 녀석 같아요."

생각에 잠겨서 포와로는 방을 빙 둘러보았다.

문 뒤 벽에 붙은 개수대, 그 문의 다른 쪽 벽에 세워진 길쭉한 서류용 캐비닛, 환자용 의자, 그리고 창문 가까이에 가지런히 정리된 의료 기구들을 차례차례 바라보았다. 그러고 나서 포와로의 시선은 다시 벽난로를 따라 시체가 있던 곳에 머물렀다. 벽난로 가까이에 있는 벽에는 문이 하나 더 있었다.

재프도 포와로의 시선을 따라 방을 살폈다.

"저 문을 열면 조그만 집무실이 하나 있습니다."

그는 문을 활짝 열었다.

재프가 말한 대로 그 방은 책상 하나, 알코올램프가 있는 테이블, 찻잔, 그리고 의자 몇 개가 놓인 조그만 집무실이었다. 문 같은 것은 더 이상 없었다.

"이 방은 몰리 씨의 비서가 일했던 곳이라더군요." 재프가 설명해 주었다.

"그녀의 이름은 네빌 양인데 오늘은 외출 중인 모양입니다."

그의 두 눈이 포와로의 눈과 마주쳤다. 포와로가 말했다.

"몰리 씨도 그렇게 말했었네. 이제 생각이 났어. 어쩌면 이것도……, 그가 자살했을지도 모른다는 가정에 어긋나는 사실이 아닐까?"

"당신의 말은 누군가가 방해되지 않도록 그녀를 밖으로 나오게 했다는 얘긴가요?"

재프는 잠시 말을 멈췄다가 다시 이었다.

"만일 자살이 아니었다면, 당연히 그는 살해된 것이죠. 하지만, 그 이유가 뭘까요? 그런 추측도 그가 자살했으리라는 가정과 마찬가지로 거의 가능성이 없어 보입니다. 그는 남에게 전혀 해를 끼치지 않았던 사람 같더군요. 그렇다면 대체 누가 그를 살해하려고 했을까요?"

"과연 그를 살해할 만한 사람이 누구일까?" 포와로가 말했다.

재프가 대답했다.

"거기에 대한 대답은 간단해요. 누구라도 다 그럴 수 있었을 겁니다! 안채에 있는 그의 누이가 내려와서 그를 쏘았을 수도 있겠죠. 하인 중 한 명이 방으로 들어와 그를 쏘아 죽였을 수도 있고요. 그의 동료 의사인 레일리도 충분히 그럴 가능성이 있어요. 사환 앨프리드도 마찬가지이고. 또, 환자 중 누구라도 그를 죽일 수가 있었을 겁니다."

재프는 잠깐 동안 말을 멈췄다가 다시금 이렇게 말했다.

"그러니까 앰브로이티스 씨도 몰리 씨를 죽일 수가 있었을 겁니다. 다른 누구보다도 그가 살인하기란 손쉬웠을 테니까요."

포와로는 고개를 끄덕였다.

"하지만, 그런 경우라도, 우리는 살인의 동기를 찾아내야만 하지 않을까?"

"그렇죠. 다시 원점으로 돌아왔군요. 그 이유가 뭘까요? 앰브로이티스 씨는 사보이 호텔에서 묵고 있습니다. 하지만, 대체 무슨 까닭으로 유복한 그리스인이 아무 죄 없는 치과의사를 살해했을까요?"

"정말이지 바로 그것이 우리의 장애물이 되겠구먼. 살인의 동기라!"

포와로는 자신의 어깨를 으쓱해 보이곤 말했다.

"아무래도 죽음의 사신이 사람을 정말 잘못 선택한 것 같군. 알쏭달쏭한 그리스인, 엄청난 재력의 은행장, 그리고 유명한 탐정. 만일 이들 중 한 사람이 살해되었다면 얼마나 자연스러운 일인가! 왜냐하면 정체 모를 외국인들은 스파이 조직과 관련되어 있을 수도 있고, 부유한 은행가에게는 그의 죽음으로 으레 한몫 단단히 잡을 수 있는 인척들이 있기 마련이지. 그리고 명탐정은 범인들에겐 눈엣가시 같은 존재이니까 말이야."

"하지만 가엾은 몰리 씨는 그 누구에게도 눈엣가시 같은 존재는 아니었답니다."

재프는 침울한 목소리로 말했다.

"그건 알 수 없는 일일세."

잠깐 동안 포와로의 주위를 빙빙 돌던 재프가 다시 입을 열었다.

"지금 당신은 뭔가를 숨기는 모양이군요?"

"천만에, 전혀 그렇지 않다네. 나 혼자 그냥 해본 소리였어."

그는 몰리 씨가 사람들의 얼굴을 잘 알아보는 재주에 대해 몇 마디 했었으며, 그 예로 어떤 한 환자를 언급했었다고 재프에게 말해 주었다.

재프의 표정은 여전히 의혹으로 가득 차 있었다.

"그럴 수도 있겠군요. 하지만, 거기엔 좀 부자연스러운 데가 있는데요. 물론 어떤 사람이 자신의 정체를 숨기고 싶어 했을지도 모르지만 말입니다. 오늘 아침에 당신의 눈길을 끈 환자는 없었나요?"

포와로는 마치 중얼거리듯 말했다.

"대기실에 어떤 젊은이가 있었는데, 솔직히 말해 살인자 같은 인상이더군!"

재프가 깜짝 놀라서 말했다.

"그게 무슨 말이죠?"

포와로는 미소를 지었다.

"여보게, 재프. 하지만, 그땐 내가 막 이곳에 도착했을 때라네! 난 그때 신경이 몹시 곤두서 있었거든. 게다가 이런저런 생각이 마구 떠오르고 말이야. 요컨대, 굉장히 언짢았던 걸세. 모든 것들이 내게는 불길하게 보였지. 대기실도, 환자들도, 그리고 계단에 깔린 양탄자조차도 말일세! 솔직히 말해서, 나는 그 청년이 심한 치통을 앓고 있었을 거라고 생각하네. 그게 전부야!"

"당신이 무슨 말을 하는 건지 알겠어요." 재프가 말했다.

"하지만, 우리는 용의자란 용의자는 일단 모조리 조사해봐야 합니다. 또, 이번 사건이 단순한 자살인지 아닌지에 관계없이 모든 사람들을 상세히 조사해 보는 것이 좋을 겁니다. 제일 먼저 우리가 해야 할 일은 몰리 양과 한 번 더 얘기를 나눠 보는 것이라고 생각하는데요. 나는 단지 그녀와 한두 마디 주고 받았을 뿐이거든요. 물론 이번 일이 그녀에게는 큰 충격이었을 겁니다. 하지만, 그녀는 쉽게 비탄에 빠져드는 그런 여자는 아니더군요. 지금 가서 그녀를 만나보시죠."

3

조지나 몰리는 큰 키에 차갑게 생긴 여자였다. 그녀는 두 남자가 하는 말을 듣고서 차례차례로 대답했다.

그녀는 다소 격양된 어투로 말했다.

"난 정말 믿을 수가 없어요. 내 동생이 자살하다니요. 정말 믿을 수 없는 일이에요!"

포와로가 말했다.

"그렇다면 당신은 그 반대의 경우라고 생각하시나요, 몰리 양?"

"선생님의 말씀은……, 피살을 뜻하는 건가요?"

그녀는 잠시 말을 멈췄으나 다시 천천히 잇기 시작했다.

"자살의 경우와 마찬가지로 내 동생이 피살되었을 가능성도 전혀 없답니다. 그건 사실이에요."

"하지만, 그럴 가능성도 있지 않겠습니까?"

"아니에요. 왜냐하면, 음, 무엇보다도 먼저, 내가 아는 것을 말씀드리지요. 다시 말해서, 내 동생의 심적 상태에 대해서 말이에요. 내가 알기론, 그 애에게는 마음에 걸리는 것이라고는 하나도 없었답니다. 나는 알고 있어요—그럴 이유가 없었어요. 몰리가 자살했어야만 할 이유가 조금도 없다는 사실을 난 알고 있어요!"

"당신은 오늘 아침, 그가 진료를 시작하기 전에 그를 보았나요?"

"그래요. 아침식사 때였습니다."

"그런데 그때 그는 평소와 달라 보이진 않던가요? 화를 내거나 하진 않았습니까?"

"그 애는 화가 나 있었어요. 하지만, 선생님이 생각하시는 그런 것은 아니었습니다. 그저 속이 상해 있었던 거예요!"

"왜 그랬나요?"

"그 애는 아침에 해야 할 일이 너무도 많았거든요. 그런데 그 애의 비서이자 간호사인 아가씨가 공교롭게도 그때 외출을 해서 병원에 없었답니다."

"그녀의 이름이 네빌 양 맞지요?"

"그렇습니다."

"평소에 몰리 씨를 위해서 그녀가 하는 일은 무엇이었나요?"

"그녀는 내 동생 앞으로 오는 모든 서신들을 처리하고, 진료 예약서도 정리하고, 환자들의 치아 상태를 기록한 모든 카드들을 보관하지요. 또, 의료 기구들을 소독하기도 하고, 몰리가 치료할 동안 충전재를 갈아서 건네주는 일도 하지요."

"그녀가 몰리 씨와 함께 일한 지는 얼마나 됐나요?"

"3년쯤 되었습니다. 그녀는 정말 믿을 만한 여자예요. 그래서 우리는 그녀를 아주 좋아합니다. 아니, 좋아했었답니다."

포와로가 말했다.

"당신의 동생 말에 따르면, 그녀는 친척분이 아파서 외출했다던데, 그게 사실인가요?"

"맞습니다. 네빌 양은 그녀의 아주머니가 뇌일혈을 일으켰다는 내용의 전보를 받았답니다. 그래서 아침 일찍 기차를 타고 시골로 내려갔어요."

"바로 그 때문에 몰리 씨는 그토록 속상해했던 게로군요?"

"그, 그래요."

몰리 양은 약간 주춤거리면서 대답했다. 하지만, 그녀는 서둘러 말을 이었다.

"그렇지만, 선생님. 내 동생을 그렇게 무감각한 사람으로 생각하시면 곤란합니다. 그 애가 그렇게 기분이 상했던 이유는 그때 네빌 양이……."

"어서 말씀해보세요, 몰리 양."

"예, 그때 몰리는 그녀가 거짓말을 했을지도 모른다고 했거든요. 오! 내 말을 오해하지는 말아 주세요. 나는 글레이디스가 그런 일을 하리라고는 생각지도 않습니다. 헨리에게도 그렇게 말을 했지요. 하지만, 문제는 그게 아니랍니다. 글레이디스가 어떤 좋지 않은 젊은이와 약혼하게 되었다는 것이 진짜 문제였지요. 헨리는 그 일을 몹시 못마땅하게 여겼답니다. 그래서 혹시 그 청년이 네빌 양에게 하루쯤 병원을 빠져나오라고 그녀를 유혹했을지도 모른다고 그 애는 생각했던 거예요."

"그럴 가능성도 있나요?"

"아니에요. 난 그럴 리가 없다고 확신해요. 글레이디스는 매우 양심적인 아가씨거든요."

"하지만, 그 청년이 그런 일을 제안했을 가능성은 충분히 있겠군요?"

"그럴 수도 있겠지요." 몰리 양이 코를 훌쩍거리며 대답했다.

"뭘 하는 청년이었나요? 그의 이름은 뭡니까?"

"카터랍니다, 프랭크 카터. 보험회사의 직원이었다고 알고 있습니다. 하지만 몇 주 전에 실직했고, 당분간은 새로운 일자리는 구하지 못할 것처럼 보이더군요. 헨리는 그가 파렴치한 난봉꾼이라고 말했었답니다. 나도 내 동생의 판단이 옳았다고 생각해요. 사실 글레이디스는 그 청년에게 저축했던 돈도 약간 빌려 주었답니다. 헨리는 그 일을 몹시 못마땅하게 생각한 거예요."

날카로운 목소리로 재프가 말했다.

"몰리 씨가 그 청년과 파혼하라고 그녀에게 얘기한 적이 있었나요?"

"맞아요, 내가 알기론 그런 적이 있었습니다."

"그렇다면 프랭크 카터라는 청년은 몰리 씨에게 원한을 가질 만한 충분한 이유가 있는 셈이군요."

여자 척탄병처럼 생긴 몰리 양은 억세게 말했다.

"터무니없는 말씀이로군요. 만일 선생님이 프랭크 카터가 헨리를 총으로 쏘아 죽였을 거라는 뜻으로 그런 말씀을 했다면 말이에요. 카터라는 젊은이를 조심하라고 헨리가 글레이디스에게 충고해준 건 사실이에요. 하지만, 그녀는 그 애의 충고를 받아들이지 않았어요—어리석게도 그녀가 프랭크에게 푹 빠져 있었기 때문이지요."

"당신이 생각하기에 몰리 씨에게 원한을 가질 만한 사람이 있습니까?"

몰리 양은 설레설레 고개를 저었다.

"그는 동료 의사인 레일리 씨와도 별 탈 없이 지냈었나요?"

"아일랜드인과 지내는 것 같았어요." 몰리 양은 신랄한 어투로 말했다.

"그게 무슨 말인가요, 몰리 양?"

"글쎄요. 대개 아일랜드인들은 흥분을 잘하고, 어떤 식으로든 야단법석 떠는 걸 즐기는 편이잖아요. 레일리 씨도 정치에 대해서 토론하는 것을 무척 좋아했습니다."

"그게 전부인가요?"

"그렇습니다. 레일리 씨는 여러 가지로 만족스럽지가 못한 사람이랍니다. 하지만, 치과의사로서 그의 능력은 아주 대단했습니다. 내 동생이 그렇게 말하곤 했지요."

재프가 계속 다그쳐 물었다.

"어째서 그가 만족스럽지 못한 사람이라는 건가요?"

몰리 양은 잠시 말을 멈췄다가 비꼬는 듯한 어투로 대답했다.

"그는 지나치게 술을 많이 마신답니다. 하지만, 이제 그 얘기는 그만두기로 하지요."

"그 때문에 레일리 씨와 당신의 동생 사이에 어떤 문제라도 있었나요?"

"헨리가 그에게 한두 번 충고했을 뿐입니다. 왜냐하면 치과 의술에서는……."

몰리 양은 마치 가르치듯이 말했다.

"손이 침착해야만 하거든요. 하지만, 술기운이 있는 호흡으로는 수술의 정확성을 기대할 수 없는 법이지요."

재프는 그녀의 말에 동의하는 뜻으로 머리를 끄덕이더니 물었다.

"몰리 씨의 금전 상황에 대해 우리에게 말씀해 주실 수는 없을까요?"

"헨리는 돈을 꽤 잘 벌었습니다. 그중의 일부는 저축했지요. 그리고 우리 둘 다 아버님으로부터 물려받은 재산이 조금씩 있었습니다."

기침 소리와 함께 재프가 중얼거리듯이 말했다.

"몰리 씨가 유언장을 남겨 놓았다는 사실을 알고 있는지 궁금하군요. 알고 있었나요?"

"그럼요. 게다가 그 유언장의 내용도 잘 알고 있습니다. 유언장에는 글레이디스 네빌에게 백 파운드, 그리고 나머지는 전부 내게 준다고 기록되어 있습니다."

"알았습니다. 이제……."

바로 그때 누군가가 거칠게 문을 두드렸다. 그러고는 문틈으로 앨프리드의 얼굴이 나타났다. 그 소년은 갑자기 고래고래 소리치더니 놀라서 휘둥그레진 눈으로 두 방문객을 샅샅이 훑어보았다.

"네빌 양이에요. 지금 돌아왔는데, 그녀는 굉장히 흥분해 있어요. 네빌 양이 이곳으로 들어와도 괜찮은지 물어보라고 해서요. 들여 보내도 괜찮은가요?"

재프가 고개를 끄덕였다. 그러자 몰리 양이 말했다.

"가서 네빌 양한테 이곳으로 오라고 말해라, 앨프리드."

"알았습니다."

앨프리드는 말을 마치고 밖으로 나갔다.

긴 한숨을 한번 내쉬더니 몰리 양이 또박또박 말했다.

"저 아이는 지독한 골칫거리랍니다."

4

스물여덟 살쯤 되어 보이는 글레이디스 네빌은 늘씬한 미인이었으나, 약간 힘이 없어 보였다. 첫눈에 그녀가 몹시 당혹스러워하고 있다는 걸 알 수 있었다. 동시에 그녀가 꽤나 능력 있고 지적인 여자라는 것도 알 수 있었다.

몰리의 서류들을 조사해봐야 한다는 구실로, 재프는 몰리 양의 양해를 구한 다음 네빌 양을 데리고 수술실 옆에 있는 조그만 집무실로 갔다.

그녀는 몇 번이고 소리쳤다.

"전 정말 믿을 수가 없어요! 몰리 선생님이 그런 일을 당하다니, 정말이지 있을 수가 없는 일이에요!"

그녀는 그가 무슨 일로 난처한 지경에 빠져 있었다거나 걱정스러워 하는 기색을 보이는 따위의 일은 전혀 없었노라고 힘주어 말했다.

재프가 입을 열었다.

"당신은 오늘 병원에 없었다고 하더군요, 네빌 양……."

글레이디스는 그의 말을 가로막았다.

"그래요. 하지만, 그 일은 어떤 파렴치한 사람이 꾸민 장난이었어요! 그런 식으로 장난을 치다니, 정말 어처구니가 없어요. 그런 사람들은 도저히 이해할 수가 없어요."

"그게 무슨 말인가요, 네빌 양?"

"글쎄, 아주머니에게는 아무 일도 없지 뭐예요. 그렇다고 전보다 나아진 것도 아니지만요. 아주머니는 제가 그곳에 그렇게 갑작스럽게 나타난 걸 보고 어이없어하셨답니다. 물론 아주머니가 괜찮은 것을 보고 한시름 놓긴 했지만요. 그렇지만, 괜히 헛수고했다는 생각이 들자 미칠 것만 같았답니다. 누군가가 장난으로 전보를 보내서 저를 골탕먹이고 모든 일을 엉망진창으로 만든 거예요."

"지금 그 전보를 가지고 있나요, 네빌 양?"

"아뇨. 역에서 내버렸던 것 같아요. 전보에는 '간밤에 아주머니께서 뇌일혈을 일으켰습니다. 급히 이곳으로 와주십시오.'라고 적혀 있었습니다."

"저, 네빌 양."

재프는 일부러 헛기침까지 해가면서 짐짓 조심스러운 투로 말했다.

"그 전보를 보낸 사람이 혹 당신의 친구인 카터 씨는 아닌가요?"

"프랭크 말씀이세요? 도대체 뭣 때문에 그 사람이 그런 짓을 했겠어요? 오! 선생님이 무슨 뜻으로 그런 말씀을 했는지 알겠어요. 우리 둘이 그 일을 꾸몄다는 말이지요? 아니에요. 정말이랍니다. 선생님, 우리는 그런 짓을 할 사람들이 아니랍니다."

그녀의 분노는 정말 대단했다. 그래서 재프는 그녀를 달래느라 약간 애를 먹었다. 재프가 오늘 아침 병원에 오기로 되어 있었던 환자들에 대해 묻자, 다시 그녀는 화를 가라앉히고 본래의 자신만만한 모습으로 되돌아왔다.

"그들 이름 모두 여기 있는 명부에 기록되어 있습니다. 이미 명부를 보셨겠지요? 저는 이 환자들에 대해서 대부분 알고 있습니다. 10시 정각에는 솜즈 부인이 오실 예정이었습니다—새 의치상(義齒床) 때문이랍니다. 10시 30분에는 그랜트 여사가 오셨을 거고요. 상당히 나이가 든 부인인데, 론즈 스퀘어에 살고 있지요. 그리고 11시 정각에는 에르큘 포와로 씨가 오셨군요. 그분은 정기적으로 병원에 오신답니다. 오, 바로 이분이 포와로 씨예요. 죄송합니다, 포와로 씨. 하지만, 지금 전 정신이 하나도 없답니다. 11시 30분에는 앨리스테어 블런트 씨가 오시기로 되어 있었습니다. 선생님도 아시다시피, 그분은 은행가이십니다. 그분의 진료 시간은 그리 길지 않았을 거예요. 왜냐하면, 포와로 씨를 치료하실 때 몰리 선생님이 이미 충전재를 준비해 놓으셨을 테니까요.

다음에는 세인즈버리 실 양입니다. 그녀는 특별히 전화로 예약했었답니다. 치통을 앓고 있어서 몰리 선생님이 치료해 주기로 했었지요. 그녀는 정말 대단한 수다쟁이랍니다. 한번 말을 시작하면 결코 멈추는 법이 없다니까요. 시시한 일도 법석을 떠는 그런 여자랍니다. 그리고 정오에는 앰브로이티스 씨가 오시기로 되어 있었고요. 이 병원에 처음 오시는 분인데, 사보이 호텔에서 예약을 했습니다. 평소에도 몰리 선생님은 상당히 많은 외국인과 미국인들을 환자로 맞으셨답니다. 그리고 12시 30분에는 커비 양이 오기로 되어 있었습니다. 워딩에서 이곳까지 올라온답니다."

포와로가 물었다.

"내가 병원에 도착했을 때, 마치 군인처럼 보이는 훤칠한 신사분이 있더군요. 그분은 누구였나요?"

"아마 레일리 선생님의 환자였을 거예요. 그 명부도 갖다 드릴까요?"

"그렇게 해주신다면 정말 고맙겠군요, 네빌 양."

몇 분이 지나기도 전에 그녀는 레일리의 환자용 명부를 가지고 돌아왔다.

그녀는 명부에 적혀 있는 이름들을 불러 주었다.

"10시 정각에는 베티 히스라는 9살 난 여자 애가 왔었습니다. 11시 정각에는 애버크롬비 대령이 왔었고요."

"애버크롬비라고!" 포와로는 중얼거렸다.

"역시 그 사람이었군!"

"11시 30분에는 하워드 레이크스 씨가, 12시 정각엔 반스 씨가 오셨습니다."

"이상이 오늘 아침 레일리 선생님께 오셨던 환자들입니다. 물론, 몰리 선생님만큼 그렇게 많은 손님이 레일리 선생님의 치료를 예약하지는 않는답니다."
"레일리 씨의 환자에 대해서 좀더 얘기해줄 수는 없을까요?"
"애버크롬비 대령은 상당히 오랫동안 레일리 선생님에게 치료를 받으러 왔습니다. 히스 부인의 어린애들도 마찬가지고요. 전에 이름을 들은 것 같긴 한데, 레이크스 씨나 반스 씨에 대해서는 아는 것이 없어서 뭐라 말씀드릴 수가 없군요. 선생님도 아시다시피, 병원에 오는 전화는 모두 제가 받기 때문에 환자들의 성함 정도는 대개 알고 있답니다."
재프가 말했다.
"우리가 직접 레일리 씨에게 물어보면 알 수 있겠지요. 가능한 한 빨리 그 사람을 만나보고 싶습니다."
네빌 양이 밖으로 나갔다. 그러자 재프가 포와로에게 말했다.
"몰리 씨의 환자 가운데 앰브로이티스 씨만 제외하고는 모두 오랫동안 그에게 치료를 받으러 다녔던 사람들입니다. 곧 앰브로이티스 씨를 만나서 얘기 좀 해봐야겠어요. 아주 흥미가 있을 겁니다. 사실상, 그는 생전의 몰리 씨를 본 마지막 사람인 셈이잖습니까? 그러니까 우리는 그가 마지막으로 몰리 씨를 보았을 때, 분명히 그가 살아 있었다는 점을 확인해 두어야만 합니다."
설레설레 고개를 저으며 포와로가 천천히 말했다.
"하지만, 먼저 이번 사건의 동기부터 밝혀야만 하네."
"알고 있습니다. 우리가 지금 봉착해 있는 난관이 바로 그것이니까요. 하지만, 우리 경시청에서 앰브로이티스 씨에 대해 뭔가를 알아낼 수 있을 겁니다."
그는 얼른 덧붙여 말했다.
"당신은 정말 생각이 깊군요, 포와로!"
"줄곧 내가 이상하게 생각했던 게 있네."
"그게 뭔데요?"
"왜 하필이면 경감인 자네였을까?" 포와로는 약간 미소를 지으며 말했다.
"무슨 말인지?"
"난 '왜 하필이면 경감인 자네였을까?'라고 말했네. 자네 같은, 자네 같은 높은 사람이 왜 이런 자살 사건을 수사 하는 건가?"

"솔직히 얘기해서, 난 그때 우연히도 이 근처에 있었거든요. 위그모어가(街)에 있는 레이븐햄 도박장에 말입니다. 정말 거기엔 굉장한 사기 시설이 갖춰져 있더군요. 그런데 그때 경시청에서 이곳으로 가보라고 내게 연락이 왔죠."

"왜 자네한테 경시청에서 전화했을까?"

"오! 그건 아주 간단합니다. 바로 앨리스테어 블런트 때문이었죠. 관할 경위가 그가 오늘 아침 이 병원에 온다는 정보를 받자마자 런던경시청에 연락했던 겁니다! 블런트 씨는 우리가 보호해야 할 그런 종류의 사람이거든요."

"자네의 말은 그를 없애 버리려 하는 사람이……, 있다는 건가?"

"그렇습니다. 무엇보다도 먼저 적군(赤軍)이 그럴 테고, 파시스트 당원들도 마찬가지죠. 블런트와 같은 사람들은 현 정부의 보호 아래에서 안전하게 지내고 있죠. 왜냐하면, 그들은 안전하고 보수적인 금융 체계를 세우기 때문이죠. 그래서 혹시나 그에게 어떤 불상사가 생길지도 모른다고 생각하고 경시청에서는 철저히 조사하도록 한 겁니다."

포와로는 고개를 끄덕였다.

"내가 짐작하고 있었던 게 바로 그것이라네. 그런데 내 생각으로는……."

그러고는 이렇게 말하면서 그는 커다랗게 손을 휘저었다.

"실수를 했을 것 같네. 목표는 앨리스테어 블런트였어. 그래, 그 사람이었을 걸세. 혹시, 이것은 좋지 않은 조짐의, 시작이 아닐까? 냄새가 나. 나는……."

그는 코를 킁킁거리며 냄새 맡는 시늉을 하고서 말했다.

"이 사건에는 거액의 돈 냄새가 나!"

"허 참, 당신은 너무 엉뚱한 걸 추측하는 것 같군요." 재프가 말했다.

"내 말은 불쌍한 몰리 씨는 이 잔악한 게임의 저당물에 지나지 않았다는 뜻일세. 아마도 그는 뭔가를 알고 있었을 거야. 어쩌면 그가 블런트에게 뭔가를 말했을지도 몰라. 그렇지 않으면 그가 그것을 블런트에게 말하는 것을 두려워하는 사람들이……."

그때 글레이디스 네빌이 방으로 들어왔기 때문에 그는 말을 멈췄다.

"레일리 선생님은 지금 이를 뽑느라 바쁘세요." 그녀가 말했다.

"10분 정도만 기다리시면 된다고 하셨습니다. 그래도 괜찮겠지요?"

재프는 괜찮다고 말했다. 얼마 지난 뒤 그는 사환 앨프리드와 다시 얘기를 나누고 싶다고 말했다.

5

앨프리드는 초조함과 들뜬 마음, 그리고 그 모든 일로 혼나지 않을까 하는 두려움 속에서 어쩔 줄 몰라 하고 있었다. 그가 이곳에 고용된 지는 이제 겨우 한 달이 좀 지났는데 그동안 그는 줄곧 변함없이 일을 서툴게 해왔었다. 그래서 계속 야단만 맞다 보니까 주눅이 들어 있었다.

"몰리 선생님은 평소보다는 약간 더 화나신 것처럼 보였습니다."

앨프리드가 대답했다.

"하지만, 그밖에는 별로 생각나는 것이 없어요. 저는 몰리 선생님이 스스로 목숨을 끊으리라고는 생각지도 못했답니다."

포와로가 중간에 끼어들며 말했다.

"오늘 아침에 있었던 일을 네가 기억할 수 있는 데까지 하나도 남김없이 우리에게 얘기해봐라."

포와로는 진지하게 말했다.

"너는 매우 중요한 목격자야. 그러니, 네가 기억해 내는 것들이 우리에겐 큰 도움이 될 수도 있는 거란다."

앨프리드의 얼굴은 이내 붉게 달아올랐고 그의 가슴은 한껏 부풀어 오른 것 같았다. 이미 그전에도 그는 재프에게 아침에 일어났던 일들을 간단히 얘기한 터였다. 이제 그는 낱낱이 말하겠다고 약속했다. 자기도 뭔가 중요한 일을 하고 있다는 자신감이 그를 뿌듯하게 만든 것이다.

"전 선생님께 뭐든지 말씀드리겠어요." 그가 말했다.

"어서 제게 무엇이든지 물어보세요."

"오늘 아침에 평소와 다른 일은 일어나지 않았니?"

잠깐 동안 생각하고 나서 앨프리드는 서운한 표정으로 말했다.

"아뇨. 평소와 조금도 다르지 않았습니다."

"낯선 사람이 이 집에 오진 않았니?"
"아뇨, 선생님."
"환자 중에서라도 낯선 사람은 없었니?"
"지금 환자들을 말씀하시는 거예요? 확실히는 모르겠지만 예약하지 않고 온 환자는 한 분도 없었습니다. 병원에 왔었던 환자들은 모두가 명부에 기록되어 있었습니다."
재프가 고개를 끄덕였다. 포와로가 물었다.
"누군가가 외부에서 집 안으로 들어올 가능성도 있지 않을까?"
"아닙니다. 그렇게 할 수는 없었을 겁니다. 열쇠가 없다면 말이에요. 아시겠어요?"
"하지만, 병원 밖으로 나가기는 손쉽겠지?"
"아, 그럼요. 손잡이를 돌려 밖으로 나간 다음 문을 닫기만 하면 되니까요. 대부분의 환자는 그렇게 한답니다. 제가 다음 환자들을 엘리베이터에 태워서 위층으로 가는 동안 계단으로 내려가는 환자들도 가끔 있답니다. 아시겠어요?"
"알았다. 이제는 오늘 아침 맨 처음으로 병원에 온 환자가 누구였고, 또 그 다음엔 누가 왔었는지 순서대로 말해다오. 만일 그들의 이름이 생각나지 않으면 어떻게 생겼는지만이라도 얘기해봐라."
앨프리드는 잠깐 동안 뭔가 생각하는 듯했다. 그러고는 천천히 말했다.
"조그만 여자아이를 데리고 어떤 부인이 오셨습니다. 레일리 선생님의 환자였지요. 그다음엔 몰리 선생님의 환자였는데, 소프라고 하든가 아무튼 그 비슷한 이름의 부인이 병원에 도착했답니다."
"아주 좋아, 어서 계속해봐라." 포와로가 말했다.
"조금 뒤에는 어떤 노부인이 오셨습니다. 아주 멋쟁이였는데, 다이믈러 차를 타고 왔답니다. 그녀가 나가고 나서 키가 큰 군인 한 분이 들어오셨습니다. 그리고 그분 다음에 바로 선생님이 오셨고요."
그는 포와로를 향해서 머리를 끄덕였다.
"그래."
"그다음에는 한 미국 신사분이 오셨지요……."

"미국인이라고?" 얼른 재프가 물었다.

"그렇습니다, 선생님. 젊은 사람이었습니다. 분명히 그 환자는 미국인이었어요. 그의 목소리를 듣고서 이내 미국인이라는 것을 알 수 있었지요. 그 사람은 너무 일찍 병원에 왔답니다. 원래 그의 진료 예약 시간은 1시 30분이었는데 말이에요. 게다가 더 이상한 일은 그 환자가 자기 진찰 시간까지도 지키지 않았던 거예요."

재프가 날카로운 목소리로 물었다.

"그게 무슨 말이니?"

"그 환자가 없어졌어요. 11시 30분에, 아니, 그보다 약간 늦은 11시 40분쯤 되었을 거예요. 그때 레일리 선생님의 벨이 울려서 전 그 환자를 데리러 대기실로 들어갔습니다. 하지만, 그는 이미 거기에 없었어요. 분명히 그 사람은 치료를 겁내고 그냥 돌아가 버렸을 겁니다."

그는 이해한다는 어투로 덧붙였다.

"가끔 그런 일이 있곤 하거든요."

"그렇다면 그는 내가 치료를 받으러 위층으로 올라간 직후에 간 게로구나?"

"그렇습니다, 선생님. 제가 롤스로이스를 타고 오신 신사분을 위층으로 안내했을 때, 선생님은 밖으로 나오셨지요. 와, 11시 30분에 블런트 씨가 타고 오신 그 차는 정말 멋지더군요. 그 뒤 저는 아래층으로 내려가 선생님을 배웅했죠. 또, 그때 여자 환자 한 분이 병원에 들어왔습니다. 무슨 버리 실이라든가 하는 여자였지요. 그리고 저는, 솔직히 말씀드려서 간식을 먹으러 부엌으로 달려갔었습니다. 그리고 거기 있는 동안 벨 소리가 났습니다. 레일리 선생님이 누르신 것이었지요. 그래서 곧장 위층으로 올라갔답니다. 아까 말씀드렸듯이, 그 미국 신사는 어디론가 빼소니치고 없었습니다. 전 선생님께 가서 그대로 말씀드렸습니다. 그랬더니 으레 하시던 대로 레일리 선생님은 약간 욕을 하셨답니다."

"계속 말해봐라." 포와로가 말했다.

"가만있어 봐요. 다음에 무슨 일이 있었더라? 아하, 그래, 그 실 양을 부르는 몰리 선생님의 벨 소리가 났었습니다. 제가 그 여자 환자를 엘리베이터에 태워 위층으로 안내하고 있을 때, 그 신사분은 밖으로 나와 돌아가셨습니다. 제가 다시 아래층으로 내려갔을 때, 두 남자분이 들어오셨습니다. 한 분은 자그마한 체구에 목소리가 깩깩 거리는 것처럼 우습게 들렸습니다. 하지만, 그분의 이름은 잘 기억나질 않습니다. 아무튼 그 환자는 레일리 선생님을 만나러 왔었죠. 그리고 다른 한 환자는 몰리 선생님과 예약을 하신 분이었는데, 꽤 뚱뚱한 외국인이었습니다. 실 양의 치료는 별로 오래 걸리지 않았습니다. 채 15분을 넘지 않았으니까요. 저는 그녀를 배웅하고 그 외국인 신사를 위층으로 안내했습니다. 다른 한 신사분은 오자마자 곧장 레일리 선생님께 안내해 드렸고요."

재프가 물었다.

"그렇다면, 넌 앰브로이티스라는 외국인이 병원 문을 나서는 걸 보지 못했겠구나?"

"예, 선생님. 전 그분이 나가시는 건 못 봤습니다. 틀림없이 그분은 혼자 돌아가셨을 거예요. 저는 방금 말씀드린 두 신사분이 돌아가시는 것도 역시 보질 못했는걸요."

"그럼, 정오부터 넌 어디에 있었니?"

"전 언제나 엘리베이터에 앉아 있는답니다, 선생님. 현관 벨 소리나 부저 소리가 날 때까지 기다리면서 말이에요."

"그런데 넌 뭔가 읽고 있지 않았니?" 포와로가 말했다.

다시 앨프리드는 얼굴을 붉혔다.

"책을 읽는다고 해서 별로 나쁠 건 없지 않겠어요, 선생님? 그것밖에는 제가 할 수 있는 일이 없으니까 말이에요."

"물론 그렇겠지. 그런데 무슨 책을 읽고 있었지?"

"전 《11시 45분의 살인》이라는 책을 읽고 있었습니다. 미국의 추리소설이지요. 선생님, 그 책은 정말 굉장히 재미있답니다! 모두 총잡이들에 대한 얘기예요."

포와로의 입가에는 희미한 미소가 번졌다. 그가 말했다.

"네가 있는 곳에서 현관문 닫히는 소리가 들리니?"

"환자가 나갈 때 말이에요? 아뇨, 전 누가 나가는지 잘 몰라요. 제 말은 문이 닫히는 소리를 확실하게 알아듣지 못한다는 거예요! 선생님도 아시다시피, 엘리베이터는 모퉁이를 약간 돌아서 홀 뒤편에 있잖아요. 하지만, 현관 벨 소리와 부저 소리는 엘리베이터 바로 뒤에서 울리기 때문에 분명히 들을 수가 있죠."

포와로는 고개를 끄덕거렸다. 재프가 물었다.

"그다음에는 무슨 일이 있었지?"

앨프리드는 온 힘을 다 기울여 기억해 내려는 듯이 이맛살을 찌푸렸다.

"마지막으로 셔티 양이 오셨습니다. 전 몰리 선생님의 부저가 울리길 기다렸습니다. 하지만, 아무런 소리도 들리질 않았어요. 대기실에서 줄곧 기다리던 그 여자분이 1시쯤 되자 화를 냈답니다."

"그전에 위층으로 올라가서 몰리 씨가 준비를 끝냈는지 알아봐야겠다는 생각은 들지 않았니?"

당치 않다는 듯이 앨프리드는 고개를 저었다.

"천만에요, 선생님. 저는 그런 일을 할 생각은 꿈도 꾸지 못했습니다. 왜냐하면, 저는 아직도 그 신사분이 몰리 선생님의 방에 계신 것으로 알고 있었기 때문입니다. 그래서 저는 선생님의 부저 소리를 기다려야만 했지요. 물론 몰리 선생님이 자살할 것을 알았더라면……."

앨프리드는 끔찍스럽다는 듯이 머리를 흔들었다.

포와로가 물었다.

"대개 환자가 아래층으로 내려가기 전에 부저가 울리니, 아니면 그 반대니?"

"사정에 따라 다르지요. 대부분은 환자가 계단을 내려갈 때쯤에 부저 소리가 나곤 했습니다. 제가 환자들을 엘리베이터에 태워 아래층으로 내려갈 때는 그 도중에 울리곤 했습니다. 하지만, 그 시간이 정해져 있는 건 아닙니다. 가끔 몰리 선생님은 몇 분 정도 지나서야 다음 환자를 부르시기도 하셨으니까요. 그리고 또 한창 바쁘실 땐 환자들이 방을 나서자마자 곧 부저를 누르기도 했지요."

"알았다." 포와로는 잠시 말을 멈췄다가 이내 계속이었다.

"앨프리드, 넌 몰리 씨의 자살로 몹시 놀랐겠지?"

"전 너무나 놀라서 까무러칠 뻔했습니다. 제가 아는 한, 선생님은 자살해야 할 아무런 이유가 없었으니까요!"

갑자기 앨프리드의 두 눈이 휘둥그레졌다.

"아! 혹시, 설마 선생님이 살해당했다는 건 아니겠지요, 그렇죠?"

재프가 미처 말을 꺼내기도 전에 포와로가 물었다.

"만일 몰리 씨가 살해당했다면, 넌 그렇게 크게 놀라지는 않을 것 같니?"

"글쎄요. 저는 잘 모르겠습니다, 선생님. 하지만, 도대체 누가 몰리 선생님을 죽이고 싶어 했겠어요? 몰리 선생님은……, 제 생각으론 지극히 평범한 분이셨습니다, 선생님. 정말 몰리 선생님은 살해당하신 건가요?"

엄숙한 표정을 지으며 포와로가 대답했다.

"지금 우리는 모든 가능성을 고려해봐야만 한단다. 바로 그렇기 때문에 아까 나는 네가 매우 중요한 목격자가 될지도 모르니, 오늘 아침에 일어났던 모든 일을 생각해 내야 한다고 말했던 거란다."

포와로가 힘주어 말했다.

다시금 앨프리드는 뭔가를 기억해 내려는 듯이 이맛살을 찌푸렸다.

"그밖에 다른 것은 생각이 나지 않아요, 선생님. 정말 이제는 기억이 나질 않아요."

앨프리드의 어조는 마치 애원하는 것 같았다.

"아주 잘했다, 앨프리드. 그렇다면, 오늘 아침엔 환자들을 제외하고는 낯선 사람이 이 집에 오지 않은 것이 틀림없겠지?"

"낯선 사람은 오지 않았습니다, 선생님. 단지 네빌 양의 남자친구가 병원에 찾아왔었을 뿐입니다. 그런데 그는 네빌 양을 만나지 못해 대단히 흥분했었답니다."

"그게 언제였지?" 날카로운 목소리로 재프가 물었다.

"12시가 조금 넘었을 때입니다. 네빌 양은 오늘 외출했다고 말했더니 그 남자는 몹시 화가 난 것 같았습니다. 제 말을 듣고는 잠시 기다렸다가 몰리 선생님을 만나보겠다고 하더군요. 그래서 전 몰리 선생님이 점심때까지는 매우 바쁘실 거라고 말해 주었지요. 하지만, 그는 '신경 쓰지 마. 그때까지 기다릴 테니까.'라고 말했답니다."

"그래, 정말로 그는 기다렸니?" 포와로가 물었다.

앨프리드의 두 눈에 놀란 빛이 완연히 드러났다. 그가 말했다.

"아차, 제가 미처 그것을 생각지 못했습니다! 그는 대기실로 갔습니다. 하지만, 나중에 보니 거기에 없더군요. 그는 틀림없이 기다리다가 지쳐서 나중에 다시 와야겠다고 생각하고서 돌아갔을 겁니다."

6

앨프리드가 밖으로 나가자 재빨리 재프가 말했다.

"저 애 앞에서 살인 운운한 것이 과연 현명한 일이었을까요?"

포와로는 어깨를 으쓱해 보였다.

"그럼, 나는 그렇게 생각하네. 오히려 그 얘기가 자극이 될 걸세. 그래서 전에는 무심코 보거나 듣고 넘긴 것들이 나중에 그 애 머리에 떠오르게 될지도 모르는 일이야. 그리고 앞으로 그 애는 여기에서 일어나는 모든 일에 좀더 주의를 기울이게 될 거야."

"그렇긴 하지만 이런 얘기가 너무 빨리 퍼지는 건 달갑지 않은 일이잖습니까?"

"여보게, 재프, 그런 일은 생기지 않을 걸세. 앨프리드는 추리소설을 많이 읽었다네. 그 애는 지금 범죄 사건에 홀딱 빠져 있어. 그러니, 설령 앨프리드가 지금은 모르고 무심코 지나쳐 버린 일들도 시간이 지나면서 범죄 사건에 대한 그 애의 왕성한 상상력으로 기억해 내게 될 걸세."

"글쎄, 당신의 말에도 일리가 있는 것 같군요, 포와로. 이제는 레일리 씨와 얘기를 해봐야겠어요."

레일리의 진료실과 집무실은 1층에 있었다. 그 방들은 위층의 방들과 크기는 비슷했지만 약간 어둠침침했으며, 설비들도 그다지 잘 갖춰진 것 같진 않았다.

레일리는 키가 크고 까무잡잡한 젊은 사람이었다. 빗질도 제대로 하지 않은 듯한 머리칼이 이마 위로 내려와 있었다. 하지만, 그의 목소리는 매력적이었고 두 눈은 매우 영민해 보였다.

"레일리 씨." 자신을 소개한 뒤에 재프가 말했다.

"우리는 당신이 이 문제에 도움이 좀 되어 주셨으면 합니다."

"그렇다면 선생님이 잘못 생각하신 겁니다. 저는 그렇게 할 수 없답니다."

레일리가 말했다.

"하지만 이 점만은 말씀드릴 수가 있겠군요. 헨리 몰리는 스스로 자신의 목숨을 끊거나 할 사람은 절대 아닙니다. 오히려 저라면 그럴지도 모르지만. 그는 아닙니다."

"왜 당신이라면 그럴 수 있었다는 건가요." 포와로가 물었다.

"저를 짓누르는 근심거리 때문이지요." 레일리는 대답했다.

"한 가지 예를 들면, 금전적인 문제도 거기 포함되지요! 지금까지 저는 제 수입에 맞춰서 지출할 수가 없었습니다. 하지만 몰리는 꼼꼼한 사람이었지요. 선생님이 아무리 알아본다 해도 그에게서 빚이라든가 금전적인 문제 따위는 찾아내지 못할 겁니다. 그건 분명해요."

"여자관계는 어땠나요?" 재프가 물었다.

"몰리가 말입니까? 그는 삶의 즐거움이라고는 전혀 모르고 살았답니다! 그는 자기 누이가 시키는 대로 그저 고분고분 말을 들었지요. 가엾은 사람이었습니다."

계속해서 재프는 그날 아침에 그가 만났던 환자에 대해서 자세히 얘기해 줄 것을 부탁했다.

"오, 제가 생각하기에 그들은 모두 정직하고 품행이 바른 사람들입니다. 처음엔, 베티 히스라는 귀여운 여자 아이가 왔었습니다—정말 예쁜 아이랍니다. 전 히스 씨 가족들을 차례대로 돌봐 왔습니다. 그리고 애버크롬비 대령이 오셨는데, 그분 역시 저의 오랜 고객이랍니다."

"하워드 레이크스 씨는 어떤가요?" 재프가 물었다.

레일리는 활짝 이를 드러내고 웃으며 말했다.

"오늘 진료 약속을 깨고 그냥 가버린 사람 말인가요? 그는 이 병원에 처음

온 사람이랍니다. 그러니 그에 대해서 제가 뭘 알겠습니까? 그는 오늘 아침 전화로 진료를 부탁했을 뿐입니다."

"어디에서 전화했는지 아시나요?"

"홀본 팰리스 호텔입니다. 제가 생각하기에 그는 미국 사람 같습니다."

"앨프리드도 그렇게 말하더군요."

"그랬을 겁니다." 레일리가 말했다.

"우리 앨프리드는 영화광이거든요."

"그리고 그 밖의 다른 환자들은 어떤가요?"

"반스 씨 말인가요? 그 사람은 작긴 하지만 아주 재미있는 사람이랍니다. 은퇴한 공무원인데 지금은 얼링가(街) 외곽에서 살고 있지요."

잠깐 동안 가만히 있던 재프가 다시 질문했다.

"네빌 양에 대해서 말씀해 줄 수 있나요?"

레일리는 눈썹을 치켜세우며 말했다.

"엷은 갈색 머리를 가진 예쁘장한 비서 말인가요? 그녀에 대해서라면 별다르게 얘기할 것이 없습니다, 선생님! 고인이 된 내 친구 몰리와 그녀와의 관계는 완벽할 정도로 깨끗했습니다. 그건 제가 보장할 수 있습니다."

"나는 그들 사이가 불순했느냐는 뜻으로 말한 건 절대 아닙니다."

약간 얼굴을 붉히면서 재프가 말했다.

"제 실수로군요." 레일리가 사죄하듯 말했다.

"제 음탕한 마음을 용서해 주십시오. 저는 선생님이 그녀의 정체를 밝혀내고 싶어 하시는 줄 알았습니다." 레일리는 불어를 섞어서 말했다.

"어쭙잖게 선생님 나라의 말을 지껄여서 대단히 죄송합니다."

그는 포와로를 향해 말했다.

"하지만 악센트는 괜찮죠? 신부에게 조금 배운 거랍니다."

레일리의 그런 경박스러운 태도가 재프의 마음에는 별로 들지 않았다.

"그녀와 약혼했다는 청년에 대해 조금이라도 알고 있는지요? 이름이 카터라고 알고 있는데요, 프랭크 카터."

레일리가 대답했다.

"몰리는 그 청년을 별로 탐탁지않게 생각했었지요. 그래서 네빌 양에게 그 청년과의 관계를 청산하라고 여러 번 설득하기도 했었답니다."

"그 때문에 카터가 화를 냈을 가능성도 있겠군요?"

"아마도 그 청년은 몹시 화가 났었을 겁니다."

유쾌한 목소리로 레일리가 재프의 말에 동의했다.

그는 잠깐 동안 말을 멈췄다가 다시 이렇게 말했다.

"실례지만, 선생님들이 조사하시는 이 사건의 방향은 타살이 아니라 자살 쪽인가요?"

이때를 기다렸다는 듯이 재프가 물었다.

"만일 이 사건이 타살이라면, 뭔가 하실 말이 있나요?"

"오, 아닙니다! 만일 이 사건이 타살이라면, 조지나가 살인자였으면 좋겠다고 생각했을 따름입니다. 그녀는 오로지 절제밖에 모르는 소름끼치는 그런 여자 중 한 사람이랍니다. 하지만, 그럴 리는 없겠지요. 도덕적으로 정직하기 그지없는 그녀니까 말이에요. 물론, 제가 위층으로 살금살금 기어올라가 내 오랜 친구를 간단히 죽일 수도 있었겠지요. 하지만, 전 그런 짓은 하지 않았습니다. 어쨌든 그가 자살했다는 건 여전히 믿을 수가 없습니다!"

잠시 뒤, 조금 전과는 전혀 다른 목소리로 그가 말을 덧붙였다.

"솔직히 말해서, 저는 이 일로 몹시 충격을 받았습니다……. 하지만, 그저 제 태도만으로 이런저런 판단을 내리지는 마십시오. 아시다시피, 제 신경과민 때문에 그런 것이니까요. 저도 몰리를 좋아했습니다. 그리고 앞으로는 그가 그리워지겠지요."

7

재프가 전화 수화기를 내려놓았다. 포와로를 향해 몸을 돌린 그의 얼굴은 다소 험상궂게 굳어 있었다.

"앰브로이티스 씨는 지금 대단히 몸이 불편하다는군요. 그래서 오늘 오후에는 아무도 만나고 싶지 않답니다. 하지만 그는 언젠가는 나를 만나야만 할 겁니다. 절대로 그는 내 눈을 속이고 달아나진 못해요! 만일 그가 도망칠 것을 대비해서 그를 추적할 수 있도록 사보이 호텔에 경시청 요원까지 투입시켜 놓았죠."

뭔지 골똘히 생각하면서 포와로가 말했다.

"자네는 앰브로이티스가 몰리 의사를 쏘았다고 생각하나?"

"모르겠어요. 하지만, 그는 생전의 몰리를 본 마지막 사람이었잖습니까? 게다가 처음 온 환자였고. 그는 12시 25분에 그 병원을 나갔다고 하더군요. 그리고 그때 몰리는 살아 있었을 뿐만 아니라 기분도 좋아 보였다는군요. 그런 그의 진술이 사실일 수도 있고 그렇지 않을 수도 있지요. 만일 그때 몰리가 살아 있었던 것이 사실이라면 우리는 그다음에 무슨 일이 일어났었는지 재구성해봐야만 할 겁니다. 그다음 진찰 시간까지는 5분 정도의 여유가 있었거든요. 그 5분 동안 누군가가 그 방으로 들어가서 몰리를 만났을 수도 있지 않을까요? 카터라면 어떨까요? 아니면 레일리? 대체 무슨 일이 일어났던 것일까요? 12시 30분에서 35분 사이에 몰리가 죽었다는 건 확실해요. 그렇지 않았다면, 그가 다음 환자를 데려오라는 부저를 눌렀거나 커비 양을 만나볼 수 없겠다는 전갈을 내려 보냈을 테니까 말입니다. 그래요, 두 가지 가능성이 있습니다. 다시 말해서, 몰리가 피살되었다는 것과 누군가가 그의 속을 뒤집어놓는 어떤 말을 했기 때문에 자살했으리라는 가능성 그 두 가지입니다."

그는 잠깐 동안 말을 멈췄다.

"몰리가 오늘 아침에 진찰했던 환자들을 모두 만나서 얘기해봐야겠습니다. 그가 환자 중 누군가에게 이 사건의 해결에 중대한 실마리가 될 수 있는 말을 했을 가능성도 있으니까요."

그는 시계를 쳐다보았다.

"앨리스테어 블런트 씨는 4시 15분경에 만나주겠다고 했습니다. 먼저 그 사람한테 가보시죠. 블런트 씨의 집이 첼시 강변도로에 있으니까, 그곳으로 가는 길에 세인즈버리 실이라는 여자도 만나볼 수 있을 겁니다. 나는 그 그리스인과 맞붙기 전에 가능한 한 모든 걸 알아낼 수 있었으면 좋겠군요. 그러고 나서 당신이 '마치 살인자처럼 보였다'라고 말한 미국인도 만나볼 생각입니다."

에르큘 포와로는 고개를 저었다.

"그는 살인자가 아니라네. 그저 치통을 앓고 있었을 뿐일세."

"여하튼 우리는 레이크스를 만나봐야 할 겁니다. 대충 줄잡아 말하더라도 어쨌든 그의 행동거지는 이상했어요. 그 외에도 네빌 양에게 왔다는 전보와 그녀의 아주머니, 그리고 그녀의 남자친구에 대해서도 역시 조사해봐야 할 겁니다. 모든 사실과 모든 사람들을 조사해봐야만 하는 거지요!"

8

앨리스테어 블런트는 결코 대중들에게 널리 알려진 인물은 아니다. 아마도 그가 너무 조용하고 소극적인 사람이기 때문에 그럴 것이다. 아니, 몇 년 동안 그의 활동이 왕으로서가 아니라 여왕의 남편으로서였기 때문일지도 모른다.

아놀드 가(家) 출신의 레베카 산스버라토가 런던에 왔었다. 그녀는 인생에 환멸을 느끼고 지쳐 버린 마흔다섯의 여자였다. 그녀의 양친은 모두 돈 많은 귀족 출신이었다. 어머니는 유럽의 명문 가문인 로더슈타인 가(家)의 여자 상속자였고, 그녀의 아버지는 아메리칸 뱅킹 하우스 오브 아놀드의 총수였다. 두 형제의 비극적인 죽음과 사촌의 항공기 사고로 레베카 아놀드는 그 엄청난 재산의 유일한 상속녀가 되었던 것이다. 그녀는 펠립 디 산스버라토 황태자라는 유명한 유럽의 한 귀족과 결혼했다. 3년 뒤 그녀는 이혼했고, 그녀는 그들 사이에 태어난 아이의 후견인이 되었다. 하지만, 그녀는 곧 다시 어떤 악명 높은 건달과 더불어 2년 동안 살았다. 그것 역시 불행한 생활이었다. 그리고 몇 년이 지난 뒤 그녀의 어린아이는 죽고 말았다. 연이은 고통으로 비탄 속에 잠겼던 레베카 아놀드는 드디어 자신의 뛰어난 재능을 금융계로 쏟아 넣었다. 금융에 대한 천부적인 적성이 역시 그녀의 핏줄 속에도 흐르고 있었던 것이다. 그녀는 아버지를 도와 은행업에서 경력을 쌓게 되었다.

아버지가 죽자, 그녀는 자기 몫이 된 엄청난 소유주로 금융계에서 계속 강력한 인물로 활약하였다. 그녀가 런던으로 온 어느 날, 런던 하우스의 한 말단 사원이 한 아름이나 되는 서류를 가지고 클래리지 은행으로 그녀를 찾아갔다.

그로부터 6개월 뒤 레베카 산스버라토가 거의 스무 살이나 연하인 앨리스테어 블런트와 결혼한다는 소식이 알려져 온 세상을 떠들썩하게 만들었다.

대부분의 사람들이 이 사건을 조롱했다—물론 찬사를 보내는 사람들도 있었지만, 레베카의 친구들은 그녀가 남자 문제에 관한 한은 어떻게 해볼 도리가 없는 바보라고 말했다. 그녀의 첫 남편은 산스버라토였지만, 새 남편은 이처럼 젊은 남자였다. 물론 그는 그녀의 돈만을 보고 결혼했던 것이다. 사람들은 이제 그녀가 두 번째 불행을 겪게 되리라고 말했다! 하지만, 놀랍게도 그들의 결혼은 성공적이었다. 사람들은 앨리스테어 블런트가 그녀의 돈을 가져다가 다른 여자들에게 뿌리고 다닐 거라고 장담했었다. 하지만, 그는 자기 아내에게 매우 헌신적이었다. 심지어 그녀가 죽은 지 10년이 지난 지금까지도 재혼하지 않은 것이다. 사람들은 그가 레베카의 막대한 유산으로 흥청거리고 놀면서 낭비해 버릴 것이 뻔하다고 생각했었는데 말이다. 그는 전과 다름 없이 조용하고 검소하게 생활했다. 금융에 관한 한 그의 재능 또한 그의 아내에 버금가는 것이었다. 그의 판단과 업무 처리는 아주 훌륭했다. 한마디로 말해서, 그의 능력은 조금도 의심할 여지가 없었다. 그는 아놀드와 로더슈타인의 거대한 사업을 오직 그의 능력만으로 지배했던 것이다.

그는 사교계에 나가는 일도 거의 없었다. 대신 켄트와 노포크에 각각 하나씩 별장을 두고, 그곳에서 주말을 보냈다. 하지만 그는 별장에서도 흥청망청 파티를 연다거나 하지는 않았다. 그저 재미없는 몇 명의 친구들과 함께 지낼 뿐이었다. 그는 골프를 좋아했고, 그런대로 잘 치는 편이었다. 그 밖에는 자기 집 정원을 가꾸는 데 지대한 관심을 쏟았다.

바로 이 사람이 살고 있는 집을 향해서 재프 경감과 에르큘 포와로는 꽤 낡은 택시를 타고 가는 중이었다.

블런트의 저택인 고딕 하우스는 첼시 강변도로에서 잘 알려진 건물이었다. 그 건물 내부는 단순하면서도 호화로웠다. 또한, 그다지 현대적인 건물은 아니었지만 매우 포근한 느낌이 드는 그런 집이었다.

앨리스테어 블런트는 약속 시간을 기억하고 있었다. 그는 연락을 받자마자 곧 두 사람을 맞아들였다.

"재프 경감님은?"

앞으로 나간 재프가 그에게 에르큘 포와로를 소개했다. 블런트는 흥미롭다는 듯이 그를 쳐다보았다.

"물론 당신의 성함은 익히 들어 알고 있습니다, 포와로 씨. 그리고 분명히, 어디에선가, 매우 최근에……."

그는 이맛살을 찌푸리며 말을 멈췄다.

포와로가 말했다.

"오늘 아침이었답니다, 선생님. 가엾은 몰리 씨의 병원 대기실에서 만났었지요."

앨리스테어 블런트의 이맛살이 펴졌다. 그가 말했다.

"그래요, 나는 어디선가 당신을 봤었다고 생각했습니다."

그는 재프를 향해 몸을 돌리며 말했다.

"내가 뭘 도와드리면 될까요? 불쌍한 몰리 씨의 얘기를 듣고 마음이 몹시 아팠답니다."

"무척 놀라셨던 모양입니다, 블런트 씨?"

"매우 놀랐습니다. 하지만, 그 사람에 대해서는 아는 바가 거의 없습니다. 그렇지만, 그가 자살할 사람이라고는 전혀 생각지 못했었는데요."

"그렇다면, 오늘 아침에 몰리 씨는 건강하고 기분도 유쾌해 보였다는 게로군요?"

"그래요, 나는 그렇게 생각했습니다."

잠시 말을 멈춘 앨리스테어 블런트는 마치 소년 같은 미소를 지어 보이며 계속해서 말했다.

"솔직히 말씀드리지요. 나는 치과의사에게 가는 것이 매우 꺼려지더군요. 게다가 치아를 파고 들어오는 그 무시무시한 드릴은 생각만 해도 끔찍하답니다. 그러니 그때는 사실 다른 곳에 신경 쓸 여유도 없었지요. 당신들도 아시다시피, 치료가 끝나고 자리에서 일어나 병원을 나설 때까지는 정말 나는 아무것도 생각할 수가 없었습니다. 하지만, 그때의 몰리 씨는 분명히 매우 자연스럽게 보였습니다. 그는 유쾌해 보였고, 환자 때문에 매우 바쁜 것 같았습니다."

"선생님은 그에게 자주 가시는 편인가요?"

"이번에 간 것이 세 번째 아니면 네 번째인 것으로 생각됩니다. 작년까지만 해도 내 치아에는 별문제가 없었습니다. 그런데 그 이후로 갑자기 나빠지기 시작한 것 같아요."

에르퀼 포와로가 물었다.

"선생님에게 몰리 씨를 추천해 주신 분은 누구였나요?"

블런트는 이맛살을 잔뜩 찌푸리고는 기억해 내려고 애를 썼다.

"가만있자, 생각이 날 듯한데……. 어떤 사람이 퀸 샬로트가의 몰리 씨에게 가보라고 말했었는데……, 잘 모르겠군요. 그 사람이 누구였는지는 생각나지 않는군요, 미안합니다."

포와로가 말했다.

"그 사람이 누구였는지 생각나는 대로 우리에게 알려주시겠습니까!"

앨리스테어 블런트는 이상한 눈초리로 그를 쳐다보았다. 그러고는 말했다.

"물론, 그렇게 하겠습니다. 그런데 왜 그러시죠? 그게 무슨 문제라도 되나요?"

"나는……." 포와로가 대답했다.

"그것이 매우 중요할지도 모른다는 생각이 들어서 그럽니다."

두 사람이 그 집의 계단을 내려오고 있을 때, 자동차 한 대가 집 앞에 멈춰섰다. 그것은 뼈대만 갖춘 스포츠카였는데, 커다란 바퀴만으로도 요리조리 잘도 굴러가는 그런 차 종류였다.

차를 세운 젊은 여자는 다리만 있는 사람처럼 보였다. 두 사람이 방향을 바꿔 길을 내려가고 있을 때 그 여자가 차에서 내렸다.

그녀는 보도에 서서 그들의 뒷모습을 바라보더니 갑자기 크게 소리치기 시작했다.

"여보세요!"

그 소리가 자기들을 부르는 것이라고 생각지 않은 두 사람은 그냥 계속해서 걸어갔다. 하지만, 그 여자는 계속 소리쳤다.

"여보세요! 저 좀 보세요! 거기 가시는 두 분!"

이윽고 두 사람은 발걸음을 멈추고 주위를 둘러보았다. 그 아가씨가 그들에게로 다가왔다. 그녀의 기다란 팔과 다리에 대한 인상은 여전했다. 그녀는 키가 크고 마른 편이었다. 사실 별로 예쁜 얼굴은 아니었지만 지성미와 생기가 넘쳐흐르고 있었다. 그녀의 피부는 햇볕에 그을려서 그런지 가무잡잡한 편이었다.

그녀는 포와로를 향해 말했다.

"전 선생님이 어떤 분인지 알고 있답니다. 사립탐정인 에르큘 포와로 씨죠!"

그녀의 목소리는 부드럽고도 나직했지만 미국식 억양이 약간 섞여 있었다.

"잘 부탁합니다, 아가씨." 포와로가 말했다.

그녀의 시선이 옆에 있던 재프에게로 향했다.

그가 말했다.

"재프 경감입니다."

그녀의 두 눈이 깜짝 놀란 듯 휘둥그레졌다. 그러고는 약간 헐떡이는 목소리로 말했다.

"선생님들은 여기에서 뭘 하고 계셨나요? 설마, 앨리스테어 할아버지에게 무슨 일이 생긴 건 아니겠죠, 예?"

포와로가 얼른 말했다.

"왜 그렇게 생각하나요, 아가씨?"

"아, 할아버지에겐 아무 일도 생기지 않았군요. 다행이에요."

재프가 포와로의 질문을 되풀이했다.

"왜 아가씨는 블런트 씨에게 무슨 일이 일어났었으리라고 생각했나요, 미스……?"

그는 그녀의 이름을 말하려다 멈췄다.

그녀가 덤덤한 태도로 대답했다.

"제 이름은 올리베라입니다. 제인 올리베라."

그렇게 말하고 난 그녀는 다소 믿기지 않는다는 듯 가볍게 웃었다.

"계단에 탐정 선생님이 계셨으니, 집안에 무슨 큰 변이 일어난 줄 알았죠. 으레 그렇게 생각하잖아요?"

"블런트 씨에게는 아무 일도 없었답니다. 이렇게 말할 수 있어 무척 기쁘군요, 올리베라 양."

그녀는 포와로를 똑바로 바라보며 말했다.

"그렇다면 무엇 때문에 할아버지가 선생님을 부르셨나요?"

재프가 대답했다.

"그게 아니라 우리가 블런트 씨를 찾아온 겁니다, 올리베라 양. 바로 오늘 아침에 발생한 자살 사건 때문이지요. 혹시 블런트 씨가 도움이 되진 않을까 해서 들러 본 겁니다."

그녀는 날카로운 목소리로 물었다.

"자살이라고요? 누가요? 어디에서 일어났는데요?"

"퀸 샬로트가 58번지에 사는 몰리라는 치과의사였습니다."

"오!" 제인 올리베라는 멍한 표정을 지으며 말했다.

"오—."

그녀는 이마를 찡그리며 앞을 응시했다. 그러나 전혀 뜻밖의 말을 꺼냈다.

"오! 아니, 그건 좀 이상한데요!"

그녀는 말을 끝내기가 무섭게 홱 뒤돌아서더니 두 사람 곁을 떠났다. 한마디 인사말도 없이 고딕 하우스의 층계를 뛰어올라가서는 열쇠로 문을 열고 그냥 집 안으로 들어가 버렸다.

"음!" 그녀의 뒷모습을 물끄러미 바라보면서 재프가 말했다.

"별난 일이로군!"

"재미있는 아가씨야." 포와로가 점잖게 말했다.

재프는 다시 옷매무시를 고쳤다. 그러고는 시계를 바라보고 근처에 지나던 택시 한 대를 세웠다.

"사보이 호텔로 가는 길에 세인즈버리 실 양을 만나볼 시간은 있겠군."

9

세인즈버리 실 양은 글렌고리 코트 호텔의 어둠침침한 라운지에서 차를 마시며 앉아 있었다.

그녀는 사복을 입은 경관이 나타나자 당황하는 기색이었다. 하지만, 그런 흥분은 낙천적인 기질에서 비롯된다는 것을 금방 알 수 있었다. 유감스럽게도 포와로는 그녀가 아직도 구두 버클을 채우지 않았다는 것을 알아차렸다.

"정말이지, 선생님."

세인즈버리 실 양은 주위를 두리번거리며 피리 소리 같은 목소리로 말했다.

"방해받지 않고 조용히 얘기를 나눌 만한 곳이 어딘지 모르겠군요. 그런 장소를 찾아내기가 어려운데요. 차 시간이라서 말이에요. 참, 선생님도 차 좀 드시지요. 그리고, 오, 선생님 친구 분도……."

"이분은 에르퀼 포와로 씨랍니다." 재프가 말했다.

"고맙지만 차는 사양하겠습니다, 부인."

"정말이에요?" 세인즈버리 실 양이 말했다.

"그렇다면 이쪽 분은, 선생님도 그런가요? 두 분 모두 차를 드시지 않겠다는 건가요? 그렇다면 할 수 없지요. 자, 사람들이 많긴 하지만 객실을 이용하는 게 좋을 것 같군요. 오, 저기 코너에 자리가 날 것 같아요. 저 구석진 곳 말이에요. 사람들이 막 일어서는군요. 저기로 가서 얘기를 나누는 것이……."

그녀는 다른 사람들과는 다소 멀리 떨어진 앨코브(벽을 움푹 파서 만든 방)로 두 사람을 안내했다. 그곳에는 소파 하나와 의자 두 개가 있었다. 포와로와 재프는 그녀의 뒤를 따라갔다. 포와로는 세인즈버리 실 양이 떨어뜨리고 간 스카프와 손수건을 주워들고 곧 뒤따라갔다. 그러고는 그것들을 그녀에게 되돌려주었다.

"오, 감사합니다. 제가 이렇게 정신이 없답니다. 자, 이제 경위님, 아니 경감님이라고 하셨죠. 그렇죠? 묻고 싶으신 것이 있으면 뭐든지 물어보세요. 정말 불행한 사건이었습니다. 가엾은 사람, 그에겐 뭔가 걱정스러운 일이 있었을 거예요. 이처럼 험한 세상에 살고 있다니!"

"당신에겐 그가 무슨 걱정이라도 하는 것처럼 보였나요, 세인즈버리 실 양?"

"글쎄요……."

세인즈버리 실 양은 한참 생각하더니 자신 없는 목소리로 대답했다.

"그런 것 같진 않았어요! 하지만, 그때 제가 알아차리지 못했을 수도 있습니다—그런 상황이라면 말이에요. 솔직히 말씀드려서, 저는 겁이 많은 편이랍니다."

세인즈버리 실 양은 약간 킥킥거리며 웃고는 새집처럼 엉망인 자기 머리를 가볍게 두드렸다.

"당신이 대기실에서 기다리고 있을 때 그곳에 누가 있었는지 말씀해 주시겠습니까?"

"가만있자, 그래요. 제가 그곳에 들어갔을 때, 어떤 청년이 있었습니다. 그는 몹시 고통스러워 보였어요. 혼자 뭐라고 중얼거리면서 잡지를 아무렇게나 넘기고 있었는데, 표정이 너무 일그러져 있었답니다. 그러더니 갑자기 자리에서 벌떡 일어나 밖으로 나가 버렸답니다. 정말 그 사람은 극심한 치통을 앓고 있었던 것이 분명해요."

"그렇다면 그가 대기실을 나가서 병원을 떠났는지 어쨌는지는 모르시겠군요?"

"그거야 내가 어떻게 알겠어요. 저는 그저 그가 더 이상 견디지 못하고 의사를 만나러 가는 것으로 생각했을 따름입니다. 하지만, 그 청년이 몰리 씨에게 간 것 같진 않아요. 왜냐하면, 바로 몇 분 뒤에 사환 아이가 저를 몰리 씨에게 안내해 주었으니까요."

"집으로 돌아가시기 전에 다시 대기실에 들르진 않으셨나요?"

"아니에요. 왜냐하면, 저는 위층으로 올라갈 때 이미 모자를 쓰고 있었답니다. 치료가 끝난 뒤에는 몰리 씨의 방에서 머리를 매만졌지요. 어떤 사람들은……."

자기 얘기에 열중하기 시작한 세인즈버리 실 양은 계속 말을 이었다.

"대기실에 모자를 두고 올라가기도 한답니다. 하지만 저는 절대로 그렇게 하지 않는답니다. 제 친구 하나가 그렇게 했다가 큰 봉변을 당한 적이 있었지요. 그 친구의 모자는 새로 산 것이었답니다. 그녀는 모자를 의자 위에 조심스럽게 올려놓고 치료를 받으러 갔었데요. 그리고 다시 대기실로 내려왔는데, 글쎄 어처구니없는 일이 벌어졌던 겁니다. 한 어린애가 그 모자를 깔고 앉은 바람에 모자가 그만 납작해지고 말았던 거죠. 그래서 그 모자는 더 이상 쓸 수가 없게 되었답니다! 완전히 찌그러지고 말았으니까요!"

"그것참 안된 일이었군요." 포와로가 공손하게 말했다.
"저는 전적으로 그 애 어머니에게 책임이 있다고 생각해요."
마치 재판이라도 하는 듯 세인즈버리 실 양이 말했다.
"어머니들은 항상 자기애들한테 눈을 떼서는 안 된답니다. 어린애들에게 어떤 악의가 있다는 건 아니지만, 그래도 항상 지켜봐야만 한다고요."
재프가 말했다.
"그렇다면 치통으로 괴로워하는 것 같다던 젊은이가 당신이 퀸 샬로트가 58번지에서 본 유일한 환자라는 건가요?"
"아니에요. 한 신사분이 계단을 내려왔답니다. 제가 몰리 씨에게 막 올라가려고 할 때, 그 사람은 밖으로 나갔지요. 오! 또 생각이 났습니다. 제가 그 병원에 도착했을 때, 매우 괴상하게 생긴 외국인이 밖으로 나왔습니다."
재프가 헛기침을 했다. 포와로는 엄숙한 표정을 지으며 말했다.
"그 사람이 바로 나였습니다, 부인."
"오, 맙소사!" 세인즈버리 실 양은 그를 자세히 들여다보고는 말했다.
"맞아요! 정말 미안합니다. 저는 약간 근시랍니다. 게다가 이곳은 너무 어둡고요."
그녀는 조리 없이 몇 마디 늘어놓다가 말꼬리를 흐렸다.
"그런데 이건 제 자랑 같습니다만, 솔직히 말해서 저는 사람들의 얼굴을 기억하는 데 뛰어난 재능을 갖고 있답니다. 하지만, 여기 불빛은 좀 어두워요, 그렇잖아요? 이런 어처구니없는 실수를 용서해 주시기 바랍니다!"
두 사람은 그녀를 진정시켰다. 재프가 물었다.
"혹시 몰리 씨가, 음, 고통스러운 일이지만 오늘 아침에 누구와 만나야 한다는 따위의 말을 하진 않았었나요?"
"그렇습니다. 몰리 씨는 그런 것에 대해 말한 적이 없었습니다."
"혹시 그가 앰브로이티스라는 환자에 대해 언급하지는 않았었나요?"
"아니오, 그런 적은 없었어요. 몰리 씨는 그런 얘기는 조금도 하지 않았답니다. 그저 치과의사들이 하게 마련인 말만 했을 뿐이랍니다."
바로 그 순간 포와로는 '입을 헹구십시오. 좀더 입을 벌려 보십시오. 이제 천천히 입을 다무세요.'라는 몰리의 말이 떠올랐다.

재프는 계속해서 질문하고 있었다. 그는 어쩌면 검시 재판에서 세인즈버리 실 양이 증언하게 될지도 모른다고 생각했던 것이다.

처음에는 어찌할 바를 모르고 비명을 질렀던 세인즈버리 실 양은 여러 가지 생각들을 떠올리면서 점차로 즐거워하는 것 같았다. 그녀는 재프의 교묘한 질문에 자신의 인생행로까지 털어놓게 되었다. 6개월 전에 그녀는 인도에서 영국으로 온 것 같았다. 그동안 그녀는 여러 호텔과 고급 하숙집을 전전하다가 지금은 글렌고리 호텔에 머물게 된 것이다. 이 호텔의 가정적인 분위기가 그녀의 마음에 꼭 들었던 것이다. 인도에 있었을 때 그녀는 대부분 캘커타에서 생활했는데, 그곳에서 선교 사업을 하면서 발성법을 가르치기도 했다.

"순수하고 올바르게 발음되는 영어가 매우 중요하답니다, 경감님."

세인즈버리 실 양은 약간 어색하게 웃고는 다시 새치름한 표정을 지으며 계속해서 말했다.

"저는 소녀 시절에 연극 무대에 선 적도 있답니다. 오! 물론 주역은 아니었지만 말이에요. 지방 극단이었지요! 하지만, 저는 커다란 야심이 있었답니다. 그래서 레퍼토리 극단으로 옮겼지요. 그 뒤로 저는 세계 순회 공연 길에도 올랐답니다. 셰익스피어, 버나드 쇼의 작품을 상연했었지요."

그녀는 한숨을 내쉬었다.

"우리같이 가엾은 여인들에게는 여린 가슴이 늘 문제랍니다. 여자들이란 감정에 좌우되기 마련이거든요. 저는 충동적으로 성급한 결혼을 했습니다. 후유! 우리의 결혼생활은 얼마 가지 못했답니다. 저는, 어처구니없게도 그만 사기를 당했던 겁니다. 그 이후로 저는 다시 제 원래 이름을 사용했습니다. 한 친구가 고맙게도 제게 자본을 약간 마련해 주었답니다. 그 덕분에 발성 학원을 시작하게 되었지요. 또한, 저는 아마추어 연극단도 설립했답니다. 우리에 대해서 난 신문의 논평을 선생님께 보여 드렸으면 좋겠군요."

하지만 재프는 그녀의 말이 거짓이라는 것을 이미 알고 있었다. 그래서 정중하게 사양해서 그녀의 체면을 살려 주었다.

세인즈버리 실 양은 마지막으로 이렇게 말했다.

"그리고 만일 제 이름이 신문에 나게 된다면(검시 재판에서의 증인으로요) 제 이름을 정확하게 표기해 주세요. 제 이름은 메이블 세인즈버리 실이랍니다. 메이블은 MABELLE로 쓰고 실은 SEALE로 표기한답니다. 그리고 기자들이 제가 옥스퍼드 레퍼토리 극단에서 '뜻대로 하세요.'에 출현했던 사실도 기록하고 싶어 한다면……."

"물론입니다, 그렇게 알려 주겠습니다."

재프 경감은 황급히 그 자리를 떠났다.

택시에서 그는 한숨을 내쉬며 이마의 땀을 닦아냈다.

"필요하다면 그녀 역시 조사해봐야 할 겁니다. 만일 그녀의 말이 모두 거짓이 아니라면 말입니다. 하지만, 난 그녀의 말을 믿을 수가 없어요!"

포와로는 설레설레 머리를 흔들었다.

"거짓말쟁이들은……, 그렇게 이치에 맞게 사정에 따라 상세히 얘기하진 않는다네."

재프는 포와로의 말을 받아 계속해서 얘기했다.

"나는 검시 재판에서 그녀가 꽁무니를 빼지나 않을까 걱정했었습니다. 대개 중년의 과부들은 약속을 잘 지키지 않거든요. 하지만, 그녀가 그렇게 관심을 나타낸 건 한때 그녀가 연극배우였다는 것으로 충분히 설명이 되는구먼요. 그녀는 남들의 시선을 끌고 싶어 하는 여자입니다!"

포와로가 말했다.

"자네는 정말 그녀가 검시 재판에 나와 주길 바라나?"

"반드시 그렇다는 건 아닙니다. 사정에 따라서는 그럴 수도 있다는 거죠."

그는 잠시 말을 멈췄다가 다시 이었다.

"나는 전보다 더 확신을 하게 되었습니다, 포와로. 이 사건은 자살이 아닌 것이 분명해요."

"그렇다면, 살해 동기는 뭐지?"

"지금 우리를 곤경에 빠뜨리는 것이 바로 그겁니다. 혹시 몰리가 앰브로이티스 씨의 외손녀를 유혹한 건 아닐까요?"

포와로는 아무 말도 하지 않았다. 그는 몰리가 요염한 눈을 가진 그리스 처녀를 유혹하는 모습을 그려 보려고 애썼다. 하지만, 섭섭하게도 도저히 상상해 볼 수가 없었다.

포와로는 몰리가 인생을 즐기지 않았다던 레일리의 말을 재프에게 상기시켜 주었다.

희미한 목소리로 재프가 말했다.

"오, 아닙니다. 살다 보면 어떤 일이 생길지는 아무도 모르는 겁니다!"

그는 만족스러운 표정을 띠며 다시 덧붙여 말했다.

"앰브로이티스와 얘기를 하고 나면, 현재 우리가 어디쯤 있는 건지 좀더 분명하게 알 수 있을 겁니다."

그들은 차비를 치르고 사보이 호텔로 들어갔다.

재프는 앰브로이티스 씨가 어느 방에 묵고 있는지 보이에게 물었다.

그러자 호텔 보이는 이해할 수 없다는 표정으로 두 사람을 바라보았다. 그러고는 말했다.

"앰브로이티스 씨라고요? 죄송합니다, 선생님. 지금은 그분을 만나실 수 없게 됐습니다."

"오! 아니야. 나는 그 사람을 만날 수 있네."

재프는 묵직한 목소리로 말했다. 그는 보이를 조금 옆으로 데려가 자신의 신분증을 보여 주었다.

보이가 말했다.

"아직 제 말을 이해하지 못하시는군요, 선생님. 앰브로이티스 씨는 30분 전에 돌아가셨습니다."

그 소리가 에르큘 포와로에게는 마치 천천히, 하지만 굳게 문이 닫히는 것처럼 느껴졌다.

다섯, 여섯, 막대기들을 주워서

1

다음날 재프가 포와로에게 전화를 걸었다. 그의 목소리는 격앙되어 있었다.

"틀렸어요! 모든 일이!"

"도대체 무슨 말이야, 재프?"

"몰리는 자살한 겁니다. 이제 자살 동기까지도 밝혀졌습니다."

"그게 뭔가?"

"조금 전에 앰브로이티스의 시신에 대한 의사의 검사 결과를 보았습니다. 당신에게 전문적인 용어들을 늘어놓지는 않겠습니다. 간단히 말해서, 그는 아드레날린과 노보카인(프로카인 하이드로클로라이드)을 과다 복용해서 사망한 겁니다. 내가 아는 바로는, 그것이 그의 심장에 약효를 발생해서 그만 죽게 된 거죠. 어제 오후에 전화했을 때, 별로 몸이 편치 않다던 그의 말은 진실이었던 겁니다. 포와로, 사정이 이렇게 됐습니다! 아드레날린과 프로카인은 치과의사가 환자의 잇몸에 주사하는 물질이랍니다—바로 국부 마취제죠. 몰리가 마취제를 지나치게 주사하는 실수를 저질렀던 겁니다. 앰브로이티스 씨가 병원을 떠난 뒤에야 자기가 어떤 실수를 저질렀는지 깨달은 몰리는 세상의 비난을 면치 못하리라고 생각하고 마침내 자살한 거죠."

"하지만 몰리에겐 권총이 없었잖나?" 포와로가 말했다.

"아뇨, 그가 권총을 가지고 있었을 수도 있죠. 가족이라고 해서 모든 걸 안다는 법은 없잖습니까? 전혀 생각지도 못했던 것을 발견하고 깜짝 놀라는 일들도 종종 있으니까요!"

"그래, 그건 맞는 말이야."

재프가 말했다.

"포와로, 이상이 내 생각입니다. 그 정도면 모든 일들이 논리적으로 완벽하게 설명된다고 생각하는데요?"

포와로가 말했다.

"여보게, 재프, 나는 그런 설명에 만족할 수가 없네. 일부 환자들에게 그런 국부 마취제가 치명적인 결과를 가져올 수도 있다는 사실을 나도 알고 있네. 아드레날린에 의한 부작용은 이미 잘 알려졌지. 그것이 프로카인과 혼합되면, 소량만으로도 유독 효과가 나타나게 된다는 것도 알고 있네. 하지만, 그 약을 사용하는 의사나 치과의사들은 그것 때문에 자살할 정도까지 걱정하지는 않는다네!"

"그래요. 하지만, 지금 당신은 그 마취제가 정량이 사용된 경우를 얘기하고 있는 겁니다. 그런 상황이라면 관련 의사에겐 아무런 책임도 없을 겁니다. 왜냐하면, 그런 경우엔 환자의 특이한 체질이 죽음의 원인일 테니까요. 그렇지만, 이번 일은 마취제가 과다하게 투약되었다는 것이 분명합니다. 마취제가 얼마만큼 투여됐는지는 아직 검출되지 않았습니다만—그것을 분석하는 데는 상당한 시간이 걸리는 모양입니다. 하지만, 시범 추출된 양만 해도 정상치보다 상당히 초과하였더군요. 그것만 봐도 결국 몰리가 투약 과정에서 실수했다는 것이 명백하게 드러난 셈이 아닙니까?"

"설령 그렇다 할지라도……." 포와로가 말했다.

"그건 실수에 불과한 걸세. 그러니 범죄와는 전혀 관계가 없단 말이야."

"그래요. 하지만, 그런 실수는 의사로서 그가 하는 일에 해가 됐으면 됐지 득이 될 수는 없잖습니까? 사실 그는 그 실수로 파산하고 말았을 겁니다. 정신을 딴 데 놓고 치명적이 될 정도로 극약을 주사하는 그런 치과의사에게 누가 가겠습니까?"

"솔직히 말해서 좀 이상한 일이야."

"그런 일들은 종종 일어난답니다. 의사들에게도, 그리고 약사들에게도 그런 일은 종종 발생하죠. 다년간 조심스럽게 일을 해서 신뢰할 만한 경력을 쌓았다가도 단 한 순간의 부주의로 그 같은 불행한 일이 생기면 그 사람의 공든 탑은 모두 무너지는 겁니다. 몰리는 몹시 감성적인 사람이었습니다. 일반 의사는 함께 비난받거나 책임을 걸머질 약사나 조제사가 있기 마련이죠. 그러나 이번 경우에는 책임이 전적으로 몰리에게만 있었던 거랍니다."

포와로가 말했다.

"혹시 그가 메시지 같은 걸 남기지는 않았을까? 그가 저지른 일을 적어 놓지는 않았을까? 나중에 닥쳐올 실수의 결과를 감당할 수 없었다고 적어 놓거나 한 것 말일세. 꼭 그런 얘기가 아니더라도 뭐 그와 비슷한 말이라든가 그의 누이에게 전하는 유언 따위를 남겨 두지는 않았을까?"

"음, 내 생각은 이렇습니다. 그는 어느 순간에 갑자기 자신의 실수를 깨달았을 겁니다. 그래서 그만 이성을 잃고 가장 빠른 방법으로 자살했을 겁니다."

포와로는 재프의 말에 아무런 대꾸도 하지 않았다.

재프가 계속해서 말했다.

"당신의 기분은 잘 압니다, 포와로. 당신은 이번 일이 살인사건이라고 확신했었으니까요. 그것이 살인사건이길 사실 지금도 바라겠죠. 당신이 그렇게 생각하게 된 데는 내 책임이 크다고 생각합니다. 그래요, 나도 그만 실수를 했던 모양입니다. 하지만, 나는 실수를 기꺼이 인정하겠습니다."

포와로가 말했다.

"그래도 난 이 사건을 다른 방법으로 설명할 수 있다고 생각하네."

"물론 얼마든지 여러 각도로 생각해볼 수 있겠죠. 나도 그동안 그런 가정들에 대해 생각해봤습니다. 하지만, 그런 것들은 모두가 지나치게 허황한 것뿐이었습니다. 가령 앰브로이티스가 몰리를 쏴 죽였다고 가정해봅시다. 그는 집으로 돌아와 양심의 가책으로 괴로워했을 겁니다. 그래서 몰리의 수술실에서 훔쳐온 극약으로 자살해 버렸을 수도 있습니다. 당신은 그런 일이 가능하다고 생각할지 모르겠지만, 나는 절대로 그렇게 생각지 않습니다. 런던경시청에서 앰브로이티스에 대한 기록을 대충 훑어보았습니다. 꽤 재미있더군요. 그는 처음엔 그리스에 있는 조그만 호텔에서 지배인으로 있었더군요. 그러다가 정치에 발을 들여 놓기 시작했죠. 그는 독일과 프랑스에서 스파이 활동도 했었답니다—그 덕분에 돈도 좀 만져 볼 수 있었죠. 하지만, 그런 방법으로는 벼락부자가 될 수는 없었습니다. 그래서 한두 번 공갈 협박도 했었다더군요. 앰브로이티스는 여하튼 별로 점잖은 사람은 아니었습니다. 작년에 인도에 있었을 땐,

그곳에 사는 귀족들의 돈을 아주 쉽게 우려냈다고 하더군요. 하지만, 그런 혐의를 밝혀낼 만한 결정적인 단서를 잡기란 쉬운 일이 아니죠.

그는 미꾸라지처럼 요리조리 잘도 빠져나갔답니다! 또 다른 가능성도 생각해볼까요. 그는 뭔가를 미끼 삼아 몰리에게 공갈.협박을 했을지도 모릅니다. 그러던 중 몰리에게 아주 좋은 기회가 온 겁니다. 그는 우연한 사고(아드레날린에 의한 부작용) 아니면 그와 비슷한 판결이 내려지길 바라면서 과다한 양의 아드레날린과 노보카인을 앰브로이티스에게 주사했을지도 모르죠. 하지만, 그가 돌아간 뒤에, 몰리는 양심의 가책으로 그만 자살한 건지도 모릅니다. 그런 일도 충분히 가능성 있습니다. 하지만 나는 몰리가 의도적으로 그런 무시무시한 살인을 저질렀다고는 생각지 않습니다. 그래서 처음에 말했던 대로 순전한 실수였으리라고 확신합니다. 그 실수는 그날 아침 몰리가 너무 과로했기에 발생했을 겁니다. 이제 그 얘기는 이 정도로 끝내겠습니다, 포와로. 나는 상관에게도 이미 그렇게 보고 했습니다. 그분도 그 점을 분명히 이해하는 것 같더군요."

"알겠네." 포와로는 긴 한숨을 내쉬며 말했다.

"알았어……."

재프는 친절하게 말했다.

"나도 당신의 기분은 이해합니다, 포와로. 하지만, 매번 당신이 실감 나는 살인사건을 맡아 처리할 수는 없지 않습니까! 안녕히 계십시오. 지금 내가 사죄의 뜻으로 당신에게 할 수 있는 말은, '그동안 심려를 끼쳐서 죄송합니다.'라는 말뿐입니다!"

그는 전화를 끊었다.

2

에르큘 포와로는 멋지게 디자인된 최신형 책상 앞에 앉아 있었다. 그는 현대적인 가구들을 좋아했다. 사각 모양과 견고함이 부드러운 선을 강조하는 옛날 가구보다 훨씬 더 그의 마음에 들었기 때문이다.

그의 앞에는 정사각형 종이가 한 장 놓여 있었고, 그 위에는 몇몇 개의 머리글과 그에 대한 짤막한 사견이 깨끗하게 쓰여 있었다. 몇 개의 머리글 옆에는 물음표도 찍혀 있었다.

처음은 이렇게 시작되었다.

> 앰브로이티스— 스파이. 영국에는 무슨 목적으로? 작년에 그는 인도에 있었다. 그때는 폭동과 불안의 시기였다. 공산주의자의 하수인일 수도 있다.

한 칸 건너뛰어서 그다음 머리글이 적혀 있었다.

> 프랭크 카터? 몰리는 그를 좋지 않게 생각했다. 최근에 직장에서 해고되었다. 그 이유는?

그다음에는 그저 이름 옆에 물음표만 찍혀 있었다.

> 하워드 레이크스?

그다음에는 인용부호 안에 문장이 적혀 있었다.

> '하지만, 그건 이상한 일이군!'

에르퀼 포와로는 약간 머리를 갸우뚱거렸다. 새 한 마리가 둥지를 짓기 위해 조그만 나뭇가지를 나르는 것이 창밖으로 보였다. 달걀처럼 생긴 머리를 약간 비스듬하게 기울이고 앉은 에르퀼 포와로의 모습도 마치 한 마리의 새처럼 보였다.

그는 약간 아래쪽에 또 하나의 머리글을 적었다.

반스 씨?

그는 잠시 손을 멈추고 다시 이렇게 적었다.

몰리의 사무실? 양탄자 위의 흔적, 가능성들.

그는 마지막 머리글을 바라보며 잠깐 동안 뭔가 골똘히 생각했다. 잠시 뒤 그는 자리에서 일어났다. 그러고는 모자와 지팡이를 들고 밖으로 나갔다.

3

45분 뒤 에르퀼 포와로는 얼링 브로드웨이의 지하철역에서 걸어 나왔다. 그로부터 5분 뒤, 그는 목적지인 캐슬가든스 로(路) 88번가에 도착했다.

그 집은 약간 외진 곳에 있는 조그만 주택이었다. 말끔하게 손질된 정원을 보고 포와로는 감탄한 듯 고개를 끄덕거렸다.

"정말 균형이 잘 잡혀 있군." 그는 혼잣말로 중얼거렸다.

반스는 다행히도 집에 있었다. 포와로는 조그마한 식당으로 안내되었고, 조금 뒤에 반스가 그에게 왔다.

반스는 조그만 체구의 남자였다. 그의 두 눈은 반짝거렸고, 머리는 거의 다 벗겨져 가고 있었다. 그는 포와로가 하녀에게 건네준 명함을 왼손으로 만지작거리면서 안경 너머로 그 방문객을 유심히 바라보았다.

그는 거의 가성인 듯한 점잔빼는 목소리로 말했다.

"흠, 당신이 포와로 씨라고요? 이렇게 만나게 되어 반갑습니다, 포와로 씨."

포와로는 정중하게 말했다.

"이렇게 느닷없이 방문한 무례함을 용서해 주십시오."

"천만에요." 반스가 대답했다.

"아주 좋은 시간에 방문하셨습니다. 6시 45분이면, 특히 요즘 같은 계절엔 손님 맞기에도 매우 좋은 시각이죠."

그는 자신의 손을 내저었다.

"어서 자리에 앉으시지요, 포와로 씨. 틀림없이 당신과는 할 얘기가 많을 겁니다. 퀸 샬로트가 58번지에서 발생한 사건에 대해 말이에요, 그렇죠?"

포와로가 말했다.

"정확하게 말씀하셨습니다. 그런데 왜 그런 추측을 하셨나요?"

"오! 포와로 씨." 반스가 대답했다.

"나는 얼마 전에 내무부에서 퇴직했습니다. 그렇다고 해서 내 능력까지 녹슨 건 아니랍니다. 만일 어떤 극비 사건이 발생한다면 경찰에게 알리지 않는 편이 훨씬 낫지요. 그렇게 했다가는 모든 사람들이 그 사건에 관심을 집중하게 될 테니까요!"

포와로가 말했다.

"당신에게 또다시 질문하겠습니다. 왜 이것이 극비 사건이라고 생각하시나요?"

"그렇지 않다는 건가요?" 반스가 되물었다.

"글쎄요, 설령 그렇지 않다 해도, 내 생각으로는 극비에 부쳐야만 할 것 같은데요."

그는 몸을 앞으로 기울이더니 코안경으로 의자 팔걸이 위를 톡톡 두드렸다.

"첩보부 활동에서 원하는 것은 조무래기가 아니랍니다. 최고의 위치에 있는 거물급들이죠. 바로 그런 거물을 잡는데 필요 없는 조무래기들까지 놀라게 해선 안 되지요."

에르큘 포와로가 말했다.

"반스 씨, 당신은 나보다 더 많은 것을 알고 계신 것 같군요."

"나는 아무것도 모릅니다." 반스가 대답했다.

"그저 이것저것 종합해서 생각해봤을 따름입니다."

"어떻게 말인가요?"

"앰브로이티스" 반스는 자랑스럽게 말했다.

"당신이 잊어버렸는지는 모르겠지만, 대기실에서 1~2분 정도 나는 그와 마주앉아 있었습니다. 그는 나를 몰랐지요. 내가 그리 중요한 인물은 아니었으니까요. 그것도 때로는 나쁜 일이 아니더군요. 하지만, 나는 그 사람을 잘 알고 있었습니다. 그래서 그가 여기에서 무슨 일을 꾸미려 하는지도 추측할 수 있었던 겁니다."

"그게 무슨 뜻입니까?"

반스는 전보다 더욱 눈을 깜박거렸다.

"우리 같은 사람들은 매우 성가신 존재랍니다. 아시다시피, 우리는 보수적이지요—철두철미하게 보수적인 사람들입니다. 우리도 불평은 많이 합니다. 그러나 우리의 민주적인 정부를 싹 쓸어버리려는 새로운 구상을 시도하는 건 원치 않습니다. 바로 이 점이 동분서주하는 외국의 정치 운동가에게는 진절머리나는 것이겠죠! 그들의 입장에서 보면, 우리나라가 비교적 경제적인 측면에서 안정되어 있다는 것이 제일 큰 문제일 겁니다. 유럽에서 지금 우리나라처럼 경제적으로 안정된 나라는 없답니다! 영국을 전복시키려면—진짜 이 나라를 뒤집어놓으려면, 무엇보다도 먼저 경제 체계를 뒤흔들어 놔야만 하겠지요. 그것은 매우 자명한 일 아니겠습니까? 하지만, 앨리스테어 블런트 같은 사람이 지배하는 한, 경제 체계를 어지럽히기란 불가능한 일이지요."

반스는 잠시 말을 멈췄다가 이내 계속 말을 이었다.

"블런트는 개인 생활에서도 늘 외상값 같은 것을 꼬박꼬박 갚고 자기 수입 한도 내에서 지출하는 그런 사람이랍니다. 그가 1년에 2펜스를 벌든지 수백만 파운드를 벌든지 그건 그에게 문제가 되지 않습니다. 그는 그런 사람입니다. 그리고 그는 국가가 반드시 전과 달라져야 할 이유는 없다고 생각하고 있답니다. 그는 값비싼 대가를 치러야 하는 혁명도, 꿈같은 유토피아를 만들려는 무모한 모험도 원치 않는답니다."

"바로 그것 때문에(그는 잠시 말을 멈췄다), 어떤 사람들은 블런트를 없애버려야만 한다고 결심하게 되었지만 말이에요."

"아하!" 포와로는 감탄한 듯이 말했다.

반스는 머리를 끄덕였다.

"예, 지금 내가 무슨 말을 하는지 나 자신도 잘 알고 있습니다. 물론 그들 중에는 괜찮은 사람도 있지요. 긴 머리에 진실 어린 눈으로 좀더 나은 세계를 향한 생각들로 가득 차 있는 사람들 말이죠. 하지만 그 밖의 사람들은 별 볼 일 없답니다. 오히려 상스럽기까지 하지요. 턱수염을 기르고 외국 악센트를 사용하는 비열한 놈들도 있지요. 그리고 폭력단 같은 무리도 있답니다. 하지만, 결국 그들 모두는 똑같은 생각을 하고 있지요. 바로 '블런트가 반드시 죽어 없어져야 한다!'라는 겁니다."

그는 자신의 흔들의자를 천천히 앞뒤로 흔들었다.

"낡은 질서를 싹 쓸어버리자! 토리당, 보수당, 강경 보수파, 탐탁지않은 보수적인 사업가—모두 다 없애 버리자! 바로 이것이 그들의 생각이랍니다. 어쩌면 그들이 옳을지도 모르죠. 나는 잘 모르겠습니다. 하지만, 나도 한 가지는 알고 있습니다. 그러려면 구체제를 대신 할 만한 뭔가를 마련해야만 한다는 사실이지요. 로봇으로만 존재하는 대안이 아니라, 실제로 효능을 나타낼 수 있는 것이라야 하겠지요. 하지만, 그 문제에 대해서는 더 이상 깊이 파고들지 맙시다. 지금 우리는 추상적인 이론이 아니라 실제적인 사실들을 다루고 있으니까요. 버팀목을 없애 버리면 그 건물은 붕괴하고 맙니다. 블런트는 현재 여러 가지 일들을 지탱하는 버팀목 중 하나인 셈이지요."

그는 다시 몸을 앞으로 숙였다.

"여하튼 그들은 블런트를 노리고 있습니다. 나는 그 점을 알고 있어요. 그리고 어제 아침에 그들이 그를 죽일 수도 있었다는 것이 내 의견이랍니다. 내 생각이 틀릴 수도 있겠지요. 하지만, 전에도 그런 일이 시도되었답니다. 내 말은, 이번과 같은 방법이 전에도 사용되었다는 겁니다."

그는 잠시 말을 멈췄다. 그러고는 재빠르고 신중하게 세 사람의 이름을 언급했다. 뛰어난 능력의 소유자였던 한 재무장관, 진보적이며 원대한 꿈을 가졌던 기업가, 그리고 대중의 기대를 한몸에 모은 전도양양한 젊은 정치가 등이었다. 그 재무장관은 수술대에서 사망했고, 기업가는 너무 늦게 발견된 희한한 병으로 죽었다. 그리고 젊은 정치가는 차에 치여 죽고 말았다.

"마취 의사가……." 반스가 말했다.

"마취제를 잘못 사용했을 수도 있겠죠—요즘에도 그런 일들이 심심찮게 일어나곤 하니까요. 하지만, 사업가는 그 증세가 매우 이상했습니다. 마음씨 좋은 일반 개업의였던 담당의사는 그 사람의 병명을 알아내지 못한 것으로 알려졌습니다. 세 번째 경우엔, 앓는 자기 자식에게 가려고 어떤 여인이 서둘러 차를 몰다가 그렇게 된 거죠. 이런 것들은 정말 값싼 눈물을 자아내게 하는 읽을거리에 지나지 않습니다. 재판부는 그녀에게 무죄를 선고했습니다!"

그는 잠시 말을 멈췄다.

"모두가 너무도 자연스런 일이었지요. 그래서 곧 잊혀버렸답니다. 하지만, 그들을 죽게 만든 세 사람이 지금은 어떻게 살아가는지 말씀드리지요. 마취의사는 자신의 일급 연구실을 만들었답니다. 그리고 일반 개업의는 그 일을 그만두었습니다. 하지만, 그는 요트도 사고, 브로즈에 있는 작지만 멋진 집에서 생활하고 있답니다. 그리고 마지막으로, 그 어머니는 자기 아이들 모두에게 일류 교육을 시키고 휴일마다 타고 놀도록 조랑말까지 사주었습니다. 또, 시골에는 커다란 정원과 작은 목장까지 딸린 훌륭한 집을 갖고 있답니다."

그는 천천히 머리를 끄덕였다.

"어떤 직업을 가졌든 살아가다 보면 유혹을 받는 사람이 있는 법입니다. 그러나 이번 사건의 문제는 몰리 씨가 유혹에 넘어가지 않았다는 것입니다!"

"당신은 정말로 그렇게 생각하시는 건가요?" 에르큘 포와로가 물었다.

반스가 대답했다.

"그렇습니다. 아시다시피, 그런 거물들에게 접근하기란 쉬운 일이 아닙니다. 왜냐하면 그들은 철두철미하게 경호되고 있으니까요. 차를 타고 가면서 그런 모험을 한다는 건 위험천만한 일이고, 또 그것이 성공한다는 보장도 없습니다. 하지만, 치과 병원의 의자에 앉게 되면 누구든 완전히 무방비 상태가 되지 않겠습니까?"

그는 코안경을 벗어 깨끗하게 닦고 다시 끼면서 말했다.

"그것이 내 생각입니다! 몰리 씨는 그런 일을 하지 않으려 했을 겁니다. 하지만, 그 사람은 이미 너무도 많은 것을 알게 된 겁니다. 그래서 별 수 없이 그들은 몰리 씨를 죽여야만 했던 거지요."

"그들이라니요?" 포와로가 물었다.

"그들이란 건 이 모든 일의 배후에 숨겨져 있는 어떤 단체를 의미하는 겁니다. 물론 그 일을 해낸 건 단 한 사람이었을 거예요."

"그게 누군가요?"

"글쎄요, 그가 누군지 대충은 알 것 같습니다." 반스는 대답했다.

"하지만, 이것은 단지 내 추측일 뿐이랍니다. 게다가 틀릴 가능성도 있는 거고요."

"레일리를 생각하고 계신 건가요?" 포와로는 나지막한 목소리로 말했다.

"물론입니다! 내가 생각하기엔 그가 확실합니다. 나는 그들이 몰리 씨 혼자서 그 일을 하도록 꾸몄다고는 생각지 않습니다. 몰리 씨가 해야 할 일은 마지막 순간에 블런트를 동료 의사인 레일리에게 넘기는 일이었을 거예요. 어디가 갑작스럽게 아프다든가, 아니면 뭐 그와 비슷한 구실을 대서라도 말입니다. 그리고 실제적인 일은 레일리가 맡아서 했을 겁니다. 그렇게 되면 또 하나의 갑작스럽고도 불행한 사건이 생기겠지요. 유명한 은행가가 사망했을 테니까요. 가엾은 젊은 치과의사는 절망과 두려움에 벌벌 떨면서 법정에 나설 거고요. 하지만, 그 사건은 과실로 인정되고 그에게는 그저 가벼운 판결 정도만 내려지겠죠. 나중에 그는 치과 병원을 그만두고 어딘가 다른 곳에 정착할 겁니다—1년에 수천 파운드나 되는 수입으로 생활하면서 말이에요."

반스는 곁눈으로 포와로를 바라보았다.

"내가 지금 헛소리를 하고 있다고는 생각지 마세요. 그런 일들이 정말로 일어나곤 하니까요."

"그럼요, 그런 생각은 하지 않습니다. 나도 그런 일들이 일어나곤 한다는 사실을 잘 알고 있으니까요."

반스는 가까운 테이블에 놓인 빨간 커버로 된 책을 두드리면서 계속 말을 이었다.

"나도 이런 첩보 이야기는 많이 읽었답니다. 물론 어떤 것은 정말로 허황한 내용이지요. 하지만 흥미로운 일은, 그 얘기들이 실제로 일어나는 일보다 더 허황하진 않다는 사실입니다. 첩보 이야기에는 아름다운 여자 모험가들, 외국 악센트를 발음하는 음험하고도 사악한 사람들, 갱, 국제적인 조직들, 그리고 굉장한 도둑 등 별의별 사람들이 모두 등장하지요! 하지만 내가 알고 있는 몇

몇 얘기들을 책으로 내놓는다면, 아마 나는 창피해서 얼굴도 들고 다니지 못할 겁니다. 아무도 그런 얘기를 믿으려 들지 않을 테니까요!"

포와로가 말했다.

"그럼, 당신은 앰브로이티스의 역할이 무엇이었다고 생각하시나요?"

"확실히는 모르겠습니다만, 내가 생각하기에는 욕먹을 만한 역할을 했던 것 같습니다. 그는 과거에도 여러 번 1인 2역을 했었으니까요. 그는 누명을 뒤집어쓰고 있다가 나중에 완벽한 알리바이를 내세워 빠져나오려고 했을 겁니다. 하지만, 이건 어디까지나 내 생각이라는 점을 명심해 주십시오, 포와로 씨."

에르큘 포와로는 조용히 말했다.

"만일 당신의 추측이 옳다고 가정한다면, 다음에는 어떤 일이 일어날 것 같은가요?"

반스는 콧등을 문지르며 말했다.

"그들은 또다시 그를 죽이려고 시도할 겁니다. 그래요, 그들은 다시 시도할 겁니다. 이제 그들은 시간이 별로 없을 거예요. 게다가 블런트는 전보다 훨씬 많은 경호원을 데리고 다니겠지요. 따라서 그들은 더욱 세심한 주의를 기울여야만 할 겁니다. 그러니 숲 속에 숨어 있다가 갑자기 나타나 권총으로 그를 죽이려 들지는 않을 겁니다. 그것처럼 무모한 행동도 없을 테니까요. 그들은 기대를 걸 만한 사람들을 찾을 겁니다. 친척이라든가, 오랫동안 그를 위해 헌신했던 하인들, 또는 약을 조제해 주는 약사의 조수라든가, 그에게 포트와인을 파는 포도주 상인, 뭐 그런 사람들 말이죠. 앨리스테어 블런트를 없앤다는 건 수백만 파운드의 가치가 있는 일이고, 또 1년에 4천 파운드나 되는 적잖은 수입이 생긴다는데 보통 사람이라면 충분히 그들의 요구를 들어줄 것입니다!"

"그렇게나 많은 보수를 받을까요?"

"어쩌면 그보다 더 많이 받을지도 모릅니다……."

잠깐 동안 포와로는 묵묵히 앉아 있었다. 얼마 뒤에 그가 입을 열었다.

"처음부터 나는 레일리 씨를 심중에 두었습니다."

"아마 아일랜드인일 겁니다. IRA(아일랜드 공화국군)의 요원은 아닐까요?"

"그 정도는 아닙니다. 몰리 씨의 방에 깔린 양탄자 위에는 마치 시체를 끌고 다닌 듯한 흔적이 있었습니다. 만일 환자 중 한 사람이 몰리 씨를 살해했다면, 그건 진료실에서 발생한 것이 분명할 것입니다. 따라서 범인은 시체에 손댈 필요가 없었을 겁니다. 그래서 나는 처음부터 몰리 씨가 진료실이 아닌 바로 옆 집무실에서 살해되었을 거라고 생각했답니다. 다시 말해서, 그런 사실은 몰리 씨를 살해한 사람이 환자 중에서가 아니라 그의 집안사람들 가운데 있다는 점을 시사해 주는 거지요."

"훌륭합니다." 반스는 감탄한 표정으로 말했다.

"감사합니다." 에르퀼 포와로는 자리에서 일어나 그에게 악수를 청했다.

"당신의 도움이 정말 컸습니다."

4

돌아오는 길에 포와로는 글렌고리 코트 호텔에 들렀다. 그리고 그 일 때문에 다음날 아침 일찍 그는 재프에게 전화를 걸었다.

"여보게, 재프. 오늘 검시 재판이 있지, 응?"

"그렇습니다, 당신도 참석할 생각입니까?"

"아니야. 난 거기에 가고 싶은 마음이 없다네."

"하긴 가봤댔자 시간만 낭비하게 될 겁니다."

"세인즈버리 실 양을 증인으로 호출할 생각인가?"

"아! 그 사랑스러운 메이블리 양 말이죠. 왜 그녀는 이름을 그냥 평범하게 메이블이라고 하지 않는 건지, 정말 여자들이란 귀찮은 존재란 말입니다! 아니, 그녀를 소환할 생각은 없습니다. 그렇게 할 필요는 없을 것 같아요."

"자네 그녀한테 아무 소식도 듣지 못했나?"

"아뇨. 그건 왜 묻죠?"

에르퀼 포와로가 말했다.

"좀 이상한 생각이 들어서 그래. 그게 전부야. 그런데 자네가 이 소식을 듣게 되면 흥미를 느낄지도 모르겠군. 세인즈버리 실 양은 그저께 밤 저녁 식사 전에 글렌고리 코트 호텔 밖으로 나갔다는데, 그 이후로 돌아오지 않았다더군."

"뭐라고요? 그럼, 그 여자가 뺑소니를 쳤다는 건가요?"

"그렇게 설명할 수도 있겠지."

"하지만, 왜 그녀가 도망을 쳤을까? 당신도 알다시피 그녀에겐 아무런 혐의도 없는데 말입니다. 그녀는 정말 솔직한 여자랍니다. 나는 그녀에 대해 알아보려고 캘커타에 전보를 쳐 보았거든요. 앰브로이티스의 사망 원인을 알게 되기 전이었죠. 그렇지 않았다면 그런 귀찮은 일을 하지 않았을 겁니다. 어젯밤 그 회답을 받았습니다. 모든 것이 하자가 없더군요. 몇 년 동안 그녀는 그곳에서 실제 살았더군요. 자신의 결혼에 대해 슬쩍 얼버무렸던 것만 제외하면, 그녀가 얘기한 것들은 모두 사실이었습니다. 그녀는 힌두교도와 결혼했다더군요. 그런데 그에겐 이미 여러 명의 여자가 있다는 사실을 나중에 알게 되었던 겁니다. 그래서 그녀는 그와 헤어지고 좋은 일들을 하기 시작했지요. 그녀는 선교 사업도 열심히 했고, 발성법을 가르치기도 했으며, 아마추어 연극단을 후원해 주기도 했더군요. 솔직히 말해서 나는 그녀를 소름끼치는 여자라고 말하고 싶지만, 그녀가 이 살인사건과 아무 관련이 없다는 건 분명합니다. 그런데 그녀가 우리에게서 뺑소니쳤다니! 난 도저히 이해할 수가 없군요."

잠깐 동안 묵묵히 있던 그는 자신 없는 목소리로 말했다.

"혹시 그녀는 호텔에 싫증을 느낀 건 아닐까요? 나라면 쉽게 그랬을 텐데."

포와로가 말했다.

"그녀의 짐은 아직 호텔에 있다네. 그녀는 아무것도 가지고 나가지 않았어."

"그녀가 밖으로 나간 게 언제죠?" 재프가 물었다.

"6시 45분경이었다네."

"호텔 측 사람들은 뭐라고 얘기하던가요?"

"그들도 몹시 당혹해하고 있다네. 여지배인도 굉장히 걱정하는 것 같더군."

"그런데 왜 경찰에 신고하지 않았을까요?"

"생각해보게, 재프. 설령 여자가 하루쯤 외박을 했다 하더라도(세인즈버리 실 양의 외모로 봐서 그럴 리야 없겠지만), 경찰이 왔다 갔다는 사실을 알게 되면 그녀는 분명히 화를 낼 걸세. 그 호텔의 여지배인인 해리슨 부인은 혹시 사고가 난 건 아닌가 해서 여러 병원에 전화해봤다더군. 내가 호텔을 찾아갔을 때, 그녀는 경찰에 신고해야겠다고 생각하고 있었다네. 내가 나타난 것이 그녀에겐 마치 기도에 대한 응답과도 같았을 걸세. 나는 모든 걸 책임지고 비밀 경찰이 그 일을 처리해 주겠다고 그녀에게 말했네."

"그 비밀경찰이란 물론 당신이 사랑하는 친구 재프겠고요?"

"물론이지."

으르렁거리는 듯한 목소리로 재프가 말했다.

"좋습니다. 검시 재판이 끝나고 나서 글렌고리 코트 호텔로 가겠습니다. 거기에서 만나시죠."

5

여지배인을 기다리는 동안 재프가 투덜거리며 말했다.

"도대체 그 여자는 뭣 때문에 사라져 버린 거죠?"

"자네도 그게 이상하지?"

그들은 더 이상 얘기할 시간이 없었다. 글렌고리 코트 호텔의 지배인인 해리슨 부인이 그들에게로 왔다.

해리슨 부인은 거의 눈물까지 글썽이면서 수다스럽게 떠들어댔다. 그녀는 세인즈버리 실 양을 매우 걱정하고 있었다. 대체 그녀에게 무슨 일이 생긴 걸까요? 하고 묻고는 이내 모든 가능한 재난들까지 늘어놓기 시작했다. 기억 상실, 돌연한 발병, 출혈, 자동차 사고, 강도 폭행…….

그녀는 잠시 숨을 쉬려고 멈췄다가 중얼거렸다.

"그 여자는 정말 멋진 사람이었답니다. 그리고……, 이 호텔에 있는 동안 그녀는 행복하고 편안해하는 것처럼 보였어요."

재프의 요청에 따라, 그녀는 두 사람을 행방불명된 여인이 사용하던 방으로 안내했다. 모든 것이 말끔하게 정돈되어 있었다. 옷은 장롱 안에 걸려 있었고, 잠옷은 침대 위에 잘 개어져 있었다. 그리고 구석에는 세인즈버리 실 양의 가방 두 개가 놓여 있었다. 화장대 밑에는 몇 켤레의 신발이 가지런히 놓여 있었다. 실용적인 옥스퍼드 상표가 붙은 신발이 몇 켤레 있었고, 값싼 가죽으로 만든 듯한 신발이 두 켤레 있었다. 그 신발의 굽은 유별나게 생겼으며, 가죽 테로 장식이 되어 있었다. 또 최근에 산 듯한 검은색의 양단으로 된 야회용 신발 몇 켤레와 모케이슨(뒤축이 없는 노루 가죽 신) 한 켤레도 있었다.

포와로는 야회용 구두가 낮에 신는 신발보다는 약간 작다는 점을 곧 알아차렸다—물론 그것은 참작해볼 만한 가치가 있을 수도 있고 그렇지 않을 수도 있는 일이었다. 포와로는 세인즈버리 실 양이 외출하기 전에 구두의 떨어진 버클이나 꿰매고 나갔는지 궁금했다. 그는 그랬기를 바랐다. 털털한 옷맵시는 늘 그를 화나게 하였다.

재프는 화장대 서랍 속에 들어 있는 몇 통의 편지를 조사하느라 정신이 없었다. 몹시 조심스럽게 에르퀼 포와로는 장롱 서랍을 열었다. 그 안은 속옷으로 가득 차 있었다. '세인즈버리 실 양은 피부와 닿는 옷감은 양모라야 한다고 믿는 모양이군.' 하고 중얼거리면서 포와로는 다시 조심스럽게 그 서랍을 닫았다. 그리고 또 다른 서랍을 열었는데, 거기에는 스타킹이 들어 있었다.

재프가 말했다.

"뭐 찾아낸 거라도 있습니까, 포와로?"

포와로는 스타킹 한 켤레를 끄집어내어 흔들면서 풀죽은 목소리로 말했다.

"10인치야. 값싼 광택 실크인데, 2페니 11실링 정도 되겠군."

재프가 말했다.

"당신은 유언 검인(檢認)을 좋아하지 않는군요, 포와로. 여기 인도에서 온 편지 두 통과 자선 단체에서 받은 한두 개의 영수증이 있군요. 하지만, 청구서 따위는 없어요. 세인즈버리 실 양은 정말 존경할 만한 인물인 것 같습니다."

"하지만 옷에 관한 한 그녀의 센스는 무딘 것 같아."

포와로는 시무룩하게 말했다.

"아마 그녀는 옷을 세속적인 것으로 생각했을 겁니다."

재프는 두 달 전 날짜 소인이 찍힌 낡은 편지에서 주소를 베끼고 있었다.

"이 사람들이 그녀에 대해 뭔가 알고 있을지도 모르겠어요. 이 편지의 주소는 햄스테드가(街)로 되어 있군요. 아마도 세인즈버리 실 양과 절친한 사이였던 모양이에요."

글렌고리 코트 호텔에서는 더 이상 알아낼 것이 없었다. 단지 그녀가 호텔 밖으로 나갈 때, 조금도 흥분해 보였다거나 근심에 빠진 것 같진 않았다는 미미한 사실만을 얻어냈을 뿐이다. 그리고 그녀는 호텔로 다시 돌아오려고 했던 것이 분명하다는 것이었다. 왜냐하면, 홀에서 친구인 볼리소 부인 곁을 지나갈 때 이렇게 말했다는 것이다.

'저녁식사 뒤에 전에 내가 말했던 페이션스 놀이(혼자 하는 트럼프 놀이의 일종)를 가르쳐 줄게요.'

더구나 글렌고리 코트 호텔에서는, 만일 외식을 하게 되면 그것을 미리 식당에 알리는 것이 규칙으로 되어 있었다. 그러니 그녀가 7시 30분에서 8시 30분 사이에 저녁식사를 하러 돌아오려 했다는 건 분명했다. 하지만, 그녀는 돌아오지 않았다. 그녀는 크롬웰가(街)로 가다가 어디론가 사라져 버린 것이었다.

재프와 포와로는 그녀의 방에서 찾아낸 편지의 주소대로 서부 햄스테드에 있는 한 집을 찾아갔다.

그곳은 아주 기분 좋은 집이었다. 애덤스 부부는 대가족을 거느린 유쾌한 사람들이었다. 여러 해 동안 인도에서 살았던 그들은 세인즈버리 실 양에 대해 호의적으로 얘기해 주었다. 하지만, 그들도 도움이 될 수는 없었다. 그들은 부활절 휴일을 보내고 돌아온 뒤로 한 달가량 그녀를 만나지 못했다는 것이다. 부활절 휴일 때 그녀는 러셀 광장 근처에 있는 한 호텔에 묵고 있었다. 애덤스 부인은 포와로에게 그 호텔의 주소와 스트레탐에 살았던 세인즈버리 실 양의 몇몇 앵글로 인디언 친구들의 주소도 가르쳐 주었다.

하지만, 두 사람이 찾아간 그 두 곳에서도 끝내 그녀를 찾아낼 수는 없었다. 세인즈버리 실 양은 실제로 그 호텔에서 체류했던 적은 있었지만, 호텔 사람들이 그녀를 거의 기억하지도 못했기 때문에 별 도움이 되지 못했던 것이다. 그들이 기억하고 있었던 것은 그저 그녀가 조용하고 멋진 숙녀였으며 외국에서 살았다는 정도에 불과했다. 스트레탐에 있는 사람들도 역시 도움이 되지 못했다. 게다가 그들은 2월 이후로는 세인즈버리 실 양을 보지도 못했다는 것이다.

그녀가 어떤 사고를 당했을지도 모른다는 가능성이 여전히 남아 있었지만,

그런 가능성마저 결국에는 사라지고 말았다. 세인즈버리 실 양 같은 사람이 입원해 있다고 알려온 병원은 한 군데도 없었기 때문이다.

세인즈버리 실 양은 말 그대로 허공 속으로 사라져 버린 것이다.

6

다음 날 아침 포와로는 홀본 팰리스 호텔로 가서 하워드 레이크스를 만났다.

이젠 하워드 레이크스까지도 어느 날 저녁, 밖으로 나갔다가 돌아오지 않았다 해도 포와로는 별로 놀랄 일이 아니라고 생각했다.

하지만, 하워드 레이크스는 아직 홀본 팰리스 호텔에 있었다. 호텔에서는 그가 지금 아침식사를 드는 중이라고 말해 주었다.

아침 식탁 앞에 갑작스럽게 나타난 에르퀼 포와로를 보고 하워드 레이크스는 불안함이 깃들어 있긴 했지만, 어떤 쾌감 같은 것을 느끼는 것 같았다.

전에 포와로가 그에 대해 아무렇게나 생각했던 것처럼 그렇게 살기등등하게 생기지는 않았지만, 잔뜩 찌푸린 그의 얼굴은 여전히 혐오스러워 보였다. 그는 부르지도 않았는데 찾아온 손님을 흘끔 쳐다보고는 거칠게 말했다.

"무슨 일이죠?"

"앉아도 될까요?"

에르퀼 포와로는 다른 식탁에 있는 의자를 하나 끌어다 놓았다.

"내게 신경 쓰지 마십시오! 편히 앉으시지요!"

포와로는 자리에 앉으면서 미소를 지었다.

레이크스 씨는 여전히 퉁명스럽게 말했다.

"그래, 당신이 원하는 게 뭐요?"

"나를 기억하는지 모르겠군요, 레이크스 씨?"

"내 평생에 당신을 본 적은 없소."

"그렇지 않습니다. 기껏해야 사흘 전 일인데, 당신은 적어도 5분 정도는 나와 한 방에 앉아 있었잖소."

"그 빌어먹을 파티나 만찬에서 만난 사람들까지 모두 다 기억할 수는 없잖습니까?"

"거긴 파티장이 아니었는데……." 포와로가 말했다.

"바로 치과 병원의 대기실이었지요."

하워드 레이크스의 두 눈이 어떤 격렬한 감정으로 번쩍거렸으나 이내 그런 기색은 사라지고 말았다. 그러고는 그의 태도가 변했다. 더 이상 불손하다거나 퉁명스럽지 않았다. 갑작스럽게 그의 태도가 신중해진 것이다.

그는 포와로를 넘겨다보며 말했다.

"오, 그렇군요!"

포와로는 그의 말에 대답하기 전에 찬찬히 그를 살펴보았다. 그는 하워드 레이크스가 위험천만한 젊은이라고 확신했다. 깡마른 얼굴, 호전적으로 생긴 턱, 그리고 광기 어린 두 눈. 하지만, 그런 얼굴은 여자들이 매력적으로 생각할 수 있는 유형이기도 했다. 그의 옷차림새는 단정치 못했고 심지어는 초라하게까지 보였다. 그는 격식을 차리지 않고 그저 게걸스럽게 음식을 먹어대고 있었다. 그를 지켜보던 포와로는 그런 그의 태도가 상당히 중요한 것으로 생각되었다.

포와로는 그를 대충 파악했다.

'이 사람은 유토피아에 굶주린 늑대로군…….'

레이크스가 거칠게 말했다.

"이렇게 여기까지 오시다니, 도대체 무슨 말씀을 하시려는 건가요?"

"내 방문이 당신에게는 별로 달갑지 않은 모양이군요?"

"선생님이 누군지도 모르니까요."

"그렇다면 사과드리겠소."

능숙한 솜씨로 포와로는 자기 명함 수첩을 꺼내 들었다. 그러고는 명함 한 장을 뽑아서 식탁 건너편으로 내밀었다. 그러자 뭐라고 표현할 수 없는 그런 표정이 다시 레이크스의 야윈 얼굴에 나타났다. 그것은 공포가 아니었다—공포보다는 훨씬 더 공격적인 감정이었다. 그런 감정 뒤에 분노가 뒤따라온다는 건 말할 필요도 없는 일이다.

그는 명함을 던지며 말했다.

"그래, 선생님은 결국 그런 사람이로군요! 언젠가 선생님의 소문을 들은 적이 있었습니다."

"대부분의 사람들이 그런 경험이 있을 겁니다."

포와로는 겸손하게 말했다.

"선생님은 사립탐정이죠, 그렇죠? 아주 비싸겠지요. 돈이 문제가 아닌 그런 부류의 사람들이 당신을 고용하겠지요. 자기들의 불쌍한 육신을 구하기 위해서라면 뭘 지급해도 상관 않는 그런 사람들이 말이에요!"

"빨리 마시지 않으면……, 커피가 식을 겁니다."

에르큘 포와로는 친절하지만 위엄 있는 목소리로 말했다.

레이크스는 그를 노려보았다.

"말씀해보세요. 도대체 선생님은 어떤 분이십니까?"

포와로는 엉뚱하게 대꾸했다.

"영국의 커피 맛은 별로 좋지가 않아요."

"나도 그렇게 생각합니다." 레이크스는 마지못해 말했다.

"하지만, 당신이 계속 커피가 식도록 내버려둔다면, 잠시 뒤엔 마실 수도 없게 될 겁니다."

그 젊은이는 몸을 앞으로 기울였다.

"도대체 선생님은 뭘 노리시는 건가요? 이곳에 오신 목적이 뭡니까?"

포와로는 어깨를 으쓱해 보였다.

"나는 당신을, 만나고 싶었을 뿐이오."

"아, 그러세요?" 마치 비꼬는 듯한 투로 레이크스가 말했다.

그는 두 눈을 가늘게 떴다.

"만일 선생님이 원하는 것이 돈이라면, 사람을 잘못 찾아오셨습니다! 나와 친하게 지내는 사람들도 자기들에게 필요한 것조차 살 여유가 없답니다. 그러니 선생님은 사례비를 듬뿍 줄 수 있는 그런 사람에게나 가보시는 게 좋을 겁니다."

포와로는 한숨을 내쉬며 말했다.

"나는 누구에게도 보수를 받지 않았소."

"물론, 선생님이야 그렇게 말하겠지요." 레이크스는 말했다.
"그보다는……." 에르퀼 포와로는 말했다.
"아무런 보수도 받지 않고 소중한 시간만 낭비하고 있다고 얘기하는 것이 더 옳은 표현일 겁니다. 그저 호기심을 충족시키고자 하는 일이랍니다."
레이크스는 말했다.
"그렇다면, 요 전날 선생님은 어처구니없이 죽은 그 치과의사의 집에서 호기심을 마음껏 채웠겠군요."
포와로는 설레설레 머리를 흔들었다. 그러고는 말했다.
"당신은 치과 병원 대기실에서 기다리는 가장 평범한 이유를 간과하는 것 같군요. 대기실에서 기다리는 이유는 아픈 이를 치료받기 위해서가 아닌가요?"
"그래서 선생님은 이를 치료받기 위해 기다리고 계셨다는 건가요?"
레이크스의 목소리에는 경멸과 불신의 빛이 역력히 드러났다.
"대기실에서 말이에요?"
"물론이지요."
"설령 내가 선생님 말을 믿지 않는다 하더라도 나를 탓하지는 마십시오."
"그렇다면, 레이크스 씨, 당신은 대기실에서 뭘 하고 있었습니까?"
레이크스는 갑자기 이를 드러내며 웃었다.
"나도 뭐 별수 있나요? 이를 치료받기 위해 기다리고 있었지요."
"아마 치통을 몹시 앓고 있었나 보죠?"
"그렇습니다, 선생님."
"하지만, 당신은 이를 치료받지도 않고 그냥 가버리지 않았습니까?"
"그래서 어쨌다는 건가요? 그건 내 문제입니다."
그는 잠시 말을 멈추었다가 이내 몹시 거친 목소리로 말했다.
"오, 도대체 이토록 교묘하게 말을 거는 이유가 뭐죠? 그날 당신은 그 높으신 양반을 돌보려고 그곳에 있었던 겁니다. 그래요. 그는 무사하지요, 그렇죠? 당신의 고귀하신 앨리스테어 블런트 씨에게는 아무 일도 생기지 않았어요. 그러니 당신도 내게 볼일이 없을 텐데요?"
포와로가 말했다.

"그렇게 갑작스럽게 대기실을 뛰쳐나가서 어디로 갔습니까?"

"그야 물론 병원 밖으로 나갔지요."

"아하!" 포와로는 천장을 올려다보았다.

"하지만, 당신이 밖으로 나가는 걸 본 사람은 아무도 없습니다, 레이크스 씨."

"그게 뭐 중요한 일인가요?"

"그럴 수도 있지요. 그로부터 얼마 지나지 않아서 누군가가 그 병원에서 죽었으니까요. 기억해 두십시오."

"오, 그 치과의사 말이로군요." 레이크스는 건성으로 말했다.

약간 딱딱해진 투로 포와로가 말했다.

"그렇습니다. 그 치과의사를 말하는 겁니다."

레이크스는 포와로를 노려보았다. 그러더니 말했다.

"선생님은 지금 그것을 내가 했다고 말하려는 건가요? 바로 이것이 선생님이 원하는 게임인가요? 그렇군요. 하지만 난 그런 게임은 할 수 없습니다. 조금 전에 나는 검시 재판에 대한 기사를 읽었습니다. 그 가엾은 치과의사가 국부 마취제를 잘못 사용해서 한 사람이 사망했기에 자살한 거라던데요."

동요의 빛을 조금도 나타내지 않고 포와로는 말했다.

"당신 말대로 그때 정말로 병원에서 나갔다는 것을 증명해줄 수 있겠습니까? 정오에서 1시 사이에 당신이 어디에 있었는지 분명하게 얘기해줄 수 있는 사람이 있나요?"

레이크스의 두 눈이 가느다랗게 좁혀졌다.

"그러니까 선생님은 지금 내게 살인 누명을 씌우려는 거군요? 블런트가 이렇게 하라고 시키던가요?"

어처구니없다는 듯 포와로는 한숨을 내쉬었다. 그가 말했다.

"미안한 말이지만, 당신은 지금 강박관념에 사로잡혀 있는 것 같군요. 이렇게 계속 앨리스테어 블런트 씨에 대해 늘어놓는 것을 보니 말입니다. 나는 그에게 고용되지 않았습니다. 전에도 그런 적은 결코 없었고요. 내가 염려하는 건 그의 안전이 아니라, 천직으로 믿고 열심히 일했던 한 남자의 죽음입니다."

레이크스는 고개를 저었다.

"죄송합니다. 하지만 나는 선생님의 말을 믿을 수가 없습니다. 하여튼 선생님은 블런트의 사립탐정일 거예요."

식탁 건너편을 노려보는 그의 표정이 어둡게 변했다.

"하지만 선생님도 아시다시피, 아무도 그를 구할 수 없습니다. 그는 이제 사라져야만 해요—그와 그가 대표하는 모든 것이 말입니다! 이제는 새로운 금융 정책이 제시되어야만 해요. 낡고 부패한 금융 체계는 사라져 버려야 한다고요. 전 세계에 걸쳐 마치 거미줄처럼 얽혀 있는 그 저주받을 은행업자들의 조직망도 마찬가지지요. 그것들 모두를 이제 깨끗이 쓸어내야만 됩니다. 그렇다고 내가 개인적으로 블런트에게 원한 같은 것을 가진 건 아닙니다. 하지만, 그는 내가 싫어하는 유형의 사람입니다. 그는 고리타분하고 점잖은 체나 하지요. 다이너마이트를 사용치 않고는 없앨 수 없는 사람이지요. '문명의 기초들을 파괴할 수는 없다.'라고 외치는 사람이지요. 하지만 정말 그럴까요? 두고 보세요! 그는 진보를 막는 방해물이에요. 언젠가는 제거될 테니 두고 보세요. 오늘날에는 블런트와 같은 사람들을 위한 자리는 조금도 없습니다. 그들은 과거로 되돌아가고 싶어 하고, 또 그들의 아버지나 할아버지가 살았던 그대로 살고 싶어 하는 사람들이지요! 영국에는 그런 사람들이 많이 있답니다. 뻔뻔스런 강경 보수파들 말이에요. 모두가 부패한 이 시대의 쓸모없고 낡아빠진 상징들에 불과합니다. 그러니 그들은 반드시 제거되어야만 해요! 그리고 신세계가 세워져야 합니다. 내 말을 이해하시겠어요? 신세계를 말이에요!"

포와로는 한숨을 내쉬면서 자리에서 일어났다.

"알았습니다, 레이크스 씨. 당신은 아주 이상주의자로군요."

"그래서요?"

"한 치과의사의 죽음을 염려하기에는 지나치게 비현실적인 이상주의자란 말이오."

레이크스는 냉소하듯이 말했다.

"불쌍한 치과의사의 죽음이 뭐 그리 대수로운가요?"

에르퀼 포와로는 말했다.

"당신에게야 그것이 별로 대수롭지 않겠지요. 그러나 내겐 매우 중요한 일입니다. 그리고 바로 이것이 당신과 나의 차이점이기도 하지요."

7

포와로가 집에 돌아오니, 조지가 어떤 숙녀분이 그를 만나고자 기다리고 있다고 말했다.

"그 여자분은……, 흠, 좀 초조해 보이던데요, 주인님." 조지가 말했다.

그 여자가 조지에게 이름을 밝히지 않았기 때문에 포와로는 자유롭게 추측해보았다. 하지만, 그의 추측은 빗나가고 말았다. 그가 안으로 들어가 보니 초조한 모습으로 소파에서 일어났던 아가씨는 몰리의 비서였던 글레이디스 네빌 양이었다.

"오, 안녕하셨어요, 포와로 씨? 이렇게 폐를 끼치게 돼서 미안합니다. 그리고 무슨 용기로 이렇게 선생님을 찾아오게 되었는지 저도 잘 모르겠어요. 선생님이 저를 건방지게 생각하지나 않을까 걱정이 되는군요. 저는 선생님의 시간을 빼앗고 싶지는 않아요. 바쁜 전문가에겐 시간이 뭘 의미하는지 저도 잘 알고 있으니까요. 하지만, 지금까지 줄곧 저는 괴로웠답니다. 그러니 잠깐 동안 시간을 낭비하는 셈치고……."

영국인들과의 오랜 교제로 터득한 대로 포와로는 그녀에게 차 한 잔을 권했다. 네빌 양의 반응은 포와로가 바라던 그대로였다.

"고맙습니다, 포와로 씨. 선생님은 정말 친절하시군요. 아침식사를 하고 오랜 시간이 지나야만 차를 마실 수 있는 건 아니지요. 언제든지 차 한 잔 정도는 마실 수 있잖아요, 그렇죠?"

포와로는 차를 별로 즐겨 마시지 않는 편이었지만, 그냥 그녀의 말에 동의했다. 조지는 그 말을 듣자마자 믿을 수 없을 정도로 빨리 차를 준비해 왔다. 이제 포와로와 그의 방문객은 찻 쟁반을 사이에 두고 마주앉았다.

"먼저 선생님께 죄송하다는 말씀을 드려야겠군요."

차를 마시고 나자 다시 원래의 침착성을 되찾은 네빌 양이 입을 열었다.

"솔직히 말해서 어제 검시 재판은 저를 무척이나 당혹스럽게 만들었어요."

"나도 그랬으리라 생각합니다." 포와로는 부드럽게 말했다.

"검시 재판부에서 제게 증언을 요구하지는 않았어요. 하지만, 저는 누군가가 몰리 양과 함께 가야만 할 것이라고 생각했습니다. 물론 거기엔 레일리 씨도 있었지요—하지만, 저는 몰리 양이 여자와 함께 있는 게 좋을 것 같았어요. 게다가 몰리 양은 레일리 씨를 별로 좋아하지 않았으니까요. 그래서 제가 그녀와 동행하는 것이 좋으리라고 생각했던 거예요."

"매우 친절하신 행동이었군요." 포와로는 격려하듯이 말했다.

"오, 아니에요. 저는 그저 그렇게 해야만 할 것 같았어요. 선생님도 아시겠지만, 전 지난 몇 년 동안 몰리 씨를 도와 일했습니다. 그래서 이번 일이 제겐 커다란 충격입니다. 그런데 검시 재판은 사정을 더욱 악화시켜 놓았을 뿐입니다……."

"나도 실은 그렇게 되었을까 봐 걱정됩니다."

진지한 표정을 지으며 네빌 양은 앞으로 몸을 기울였다.

"하지만, 검시 재판 결과는 맞지 않아요, 포와로 씨. 정말 도저히 그렇게 될 수는 없는 거랍니다."

"뭐가 잘못되기라도 했나요, 네빌 양?"

"그럼요, 경찰에서 내세운 것과 같은 일은 도저히 있을 수 없습니다. 환자의 잇몸에 과량의 국부 마취제를 주사한다는 건 좀처럼 일어나지 않는 일이랍니다."

"그렇다면 아가씨는 달리 생각한다는 건가요?"

"물론이지요. 마취제가 부작용을 일으켜 고생하는 환자가 이따금 있긴 합니다. 하지만, 그건 체질적으로 맞지 않기 때문에 일어나는 일이지요. 다시 말해서, 환자의 심장 활동이 비정상적일 때 부작용이 나타나는 겁니다. 하지만, 마취제가 과량 투여되는 것이 얼마나 드문 일인가는 제 자신이 분명히 알고 있습니다. 노련한 의사들은 거의 기계적으로 정량의 마취제를 주사할 수 있답니다. 선생님도 아시겠지만, 의사들은 거의 자동으로 정량의 약을 조제해서 투약한답니다."

포와로는 이해한다는 듯이 머리를 끄덕거렸다. 그리고 이렇게 말했다.

"나도 그렇게 생각했답니다, 아가씨."

"그런 일은 거의 표준화되어 있답니다. 약의 양을 각각 다르게 조제하거나 조제된 약을 몇 개로 나누는 일을 하는 약사와는 사정이 달라요. 약사들은 한 순간의 부주의로 과량의 약을 조제하는 실수를 범할 수도 있을 거예요. 혹은, 서로 다른 여러 개의 처방책을 알려 주는 의사에게도 그런 일이 발생할 수 있을 겁니다. 하지만 치과의사는 도무지 그럴 가능성이 없답니다."

포와로가 물었다.

"아가씨는 검시 법정에서 그런 사실을 말하지 않았나요?"

글레이디스 네빌은 고개를 저었다. 그녀는 불안한 듯이 손가락을 꼼지락거렸다.

"선생님도 아시겠지만……." 마침내 그녀가 입을 열었다.

"저는, 저는 사정을 더욱 악화시킬까 봐 두려웠습니다. 물론 몰리 씨가 그런 일을 하지 않았으리라는 건 제가 잘 알고 있습니다. 하지만, 제가 그런 사실을 말한다고 해도, 그 사람들은 결국 몰리 씨가 의도적으로 그런 일을 했으리라고 생각할 것 같았어요."

포와로는 머리를 끄덕였다.

글레이디스 네빌이 다시 말을 이었다.

"그래서 이렇게 선생님을 찾아오게 된 거랍니다, 포와로 씨. 왜냐하면 선생님과 함께라면, 공식적인 얘기가 되지는 않을 테니까요. 하지만, 저는 그런 얘기가 얼마나 신빙성이 없는지 누군가는 반드시 알아야만 한다고 생각합니다!"

"아무도 알려고 들지도 않을 거예요." 포와로는 말했다.

그녀는 놀란 표정으로 포와로를 바라보았다.

포와로가 말했다.

"나는 그날 아가씨를 시골로 가게 한 전보에 대해 좀더 알고 싶은데요."

"솔직히 말해서, 저도 그 전보를 어떻게 생각해야 할지 모르겠습니다, 포와로 씨. 정말 그건 이상한 일이에요. 전보는 저뿐만 아니라, 숙모님에 대해서—숙모님이 어디에 살고 있는지까지 모두 아는 사람이 보낸 게 분명해요."

"그래요. 따라서, 그 전보는 아가씨의 절친한 친구 중 한 사람이라든가 아니면 병원에서 함께 살면서 당신에 대해 모든 걸 아는 사람이 보낸 것 같진 않나요?"

"하지만, 제 친구 중에는 그런 장난을 칠 사람이 없답니다, 포와로 씨."

"그 문제에 대해 아는 것은 하나도 없나요?"

그녀는 잠시 주저하다가 천천히 입을 열었다.

"몰리 씨가 자살했다는 소식을 들었을 때, 처음에 저는 혹시 그분이 전보를 보냈던 건 아닌가 생각했습니다."

"당신을 생각하고, 그가 당신이 외출하게끔 그런 일을 했다는 건가요?"

네빌 양은 머리를 끄덕였다.

"하지만, 설령 몰리 씨가 그날 아침에 자살할 생각을 하고 있었다 하더라도, 그건 가당치도 않은 추측 같아요. 정말이지 제게 전보가 왔다는 건 매우 이상한 일입니다. 제 친구인 프랭크조차도 처음엔 그 얘길 믿지 않았거든요. 그는 오히려 제가 그날 다른 누군가와 놀러 나가려고 한 거라고 의심했답니다. 마치 제가 그런 일을 일부러 꾸미기라도 한 것처럼 말이에요."

"누군가 다른 애인이 또 있나요?"

네빌 양이 얼굴을 붉혔다.

"아니에요. 그런 사람은 없습니다. 하지만, 요즘 프랭크는 무척이나 변했답니다. 성질도 잘 내고, 아무나 의심하는 버릇이 생겼어요. 하지만, 그것은 그가 직장을 잃고 아직 다른 직장을 구하지 못했기 때문에 그런 걸 거예요. 그저 하릴없이 이곳저곳 어슬렁거리는 일은 차마 남자로서 할 짓이 못되니까요. 저는 프랭크가 몹시 걱정된답니다."

"그날 아가씨가 외출했다는 것을 알고 그가 화를 냈었다고요?"

"그렇습니다. 그날 프랭크는 새 일자리, 1주일에 10파운드씩이나 받는 아주 좋은 일자리를 얻게 되었다는 말을 하려고 병원에 왔었던 거예요. 그는 그냥 기다릴 수가 없었던 거지요. 즉시 제게 알리고 싶었던 겁니다. 그리고 제가 생각하기에, 그는 몰리 씨에게도 그 사실을 알리고 싶었을 거예요. 왜냐하면, 프랭크는 몰리 씨가 자기를 알아주지 않는다고 무척 상심해 있었고, 또 자기와 헤어지라고 몰리 씨가 제게 얘기하고 있다고 느끼고 있었거든요."

"그건 사실이 아닌가요?"

"글쎄요, 어떻게 보면 맞는 얘기죠! 물론, 프랭크는 그동안 많은 일자리를 잃었어요. 어쩌면 그는 흔히 말하는 '매우 건실한 사람'이 아닐지도 모릅니다. 그러나 이제부터는 사정이 달라질 거예요. 저는 사람들이 타인의 영향으로 기대 이상의 일을 할 수도 있다고 생각해요. 그렇게 생각지 않으세요, 포와로 씨? 만일 자기가 사랑하는 여인이 자기에게 많은 것을 기대한다는 사실을 알게 되면, 그 남자는 그 여자가 이상적으로 생각하는 형에 자신을 맞추려고 노력할 거예요."

포와로는 한숨을 내쉬었다. 하지만 그는 네빌 양의 말을 반박하진 않았다. 그는 전부터 숱한 여자들이 그들의 사랑이 구원의 능력을 갖추고 있다는 한심한 신념을 갖고서, 그런 똑같은 말을 하는 걸 수 없이 보아왔다. 천 번에 한 번 정도는 그럴 수도 있으리라고 그는 냉소적으로 생각했다.

그러나 그는 단지 이렇게 말했을 뿐이다.

"아가씨의 친구 분을 만나봤으면 싶은데요."

"저도 선생님이 그를 만나주셨으면 좋겠어요, 포와로 씨. 하지만, 그는 일요일에만 쉰답니다. 주중엔 내내 시골에 내려가 있는 거지요."

"아, 새 직장에서요? 그런데 그가 하는 일은 대체 뭔가요?"

"글쎄요, 저도 정확히는 모르고 있답니다, 포와로 씨. 제가 생각하기엔 비서직 같던데요. 아니면 공무원 정도 되겠지요. 저는 편지도 런던의 그의 집 주소로 보내야 해요. 그러면 그곳 사람들이 다시 시골에 있는 프랭크에게 그 편지를 보내 준답니다."

"그건 좀 이상한 일이로군요, 그렇지 않나요?"

"그래요, 저도 처음엔 그렇게 생각했답니다. 하지만, 요즘에는 흔히들 그렇게 한다고 프랭크가 얘기하더군요."

포와로는 아무 말 없이 잠깐 동안 그녀를 바라보았다. 그리고 조심스럽게 입을 열었다.

"그러고 보니 바로 내일이 일요일이로군요. 실례가 될지 모르겠지만, 내일 로간 식당에서 식사나 함께했으면 하는데 어떨까요? 그렇게 해 주신다면 대단히 기쁠 겁니다. 그리고 나는 이 슬픈 사건에 대해서도 당신들 두 분과 함께 얘기를 나누고 싶습니다."

"음, 고맙습니다, 포와로 씨. 전 좋아요. 우리도 선생님과 함께 점심을 하면 매우 즐거우리라고 생각해요."

8

프랭크 카터는 중간 정도 되는 키에 잘생긴 젊은이였다. 그의 외모는 괜찮았지만 기품 있어 보이지는 않았다. 그는 제법 말을 잘하는 편이었다. 거의 잠긴 듯한 그의 두 눈은 당혹스런 상황에 부딪힐 때마다 여기저기를 두리번거리곤 했다. 그는 누구든 의심하는 듯했고, 약간 적의를 품은 것도 같았다.

"선생님과 함께 점심 식사를 하는 즐거움을 갖게 되리라고는 생각지도 못했습니다, 포와로 씨. 글레이디스는 제게 이런 얘기는 전혀 하지 않았거든요."

그렇게 말한 그는 글레이디스 양에게 짐짓 화난 듯한 시선을 보냈다.

"바로 어제 약속을 했기 때문일 겁니다." 포와로는 미소를 지으며 말했다.

"네빌 양은 몰리 씨의 죽음으로 몹시 당황하고 있답니다. 그래서 혹시 우리가 머리를 맞대고……."

무례하게도 프랭크 카터는 그의 말을 가로막았다.

"몰리 씨의 죽음이라고요? 이제 저는 몰리 씨의 죽음엔 넌덜머리가 납니다! 왜 그를 잊지 못하는 거지, 글레이디스? 내가 보기엔 대단할 것도 없는 사람인데 말이야."

"오, 프랭크, 그런 식으로 말하지 말아요. 그분은 더구나 내게 백 파운드나 남겨주셨다고요. 나는 간밤에 그런 사실이 쓰여 있는 편지를 받았답니다."

"그렇다면 다행이로군." 프랭크는 툴툴거리며 말했다.

"하지만, 결국 그렇게 하는 게 당연한 일 아니야? 그는 마치 당신을 검둥이처럼 부려 먹었어. 그런데 그 많은 수입은 모두 누가 챙겼지? 바로 그 사람이었잖아!"

"그래요, 물론 몰리 씨는 내게 많은 일을 시켰어요. 하지만, 그 대가로 충분할 정도의 봉급을 주셨어요."

"내가 생각하는 정도는 아니야! 아무튼, 글레이디스, 당신은 그에게 너무 헌신적으로 봉사했어. 알지 모르지만, 당신은 그에게 속았던 거야. 나는 몰리 씨가 어떤 사람인지 제대로 판단하고 있었어. 그는 어떻게 해서든지 당신과 나와의 관계를 끊어 놓으려고 당신을 무척이나 설득했었지. 그건 모두가 아는 사실이야."

"그분은 이해하지 못했을 뿐이에요."

"그렇지 않아. 그는 분명히 이해하고 있었어. 지금은 저세상 사람이 되었지만—만일 그렇지 않았다면, 나는 틀림없이 그에게 내 뜻을 알려 주었을 거야."

포와로가 점잖게 물었다.

"당신은 실제로 그렇게 하려고 그 사람이 죽던 날 아침에 병원에 왔었죠?"

프랭크 카터는 화난 목소리로 말했다.

"도대체 누가 그렇게 말하던가요?"

"어쨌든 병원에 왔잖습니까, 그렇지 않나요?"

"그래서 어쨌다는 건가요? 나는 여기 있는 네빌 양을 만나려고 했을 뿐인데요."

"하지만, 병원에서 당신은 그녀가 외출 중이라는 얘기를 들었을 텐데요?"

"그렇습니다. 하지만, 나는 그 말이 믿어지지 않았습니다. 그래서 멍청이처럼 생긴 애한테 기다리다가 직접 몰리 씨를 만나보겠다고 했습니다. 그는 오랫동안 글레이디스와 나와의 관계를 끊어 놓으려고 했었습니다. 그래서 나는 더 이상 불쌍한 떠돌이 실업자가 아니라 좋은 곳에 취직한 당당한 사내로서 그를 만나려고 했던 겁니다. 그리고 이제 글레이디스는 그 일을 그만두고 혼숫감이나 준비할 때라고 그에게 말할 작정이었습니다."

"하지만, 당신은 실제로는 그에게 그런 말을 하지 않았지요?"

"그렇습니다. 나는 그 음침한 방에서 기다리는 데 그만 지쳐 버리고 말았습니다. 그래서 밖으로 나갔지요."

"그때가 몇 시였나요?"

"기억이 나질 않습니다."

"그럼, 당신은 몇 시에 그 병원에 도착했나요?"

"잘 모르겠습니다. 아마 12시쯤이었다고 생각됩니다."

"그렇다면 당신이 병원에 있었던 시간은 30분 정도였나요? 아니면 그보다 적었나요, 더 많았나요?"

"다시 말하지만, 생각이 나지 않습니다. 나는 늘 시간을 보는 그런 사람이 아닙니다."

"당신이 대기실에 있을 때, 그곳에는 누가 있었나요?"

"내가 들어섰을 때, 거기엔 기름기가 철철 흐르는 뚱뚱한 남자 한 사람이 있었습니다. 하지만, 그 남자는 거기에 오래 머무르지는 않았습니다. 그가 나가고 난 뒤 나는 혼자 대기실에 있었습니다."

"그렇다면 당신이 12시 30분 이전에 그곳을 떠났다는 건 분명하군요. 왜냐하면 12시 30분에 한 숙녀분이 병원에 도착했으니까요."

"그런 것 같습니다. 이미 말씀드렸지만, 그 병원에서 나는 편안함이라곤 조금도 느낄 수가 없었습니다."

포와로는 생각에 잠겨서 그를 훑어보았다.

그의 변명은 좀처럼 믿기 어려웠다. 도무지 사실 같지 않았다. 물론 단순한 신경과민으로 생각할 수도 있었다.

말할 때의 포와로의 태도는 담백하고도 호의적이었다.

"네빌 양은 당신이 운 좋게도 아주 좋은 일자리를 얻게 되었다고 말해 주더군요."

"보수가 좋지요."

"주당 10파운드라고 네빌 양이 얘기하던데."

"그렇습니다. 형편없는 일자리는 아니지 않습니까? 일단 발을 들여놓은 이상 그 일을 훌륭하게 해낼 생각입니다."

그는 약간 으스대며 말했다.

"그래요, 아주 좋은 일자리로군요. 그런데 일이 너무 힘들지는 않던가요?"

프랭크 카터는 짧게 대답했다.

"염려할 정도는 아닙니다."

"일은 재미있나요?"

"오, 물론이지요. 아주 재미있는 일이랍니다. 직장에 대한 얘기가 나온 김에 하는 말인데, 선생님 같은 사립탐정들은 도대체 어떻게 일하는지 알고 싶었습니다. 내가 생각하기엔, 위대한 셜록 홈스 같은 탐정들도 그렇게 많지는 않은 것 같더군요. 요즘은 대개 이혼 사건 따위를 수사하는 모양이지요?"

"나는 이혼 사건 따위엔 관심이 없습니다."

"정말이세요? 그렇다면 선생님이 어떻게 생활하시는지 도무지 모르겠군요."

"그럭저럭 살아가지요, 프랭크 씨. 그럭저럭 말이에요."

"하지만, 선생님은 최고의 지위에 있잖아요, 포와로 씨?"

글레이디스 네빌이 끼어들었다.

"몰리 씨도 그렇게 말씀하시곤 했답니다. 왕족이나 내무부 사람들, 또는 귀족 같은 사람들이 선생님을 찾는다고 하더군요."

포와로는 그녀를 향해 웃어 보이며 말했다.

"나를 비행기 태우는군요!"

9

뭔가 골똘히 생각하면서 포와로는 인적이 드문 길을 따라 집으로 돌아왔다.

그는 집 안으로 들어오자마자 재프에게 전화를 걸었다.

"이렇게 귀찮게 굴어서 미안하네, 재프. 글레이디스 네빌에게 왔던 전보를 추적해보았는지 궁금한데?"

"당신, 아직도 그 문제에 매달려 있는 건가요? 그래요, 그 전보를 알아보긴 했죠. 그 전보를 찾긴 했는데, 정말 교묘한 방법으로 보내졌더군요. 네빌 양의 숙모는 서머셋에 있는 리치본에 살고 있습니다. 그런데 그 전보는 바로 런던의 교외인 리치반에서 보내진 겁니다!"

에르큘 포와로는 감탄한 듯이 말했다.

"정말 기가 막히는군—그래, 멋진 수법이었어. 비록 수신인이 우연히 그 전보가 발신된 곳을 보게 되었다 하더라도, 리치반이라는 글자는 충분히 리치본으로 보일 수도 있었을 거야." 그는 말을 멈췄다.
"지금 내가 뭘 생각하는지 아나, 재프?"
"글쎄요."
"이런 일에는 상당한 수준의 지능이 필요하다는 생각을 했다네."
"이 사건이 살인사건이길 에르퀼 포와로가 원하니까 정말 그렇게 되어가는 것 같군요. 그러나 그건 당신의 지나친 추리가 아닐까요?"
"그렇다면 자네는 그 전보를 어떻게 설명할 텐가?"
"나는 우연한 일이었다고 생각합니다. 누군가가 그녀를 골탕먹이려고 했던 거겠죠."
"대체 뭣 때문에?"
"오, 맙소사, 포와로, 당신은 사람들이 왜 장난을 한다고 생각합니까? 그저 농담을 하고 싶거나 짓궂은 장난을 하고 싶어서가 아니겠습니까? 아니면, 빗나간 유머 감각 때문일 수도 있고. 그런 게 전부가 아닌가요?"
"그렇다면, 몰리가 마취제 주사를 잘못 놓은 바로 그날, 누군가가 조금 장난을 쳤다는 얘기로군?"
"그 일에 어떤 인과관계가 있었을지도 모르죠. 다시 말해서, 네빌 양이 외출했기 때문에 몰리는 평소보다 훨씬 바빴고, 그래서 결과적으로 다른 때보다는 실수할 가능성이 컸을 겁니다."
"하지만 나는 그런 추리가 맘에 들지 않네."
"물론 나도 그런 추리가 100퍼센트 맘에 드는 건 아닙니다. 하지만 당신 생각대로라면 어떤 결과가 나올지 모르시겠어요? 만일 네빌 양이 방해된다고 생각할 사람이 있었다면, 그 사람은 아마도 몰리 자신이었을 겁니다. 그러니 결국 그가 앰브로이티스를 죽인 것을 우연한 사고가 아니라 의도적인 살인이었던 게 되지요."
포와로는 아무 대꾸도 하지 않았다. 재프가 말했다.
"이제 아셨습니까?"
포와로는 말했다.
"앰브로이티스는 다른 방법으로 살해되었을 가능성도 있어."

"그렇지 않습니다. 그를 만나러 사보이 호텔로 갔던 사람은 아무도 없어요. 또, 그는 자기 방에서 점심 식사를 했고요. 게다가 의사들은 마취제가 입을 통해서가 아니라 분명히 주사된 것이라고 했습니다. 왜냐하면 위에는 마취제가 전혀 없었으니까 말이에요. 사정이 이렇습니다. 이건 너무도 명백한 사건입니다."

"우리는 그저 그렇게 생각하고 싶을 뿐이야."

"내 상관도 만족하고 있는데요."

"그 사람은 사라져 버린 여자에 대해서도 만족하던가?"

"증발해버린 실 양 사건 말인가요? 아뇨. 솔직히 말해서, 아직도 우리는 그 일을 조사하는 중이랍니다. 그 여자는 분명히 어딘가에 있을 겁니다. 세상의 거리에서 허공으로 사라져 버리는 사람은 없을 테니까 말입니다."

"하지만, 그녀는 마치 그렇게 된 것 같군."

"지금은 그렇게 보이죠. 하지만, 살아 있든 죽었든 분명코 어딘가에 있을 겁니다. 하지만, 나는 그녀가 죽었으리라고는 생각지 않습니다."

"왜 그렇게 생각하나?"

"만일 그녀가 죽었다면, 지금쯤 우리는 그녀의 시체를 찾아냈을 겁니다."

"오, 여보게, 피살된 시체들이 늘 그렇게 빨리 발견되는 건 아니잖나?"

"지금 당신은 그녀가 살해되었을 거라고 말하고 싶은 모양이군요. 그래서 마치 럭스턴 부인처럼 온몸이 토막으로 잘린 채로 채석장 같은 데서 발견이라도 될 것 같습니까?"

"재프, 여하튼 행방불명된 사람 중엔 아직도 찾아내지 못한 사람들도 있지 않은가?"

"하지만, 그건 매우 드문 경우입니다, 포와로. 물론, 많은 여자가 행방불명되긴 하지만 대부분은 우리가 곧 그들을 찾아내지요. 그건 십중팔구는 그렇고 그런 남녀 관계에서 비롯된 일인 경우가 많죠. 행방불명된 여자들은 대개 어떤 남자와 은밀한 곳에서 노닥거리는 일이 태반입니다. 하지만, 난 메이블리 양은 그렇지 않으리라고 생각합니다. 당신도 그렇게 생각하잖습니까?"

"그건 아무도 모르는 일이야……." 포와로는 신중하게 말했다.

"하지만, 나도 그런 일이 가능하리라고 생각진 않네. 그런데 자넨 분명히 그녀를 찾아낼 것 같은가?"

"물론 우리는 곧 그녀를 찾아낼 겁니다. 지금 그녀에 대한 기사를 신문에도 내고 있고, BBC에도 방송을 부탁했거든요."

포와로는 말했다.

"아하, 그렇게 하면 뭔가 진전이 있긴 있을 것 같군."

"걱정하지 마십시오, 포와로. 당신을 위해서라도 우리는 그 행방불명된 여인을, 그녀의 양모로 된 속옷까지도 찾아낼 테니까요."

그는 전화를 끊었다.

평소와 마찬가지로 조지는 조심스러운 발걸음으로 방에 들어왔다. 그는 김이 모락모락 피어오르는 초콜릿 병과 설탕이 발라진 비스킷 몇 조각을 조그만 탁자 위에 내려놓았다.

"뭐 또 시키실 일이 있나요, 주인님?"

"나는 지금 몹시 마음이 혼란스러워, 조지."

"정말인가요, 주인님? 그런 말씀을 들으니 저도 기분이 좋지 않군요."

에르큘 포와로는 초콜릿을 약간 따라 놓고 뭔가 골똘히 생각하면서 천천히 컵을 흔들었다.

그런 그의 태도가 무얼 뜻하는지 아는 조지는 공손하게 그의 다음 말을 기다리며 서 있었다. 에르큘 포와로는 자신이 맡은 사건들을 그의 하인인 조지와 종종 얘기하곤 했었다. 포와로는 조지의 의견이 늘 도움이 되었다고 말했다.

"조지, 자네도 분명히 그 치과의사의 죽음에 대해 알고 있겠지?"

"몰리 씨 말인가요, 주인님? 그렇습니다. 매우 슬픈 일입니다. 자살했다면서요? 제가 아는 바로는 그렇습니다만."

"대부분의 사람들이 그렇게 알고 있지. 하지만, 만일 그가 자살하지 않았다면 그는 살해된 거야."

"그렇군요."

"문제는 만일 그가 살해되었다면 과연 누가 그를 죽였을까 하는 걸세."

"그렇겠지요, 주인님."

"그를 죽였을 만한 사람들이 몇 명 있다네, 조지. 다시 말해서, 그 사람들은 그 시각에 실제로 병원에 있었거나 있었을 수 있는 사람들이야."
"맞습니다."
"그 사람들을 말해볼까. 먼저 요리사와 하녀가 있지. 그들은 매우 상냥해서 그런 종류의 일을 할 것처럼 보이진 않네. 또, 매우 헌신적이었던 그의 누이가 있지. 그녀 역시 전혀 그랬을 것 같지 않아. 하지만, 몰리의 재산을 상속받게 될 사람은 바로 그녀란 말이야—금전적인 문제를 완전히 무시할 수야 없겠지. 또, 유능하고 기술이 뛰어난 그의 동료 의사가 있는데, 그가 살인할 만한 동기는 아직 발견하지 못했다네. 그리고 값싼 추리소설을 탐독하는 약간 멍청하게 생긴 사환 아이가 있지. 마지막으로 정체를 알 수 없는 그리스 신사가 한 사람 있다네."
조지는 기침 소리를 냈다.
"주인님, 외국인들은……."
"맞았어, 나도 자네의 생각에 전적으로 동감하네. 그 그리스 신사는 이 사건의 해결에 결정적으로 도움이 될 수 있는 인물이야. 하지만, 조지, 자네도 알다시피 그 그리스인마저 죽고 말았어. 지금 상황에서는 몰리가 그를 죽인 것으로 되어 있다네. 하지만, 몰리가 의도적으로 그를 죽였는지, 아니면 어떤 불행한 실수에 의해 그를 죽이게 되었는지는 확실히 모르는 거야."
"주인님, 그 두 사람은 서로 죽였을 수도 있습니다. 제 말은 두 신사분이 서로를 살해할 생각을 하고 있었을지도 모른다는 겁니다. 하지만, 두 사람 모두 상대방의 의도를 조금도 눈치 채지 못했을 수도 있지요."
에르큘 포와로는 그를 칭찬하듯 말했다.
"정말 기가 막힌 생각이야, 조지. 몰리는 의자에 앉아 있던 불행한 신사를 살해하려고 했겠군. 하지만, 바로 그 순간에 의자에 앉아 있던 환자가 권총의 방아쇠를 당기려 했었다는 걸 몰리도 모르고 있었겠지. 물론 그럴 수도 있었을 거야. 하지만, 조지, 내가 보기엔 가능성이 거의 없는 추리 같아. 그리고 나는 리스트에 있는 이름을 아직 다 말한 것도 아니라네. 그 시각에 병원에 있었을 만한 사람이 두 명이나 더 있다네. 앰브로이티스 전에 왔던 환자들은 모두 병원을 떠났어. 실제로 그걸 본 사람도 있어. 그런데 예외가 되는 사람이 있다네. 그중 한 사람이 미국 청년일세. 그의 말에 따르면, 그는 11시 40분경에 대기실을 떠났다고 하는데, 실제로 그가 병원 문을 나서는 걸 본 사람은 아무도 없단 말이야. 따라서 일단 우리는 그를 용의자로 주목해야 할 거야. 그리고 또 다른 한 사람은 프랭크 카터라는 친구야. 그는 환자가 아니라네. 그는 몰리를 만날 생각으로 정오가 조금 지난 시각에 병원에 왔었다더군. 그렇지만, 그가 가는 걸 본 사람 역시 없단 말이야. 이상이 지금까지 밝혀진 사실이라네. 조지, 자네는 어떻게 생각하나?"

"그런데 몇 시에 살인이 일어났나요, 주인님?"

"만일 앰브로이티스에 의해 살인이 자행되었다면 아마도 12시와 12시 25분 사이에 벌어졌을 거야. 그러나 다른 누군가가 그랬다면 12시 25분 이후에 발생했겠지. 그렇지 않았다면 앰브로이티스가 시체를 발견했을 테니까 말이야."

그는 조지를 격려하듯이 쳐다보았다.

"자, 어서 말해보게. 자네는 이 문제를 어떻게 생각하는가, 조지?"

조지는 한동안 뭔가 생각하는 것 같았다. 그러다가 그가 말했다.

"생각났습니다, 주인님."

"어서 말해봐, 조지."

"주인님은 앞으로는 주인님의 치아를 치료해줄 다른 치과의사를 구하셔야만 합니다."

에르퀼 포와로가 말했다.

"정말 굉장하구먼, 조지. 나는 미처 그 생각을 하지 못했다네!"

만족스러운 모습으로 조지는 방을 나섰다.

방 안에 홀로 남은 에르퀼 포와로는 초콜릿을 홀짝홀짝 마시면서 방금 전 조지에게 얘기해 주었던 사실들을 곰곰이 생각해보았다. 그는 자기가 말한 사실들이 무척 만족스럽게 느껴졌다. 착상이야 누구의 것이든 간에, 실제로 범행을 저지른 손은 그가 정리해 놓은 사람 중 한 사람의 것일 테니까.

리스트의 명단이 완전하지 않다는 사실을 깨닫자마자, 그의 눈썹이 위로 치켜 올라갔다. 그는 한 사람의 이름을 미처 적어 넣지 않았던 것이다.

아무리 혐의가 없는 사람일지라도 용의자 명단에서는 절대로 제외되어선

안 된다고 포와로는 생각했다.

살인이 발생했던 시각에 그 병원에는 한 사람이 더 있었던 것이다. 그는 재빨리 적어 넣었다.

'반스 씨'

10

"어떤 숙녀분이 전화로 주인님을 찾고 계신데요." 조지가 말했다.

1주일 전 포와로는 자기를 찾아온 손님이 누구였는지 잘못 추측한 적이 있었다. 하지만, 이번엔 그의 추측이 옳았다. 그는 목소리의 주인공이 누구인지 이내 알 수 있었다.

"에르큘 포와로 씨세요?"

"말씀하십시오."

"저는 제인 올리베라입니다, 앨리스테어 블런트 씨의 손녀딸인데요."

"알고 있습니다, 제인 올리베라 양."

"선생님이 고딕 하우스로 좀 와 주실 수 없을까요? 선생님께 뭔가 드릴 말씀이 있는데요."

"물론이지요. 몇 시 정도가 좋을까요?"

"6시 30분이면 좋겠어요."

"그럼, 나중에 그곳에서 만나지요."

그 순간 올리베라 양의 오만한 목소리가 조금 흔들리는 것 같았다.

"저는……, 전 지금 제가 선생님의 일을 방해하는 건 아닌가 걱정이 됩니다만, 괜찮으신지 모르겠네요."

"천만에요. 실은 나도 당신에게서 연락이 오기를 기다리고 있었습니다."

그는 말을 마치고 재빨리 수화기를 내려놓았다. 그러고는 미소를 지으면서 방 안을 천천히 왔다 갔다 했다. 그를 부른 데 대해 과연 제인 올리베라가 뭐라고 변명할지 포와로는 궁금하기 짝이 없었다.

고딕 하우스에 도착해서 그는 강이 내려다보이는 커다란 서재로 안내되었다. 앨리스테어 블런트는 멍청한 모습으로 종이 자르는 칼로 장난을 하면서 책상에 앉아 있었다. 그는 마치 집안 여자들이 속을 썩여서 고민하는 남자처럼 보였다.

제인 올리베라는 벽난로 옆에 서 있었다. 포와로가 서재에 들어섰을 때, 웬 뚱뚱한 중년 부인이 수다스럽게 떠들고 있었다.

"……그러니까 나는 이 문제에 대한 내 기분도 알아줘야 한다고 생각해요, 앨리스테어."

"알았어, 줄리아. 물론이지. 그렇고말고."

포와로를 맞기 위해 자리에서 일어선 앨리스테어 블런트는 마치 그녀를 위로하듯 말했다.

"그리고 만일 네가 앞으로도 그런 끔찍스런 얘기를 한다면 나는 이 방에서 나가겠다."

그 부인이 덧붙여 말했다.

"그래도 전 얘기해야만 하겠어요, 엄마." 제인 올리베라가 말했다.

그러자 올리베라 부인은 포와로를 쳐다보지도 않고 그냥 방을 나가 버렸다.

앨리스테어 블런트가 말했다.

"이곳에 와주셔서 고맙습니다, 포와로 씨. 올리베라와 만난 적이 있겠지요? 당신에게 연락한 사람이 바로 그녀……."

갑작스럽게 제인이 끼어들었다.

"신문마다 행방불명된 여자에 대한 기사로 가득 차 있더군요. 실 양이라나요."

"세인즈버리 실 말이니? 그래."

"정말로 괴상한 이름이에요. 그 덕분에 제가 기억하고 있긴 하지만요. 제가 포와로 씨에게 말할까요? 아니면 앨리스테어 할아버지가 하시겠어요?"

"올리베라, 그건 네 얘기잖니."

제인은 포와로를 향해 몸을 돌렸다.

"제 얘기는 조금도 중요하지 않을지 모릅니다. 하지만, 저는 선생님이 꼭 알아야 할 것으로 생각했답니다."

"무슨 얘긴지요?"

"앨리스테어 할아버지가 지난번 치과 병원에 가셨을 때였습니다. 살인사건이 있었던 그날이 아니라 약 3개월 전쯤의 일이랍니다. 그때 저는 할아버지와 함께 롤스로이스 차를 타고 퀸 샬로트가로 갔었습니다. 리젠트 공원에서 친구들을 만나고 다시 할아버지를 모셔갈 생각이었죠. 저는 병원 앞에서 차를 멈췄습니다. 그리고 할아버지는 자동차에서 내리셨지요. 그런데 그때 그 병원에서 한 여자가 나오고 있었습니다. 중년쯤 된 부인이었는데, 머리에 유난히 신경을 쓴 것처럼 보였고 좀 이상스러워 보이는 옷을 입고 있었답니다. 그녀는 똑바로 할아버지에게 다가왔습니다. 그러고는 이렇게 말했답니다(제인 올리베라의 목소리는 약간 날카로워졌다). '오, 블런트 씨, 설마 당신이 날 잊으신 건 아니겠지요!' 하지만 저는 할아버지의 얼굴을 보자마자 할아버지가 그 여자를 기억하지 못한다는 걸 알 수 있었어요……."

앨리스테어 블런트는 한숨을 내쉬었다.

"난 그 여자를 모릅니다. 으레 사람들은 그렇게 말하곤 하지요."

"그때 할아버지는 이상한 표정을 지으셨어요." 제인이 계속해서 말했다.

"저는 그 표정이 뭘 뜻하는지 잘 알고 있답니다. 공손하지만 가장된 표현이었지요. 하지만 삼척동자라도 그런 표정에는 속지 않을 거예요. 할아버지는 속이 빤히 들여다보이는 목소리로 말씀하셨지요. '아, 어……, 물론이지요.'라고 말이에요. 그런데도 그 괴상망측한 여자는 이렇게 계속 말했답니다. '당신도 알다시피 나는 당신 부인과 절친한 친구 사이였답니다!'"

"대개 사람들은 그런 식으로 말하지요."

아까보다 더욱 우울한 목소리로 앨리스테어 블런트가 말했다.

그러고는 마치 호소하듯이 웃어 보였다.

"그런 일은 언제나 똑같은 방법으로 끝난답니다! 어떤 일이 있으니 기부금 좀 내달라는 거죠. 나도 그때 제나나 선교 단체가 하는 곳에 5파운드를 기부하고 그 자리를 모면할 수 있었답니다. 제기랄!"

"그 여자가 실제로 선생님의 부인을 알고 있었던 건가요?"

"글쎄요, 그 여자가 제나나 선교회를 들먹였기 때문에 그럴 거라고 생각했습니다. 만일 그 여자가 내 아내를 알고 있었다면, 그건 인도에서였을 겁니다. 우리는 약 10년 전쯤 그곳에서 살았었으니까요. 하지만, 그녀는 내 아내와 별로 친하지 않았을 수도 있습니다. 그렇지 않다면 내가 그 사실을 알고 있었을 테니까요. 아마 그 여자는 어떤 연회장에서 내 아내를 만났을 겁니다."

제인 올리베라가 말했다.

"저는 그녀가 레베카 할머니를 알고 있다는 말을 조금도 믿지 않아요. 그건 할아버지에게 말을 걸기 위한 구실에 지나지 않았을 거예요."

앨리스테어 블런트는 아량 있게 말했다.

"글쎄, 뭐 그럴 수도 있겠지."

제인이 말했다.

"그런데 제가 이상하게 생각하는 건, 그 여자가 할아버지를 억지로 아는 체하려고 애썼다는 거예요."

앨리스테어 블런트는 여전히 도량이 아주 넓은 사람답게 말했다.

"그녀는 단지 기부금을 원했던 거랍니다."

포와로가 말했다.

"또 다른 방법으로 그녀가 선생님께 재차 기부금을 요구하지는 않았나요?"

블런트는 고개를 저었다.

"그 이후로 나는 그녀에 대해 생각해본 적도 없었습니다. 제인이 신문에서 발견하기 전까지만 해도 나는 그녀의 이름조차 까맣게 잊고 있었답니다."

제인은 약간 주저하는 목소리로 말했다.

"그래서 저는 포와로 씨가 이 사실을 꼭 아셔야 한다고 생각했답니다."

"감사합니다, 올리베라 양." 포와로는 공손하게 말했다.

그는 덧붙여 말했다.

"나는 당신을 방해할 생각은 추호도 없습니다, 블런트 씨. 당신은 워낙 바쁘신 분이니까요."

제인이 재빨리 말했다.

"저도 선생님과 함께 내려가겠어요."

콧수염 아래로 에르큘 포와로는 남모르게 미소를 지었다.

아래층에서 제인은 느닷없이 발걸음을 멈추고 말했다.

"이리로 들어오세요."

그들은 홀에서 떨어진 조그만 방으로 들어갔다. 그녀는 몸을 돌려 포와로를 쳐다보았다.

"제게 연락이 오길 기다리셨다고 선생님이 전화로 말씀하셨지요? 도대체 무슨 뜻으로 하신 말씀인가요?"

포와로는 미소를 지으며 손바닥을 펼쳐보였다.

"아무런 뜻도 없었습니다, 올리베라 양. 그저 당신의 연락을 기대하고 있었는데……, 전화가 온 것뿐이지요."

"그렇다면 선생님은 제가 세인즈버리 실이라는 여자에 대해 얘기하려고 전화하리란 걸 알고 계셨다는 말이로군요."

포와로는 설레설레 머리를 흔들었다.

"그 얘기는 단지 나를 부르기 위한 구실이었을 겁니다. 필요했다면 당신은 뭔가 다른 얘깃거리도 찾아낼 수 있었을 겁니다."

"도대체 제가 왜 선생님을 찾아야 한다는 건가요?"

"왜 당신은 세인즈버리 실 양에 관한 그처럼 흥미로운 정보를 런던경시청에 알리지 않고 내게 말한 건가요? 아마 런던경시청에 알리는 게 더 자연스러운 일이었을 텐데요."

"좋아요, 만물박사님. 대체 선생님은 얼마나 정확히 알고 계신 건가요?"

"일전에 내가 홀본 팰리스 호텔을 찾아갔다는 말을 들은 이후로 당신은 내게 관심을 두기 시작했지요."

백지장처럼 새하얗게 질리는 그녀의 얼굴을 보고 그는 깜짝 놀랐다. 그런 검은 피부가 그렇게 푸르스름한 색이 감돌 정도로 하얗게 변할 수 있으리라고는 생각지도 못했던 것이다.

그는 천천히 위엄 있는 목소리로 말을 이었다.

"당신은 오늘 나를 유도심문하려고 이곳으로 오게 한 겁니다. 적절한 표현이라고 생각지 않으세요? 그래요, 당신은 하워드 레이크스 씨에 대한 문제로 나를 유도심문해 보려고 한 겁니다."

"도대체 그 사람이 누구지요?" 하고 제인 올리베라가 말했다.

하지만 그건 별로 성공적이지 못한 속임수였다.

포와로가 말했다.

"그렇게 나를 속이려고 애쓰실 필요 없습니다, 아가씨. 내가 아는 사실—아니, 내가 추측했던 것을 당신에게 얘기해 드리지요. 재프 경감과 내가 이곳에 처음 왔을 때, 당신은 우리 두 사람을 보고 깜짝 놀랐지요. 나중에는 몹시 경계하는 것처럼 보였습니다. 당신은 그때 할아버지에게 무슨 일이 생긴 것으로 생각했습니다. 왜죠?"

"글쎄요, 할아버지는 언제라도 불의의 사고를 당할 수 있는 분이니까요. 언젠가는 우편으로 할아버지에게 폭탄이 배달되기도 했답니다—허조슬로바키아 차관 이후에 말이에요. 물론 그 외에도 할아버지에게는 무수한 협박 편지들이 오고 있지요."

포와로가 말했다.

"재프 경감은 당신에게 몰리라는 어떤 치과의사가 총에 맞아 죽었다는 말을 했습니다. 그때 당신이 한 말을 기억하고 있을 겁니다. 당신은 이렇게 말했지요. '하지만, 그건 좀 이상한 일인데요.'라고 말입니다."

제인은 입술을 깨물었다. 그러고는 말했다.

"제가 그랬었나요? 그것참 이상한 일이로군요."

"정말 흥미 있는 발언이었습니다, 올리베라 양. 왜냐하면 그 말은 두 가지 사실을 나타내 주었으니까요. 첫 번째로는 당신이 몰리 씨를 알고 있었다는 거지요. 둘째로, 당신은 할아버지에겐 아니었지만 그 병원에서 어떤 일이 일어나기를 기대하고 있었다는 겁니다."

"선생님은 상상력이 풍부하시군요."

포와로는 그런 그녀의 말에 조금도 개의치 않았다.

"당신은 몰리 씨의 병원에서 어떤 일이 일어나기를 기대하고 있었던 겁니다. 아니, 어쩌면 두려워하고 있었을지도 모르지요. 또한, 당신은 할아버지에게 무슨 일이 생길까 걱정하고 있었습니다. 만일 그렇다면, 당신은 우리가 모르는 그 무엇인가를 틀림없이 알고 있었다는 얘기가 됩니다. 나는 그날 몰리 씨의 병원에 왔었던 사람들을 하나하나 생각해보았습니다. 그리고 이내 당신과 관계가 있음 직한 사람을 찾아낼 수 있었지요. 그 사람은 바로 미국인 청년 하워드 레이크스 씨였습니다."

"마치 TV 연속극 같군요. 꽤 흥미진진한데, 다음은 어떻게 되나요?"

"나는 하워드 레이크스 씨를 만나보고 싶습니다. 그는 위험하지만 매력적인 청년……."

포와로는 얼굴에 잔뜩 호기심 어린 표정을 담고 말을 멈췄다.

제인이 명상에 잠긴 듯이 말했다.

"그는 매력적으로 생겼어요, 그렇죠?" 그리고 미소를 지었다.

"좋아요! 선생님이 이기셨어요! 저는 정말 놀랐습니다."

그녀는 앞으로 몸을 기울였다.

"솔직하게 말씀드릴게요, 포와로 씨. 선생님은 간단히 속일 수 있는 그런 사람이 아니시군요. 선생님이 뭔가 찾아내려고 염탐하며 돌아다니도록 내버려두기보다는 제가 직접 말하는 편이 나을 것 같군요. 저는 그 사람, 하워드 레이크스를 사랑하고 있습니다. 지금 저는 그이에게 푹 빠져 있답니다. 제 어머니는 그이에게서 절 떼어놓으려고 이곳으로 저를 보낸 거랍니다. 게다가 어머니는 앨리스테어 할아버지가 저를 잘 보셔서 돌아가실 때, 유산을 제게 남겨 주셨으면 하고 바라신답니다. 그 두 가지 이유 때문에 어머닌 저를 이곳으로 보내신 거예요."

그녀는 계속 말을 이었다.

"어머니는 처조카시랍니다. 그리고 외할머니는 레베카 아놀드의 여동생이셨지요. 그러니까 그분은 제 할아버지가 되신답니다. 그런데 그분에겐 가까운 친척이 없으시지요. 그래서 제 어머니께서는 저희를 그분이 잔여 유증자로 삼아주길 바라고 계신답니다. 어머닌 그동안 여러 번 할아버지에게서 돈을 우려내 쓰기도 했지요. 저는 지금 선생님께 솔직히 말씀드리는 거예요, 포와로 씨. 어머니와 전 그런 사람들입니다. 사실 저희에게도 돈은 충분히 있답니다. 물론 하워드가 생각하는 것만큼 많지는 않지만요. 그러나 우리는 앨리스테어 할아버지와 같은 갑부는 아니에요."

그녀는 말을 멈췄다. 그러고는 한쪽 손으로 의자 팔걸이 위를 힘껏 내리쳤다.

"제가 어떻게 선생님을 이해시킬 수 있을까요? 제가 지금까지 살아오면서 믿도록 교육받았던 모든 것들을 하워드는 증오하며 없애 버리려고 한답니다. 그리고 이따금씩은 그가 하는 것처럼 저도 하고 싶은 충동을 느낄 때가 있답니다. 전 앨리스테어 할아버지를 좋아해요. 하지만, 할아버지는 제 감정을 자주 상하게 한답니다. 할아버지는 너무 고루하세요—전형적인 영국인이지요. 게다가 지나치게 조심스럽고 보수적이기까지 합니다. 때로는 저도 그분과, 또 그분과 같은 사람들이 이 세상에서 싹 없어져야 한다고 생각해요. 왜냐하면 그런 사람들이 진보를 가로막고 있기 때문이죠. 만일 그런 사람들만 없다면, 우리는 뭐든지 할 수 있을 거예요!"

"당신도 레이크스 씨의 이상에 빠진 모양이로군요?"

"그렇습니다—하지만, 꼭 그런 것만은 아니에요. 하워드는, 다른 동료보다 성격이 거칠답니다. 그의 동료는 하나에서 열까지 하워드의 말에 동의하고 있어요. 그들은 무슨 일인가를 저지를 거예요—그 추종자들이 동의만 한다면 말이에요. 하지만, 그런 일은 절대로 없을 겁니다! 그들은 그저 저만치 앉아서 설레설레 고개를 저으며 말할 거예요. '우린 그런 일에 모험을 걸 수는 없어.' 라든가 '그건 별로 경제적인 것 같지가 않아.' 그리고 '우리는 우리의 책임을 고려해봐야만 해.'라든가 또는 '역사를 돌이켜 봐.' 따위의 말들을 말이에요. 하지만 저는 역사를 돌이켜 봐서는 안 된다고 생각합니다. 그건 뒤를 돌아보는 행위예요. 우리는 그렇게 하는 것보다는 늘 앞만 보고 살아야 합니다."

"아주 매력적인 생각을 하고 있군요." 포와로는 점잖게 말했다.

마치 냉소하는 듯한 시선으로 제인이 그를 쳐다보았다.

"선생님도 역시 그런 식으로 말씀하시는군요."

"그건 어쩌면 내가 늙었기 때문일 겁니다. 나처럼 나이 든 사람들은 꿈을 가지고 있지요. 하지만, 단지 꿈에 불과할 뿐이지요."

그는 잠깐 동안 말을 멈췄다가 대단히 사무적인 목소리로 이렇게 말했다.

"그런데 왜 하워드 레이크스 씨는 퀸 샬로트가 병원에 진료를 예약했나요?"

"그건 그이와 앨리스테어 할아버지가 만났으면 하고 제가 바랐기 때문입니다. 사실 저는 그 일을 어떻게 처리해야 좋을지 몰랐었답니다. 그이는 앨리스테어 할아버지에 대해서 그리 좋지 않은 감정을 갖고 있었습니다. 솔직히 말해서, 그이는 할아버지에 대한 증오로 가득 차 있었습니다. 그래서 저는 만일 그이가 할아버지와 가까이 접해 본다면—그래서 할아버지가 매우 친절하고 호의적인 사람이라는 걸 알게 된다면, 그이의 생각이 변할지도 모른다고 생각했던 거지요. 하지만, 이 집에서는 그렇게 만나게 할 수는 없었습니다. 그건 어머니 때문이지요—어머니가 모든 일을 망쳐 놓을 게 뻔하니까요."

포와로가 말했다.

"하지만, 그렇게 만나도록 한 뒤에 당신은, 은근히 두려웠던 게로군요?"

그녀의 두 눈이 동그래지더니 이내 어둡게 변했다. 그녀가 말했다.

"그래요. 왜냐하면……, 왜냐하면 하워드는 때로는 이성을 잃어버리곤 하니까요. 그이는, 그이는……."

에르퀼 포와로가 말했다.

"그는 지름길을 원하는 모양이로군요. 전멸시키기 위해서는……."

제인 올리베라가 소리쳤다.

"그만 하세요!"

일곱, 여덟, 똑바로 정돈하라

1

시간은 계속 흘러갔다. 몰리가 죽은 지 벌써 한 달이 지났고, 여전히 세인즈버리 실 양에 대한 소식은 없었다.

재프는 그 문제로 점점 초조해지기 시작했다.

"이런, 제기랄! 하지만 그 여자는 분명코 어딘가에 있을 겁니다, 포와로."

"물론이지, 재프."

"죽지 않았으면 살아 있겠지요. 만일 그녀가 죽었다면 시체는 어디에 있다는 거지요? 가령 그녀가 자살했다면……."

"또 자살이라?"

"그런 얘기는 그만 하기로 하지요. 당신은 아직도 몰리가 살해되었다고 믿고 있군요. 나는 자살 사건이라고 생각하는데 말입니다."

"자넨 아직 권총의 출처를 알아내지 못했나?"

"그래요, 그 권총은 외제잖습니까?"

"그 사실이 뭔가를 시사해 주는 것 같군. 그렇지 않나?"

"당신이 생각하는 것만큼은 아닐 겁니다. 몰리는 외국에 다녀온 적이 있답니다. 그는 누이와 함께 외국으로 관광 여행을 갔었지요. 영국이라는 이 섬나라에 사는 사람들 대개가 그렇게들 하지요. 그러니 그는 외국에서 권총을 샀을지도 몰라요. 많은 사람이 외국에 나가면 으레 권총을 갖고 다니려 들지요. 외국에 나가면 목숨이 위태롭다고 생각하는 모양입니다."

잠시 멈췄다가 그는 다시 말을 이었다.

"내 생각이 좀 허황하더라도 그것을 무시하지는 마십시오. 난 만일—이건 단지 가정에 지나지 않아요. 그 저주받을 여자가 자살했다면, 지금쯤 그 여자의 시체는 어느 해안가에 떠다니고 있을 거라고 생각해요. 설령, 그녀가 피살되었다고 해도 결과는 마찬가지일 거고요."

"하지만, 만일 그녀의 몸에 육중한 물건을 매달아서 템스 강에 던졌다면 그렇지는 않을 걸세."

"라임 하우스(템스 강가에 있는 런던의 한 자치구역)의 한 지하실에서 발견될지도 모르죠! 당신은 어떤 여류 소설가가 쓴 괴기소설을 얘기하는 것 같군요."

"알고 있어, 나도 알고 있네. 나도 그런 일들을 얘기할 때면 부끄러운 생각이 들어."

"혹시 그녀가 악명 높은 국제적인 갱단에 의해 피살된 건 아닐까요?"

포와로는 길게 한숨을 내쉬며 말했다.

"실제로 그런 일들이 일어나고 있다는 얘기를 최근에 들은 적이 있다네, 재프."

"누가 그런 말을 하던가요?"

"캐슬가든 로드에 사는 레지날드 반스 씨가 그러더군."

"그래요, 그 사람이라면 알지도 모르지요." 재프가 반신반의하며 말했다.

"그 사람은 내무부에서 근무할 때 거류 외국인(남의 나라에서 사는 외국인) 업무를 처리했으니까요."

"그런데 자네는 그의 말에 동의하지 않는가 보군?"

"그건 내 분야가 아니니까요. 아, 물론 실제로 그런 일이야 있지요. 하지만, 그건 매우 드문 일이에요."

잠깐 동안 두 사람은 아무 말도 하지 않았다. 포와로는 자신의 콧수염을 비비 꼬고 있었다.

재프가 말했다.

"우리는 한두 가지 정보를 더 입수했답니다. 그녀는 앰브로이티스와 같은 배를 타고 인도에서 돌아왔더군요. 하지만, 그녀는 이등 객실에 있었고, 그는 일등 객실에 있었지요. 그리고 사보이 호텔의 한 웨이터의 말에 따르면, 그가 죽기 1주일 전쯤 그녀와 그 호텔에서 함께 점심 식사를 했었다는데, 난 그 문제에 대해선 별로 알아볼 필요도 없다고 생각합니다."

"그렇다면 그들 사이에는 어떤 관계가 있었을 수도 있겠군?"

"그럴지도 모르지요. 하지만, 난 그럴 가능성은 없다고 생각해요. 나는 선교 활동을 한다는 여자가 그처럼 묘한 일에 관련되었으리라고는 상상할 수 없거든요."

"그렇다면 앰브로이티스는 자네가 부르는 그 '묘한 일'에 관련되어 있었다는 건가?"

"그럼, 물론이지요. 그는 중부 유럽에 있는 친구들과 긴밀한 접촉을 하고 있었지요. 일종의 스파이였답니다."

"자넨 그 사실을 확신하고 있나?"

"물론이지요. 그러나 그 사람이 직접 자질구레한 일을 한 건 아니에요. 차라리 우리가 그와 직접 만날 수 있었다면 좋았을 겁니다. 그는 보고서를 작성하고 수신하는 일을 했답니다."

잠깐 동안 말을 멈췄다가 재프는 다시 말을 이었다.

"그러나 그런 사실도 우리가 세인즈버리 실 양을 찾는 데는 별 도움이 안 돼요. 그녀는 그런 스파이 활동 따위와는 무관했을 테니까요."

"재프, 그녀가 인도에서 살았었다는 사실을 기억해보게. 작년에 그곳에서는 극심한 사회적 불안이 있었다네."

"앰브로이티스와 세인즈버리 실 양이라……, 나는 두 사람이 동료 스파이였다고는 도저히 믿을 수가 없어요."

"자넨 세인즈버리 실 양이 작고한 블런트 부인의 절친한 친구였다는 사실을 알고 있나?"

"누가 그렇게 말하던가요? 난 믿을 수가 없어요. 더구나 두 사람은 사회적인 신분도 다르잖아요."

"그 여자가 그렇게 말했다더군."

"그녀가 누구에게 그런 말을 했지요?"

"앨리스테어 블런트에게."

"뭐라고요! 아주 재미있는 일이로군요. 그렇다면 그는 스파이 활동 계획에 따라 이용당한 게 분명해요. 당신은 앰브로이티스가 그런 방법으로 그 여자를 이용했을 거라고 생각하는 건가요? 그건 말도 안 되는 얘기예요. 블런트는 기부금이나 주고 그녀를 쫓아 버렸을 겁니다. 그는 그녀에게 주말에 데이트나 하자는 따위의 말은 하지도 않았을 거예요. 그 사람은 그런 일엔 조금도 흥미가 없으니까 말이죠."

그 같은 재프의 얘기가 매우 진실성 있게 생각되었기 때문에 별 수 없이 포와로는 동의를 표시했다. 잠시 지나서 재프는 세인즈버리 실 양의 실종에 대해 자신이 어떻게 생각하는지 간단히 말해 주었다.

"나는 그녀의 시체가 어떤 미친 과학자에 의해 염산 탱크 속에 가라앉아 있을지도 모른다고 생각해요. 이건 우리가 책 속에서 즐겨 읽는 또 다른 해결이지요! 하지만, 내가 말하는 대로 믿어 주십시오. 그런 일들은 정말로 터무니없는 상상에 지나지 않을 겁니다. 만일 그 여자가 정말 죽었다면, 그녀의 시체는 어딘가에 암매장되었을 거예요."

"하지만 어디에?"

"확실해요. 그녀는 런던에서 증발한 겁니다. 하지만, 런던에는 그녀의 시체를 암매장할 만한 정원을 가진 사람이 없어요. 인적이 드문 조그만 농장, 바로 그것이 우리가 찾는 곳이지요!"

정원이라! 문득 얼링에서 보았던 정원이 포와로의 머리에 떠올랐다. 그 정원은 산뜻하고 꼼꼼하게 가꿔져 있었고 잘 정돈된 화단도 있었다. 만일 그곳에 한 여인의 시체가 묻혀 있다면 얼마나 놀라운 일일까! 그는 그런 엉뚱한 생각은 하지 말자고 자신을 타일렀다.

"그런데 만일 그녀가 죽지 않았다면……." 재프는 말을 이었다.

"도대체 지금 그녀는 어디에 있을까요? 한 달이 넘도록 신문에 실린 그녀의 기사가 영국 전체에 퍼졌을 텐데 말입니다."

"그런데 아무도 그녀를 보지 못했다는 건가?"

"후, 그렇답니다. 물론 그녀와 비슷한 여자를 봤다는 사람은 한두 사람이 아니에요! 올리브색이 나는 녹색 카디건을 입은 중년의 초췌한 부인이 얼마나 많이 있는 줄 아마 당신은 짐작도 못 할 겁니다. 그런 여자는 요크셔 평야에, 그리고 리버풀에 있는 호텔에서, 데븐에 있는 고급 하숙집에서, 또한 램즈게이트의 해변 등 곳곳에서 발견되고 있답니다. 내 부하 직원들은 그런 신고가 들어올 때마다 끈기 있게 모두 조사해보았지만, 죄다 시간 낭비였을 뿐입니다. 신고를 받고 출동해보면, 세인즈버리 실 양은 없고, 하나같이 그녀와 닮은 중년의 존경할 만한 여인들만 있었지요."

포와로는 동정한다는 듯 혀를 찼다.

"그렇기는 하지만……." 재프는 다시 말을 이었다.

"어찌되었든 그녀는 실존하는 사람입니다. 내 말은, 지금까지 사람들이 본 건 실 양이 아니라 가짜였다는 거예요. 다시 말해서, 우리는 어떤 한 장소에서 스핑크스 양(수수께끼 같은 사람, 여기서는 세인즈버리 실 양을 가리킴)처럼 행동하는 사람들을 보았다는 얘기지요. 실제로 스핑크스 양은 없는데도요. 하지만, 세인즈버리 실 양은 실존하는 사람이지요. 그녀에게는 과거도 있고 배경도 있어요! 우리는 그녀에 대해 갓난아기 때부터 지금까지 전부 알고 있답니다! 그녀는 지극히 평범하고 분별 있는 생활을 하고 있었는데, 느닷없이! 사라져 버린 거예요!"

"거기엔 뭔가 이유가 있었을 걸세." 포와로가 말했다.

"설령, 당신은 가능하다고 생각할지 모르지만, 그녀가 몰리를 죽이지 않았다는 건 분명해요. 그녀가 병원을 떠난 뒤에도 그가 살아 있었다는 걸 앰브로이티스가 봤다고 했으니 말이에요. 그리고 그날 아침 그녀가 퀸 샬로트가를 떠난 이후의 거동을 조사도 해보았지만, 별로 이상한 건 없었답니다."

포와로는 성마른 목소리로 말했다.

"나도 그녀가 몰리를 죽였을 거라고는 조금도 생각지 않네. 그녀는 그런 짓을 하지는 않았어. 하지만, 내게는 줄곧……."

재프가 말했다.

"만일 당신이 몰리에 대해 올바르게 판단하고 있다면, 설령 그녀가 의심을 품지는 않았다 해도 앰브로이티스가 그 살인자에 대해서 어떤 단서가 되는 암시를 그녀에게 했으리라는 생각이 들 겁니다. 사정이 그렇다면, 누군가 의도적으로 그녀를 제거해 버렸을 가능성도 있겠지요."

포와로가 말했다.

"어떤 단체, 또는 퀸 샬로트가의 한 평범한 치과의사의 죽음과는 전혀 어울리지 않는 어떤 커다란 문제가 이 사건과 관련이 돼 있을 거야."

"레지날드 반스가 한 말들을 믿으면 절대로 안 됩니다! 그는 웃기는 노인이에요. 그의 머릿속은 스파이들과 공산주의자들로 온통 가득 차 있답니다."

재프가 자리에서 일어났다. 포와로가 말했다.

"새로운 소식이 있으면 내게도 알려 주게나."

재프가 밖으로 나간 뒤에도 포와로는 인상을 잔뜩 찌푸리고 테이블 앞에 앉아 있었다.

그는 자신이 분명코 뭔가를 기다리고 있다는 느낌이 들었다. 과연 그것은 무엇일까?

그는 얼마 전에 자신이 아무런 연관성도 없는 사실과 이름들을 적으면서 그곳에 앉아 있던 일을 기억해 냈다. 그때 새 한 마리가 입에 잔가지를 물고 창문을 스쳐 날아갔었지.

그도 역시 잔가지를 모으고 있었던 것이다. 다섯, 여섯, 그는 잔가지들을 집어와 이곳에 모아 두었던 것이다…….

이제 그는 충분한 잔가지를 모았다—상당히 많은 잔가지가 모였다. 그것들은 포와로의 마음속에 일목요연하게 분류되고 정리되어 있었다. 하지만, 아직도 그는 그것들을 순서대로 늘어놓지 못하고 있었다. 바로 그것이 다음으로 해야 할 일이었다—잔가지들을 똑바로 늘어놓는 것.

그렇다면 무엇이 포와로를 머뭇거리게 하는 건가? 그는 대답을 알고 있었다. 그는 뭔가를 기다리고 있었던 것이다. 그것은 불가피하고, 미리 예정된, 그리고 쇠사슬의 다음 연결고리가 되는 그 어떤 것이었다. 만일 그것이 오게 되면 그때, 그때라면 포와로는 앞으로 나아갈 수 있을 것 같았다…….

2

그로부터 1주일이 지난 어느 날 저녁, 포와로에게 전화가 왔다.

얘기를 하는 재프의 목소리는 퉁명스럽기가 그지없었다.

"당신인가요, 포와로? 우리는 그녀를 찾아냈답니다. 당신이 이곳으로 오셨으면 좋겠군요. 킹 레오폴드 공동주택 45호랍니다. 배터시 파크 맨션이지요."
15분 뒤에 포와로는 킹 레오폴드 공동 주택 앞에 택시를 세웠다.
그곳은 배터시 파크가 내려다보이는 커다란 공동주택 단지였다. 45호는 2층에 있었다. 재프가 직접 문을 열어 주었다.
그의 얼굴은 상당히 굳어 있었다.
"들어오시죠. 이건 별로 유쾌한 구경거리가 못됩니다. 하지만, 나는 당신도 직접 보는 것이 좋으리라고 생각해서요."
포와로가 물었다—하지만, 그건 물어보나 마나였다.
"죽었나?"
"그렇습니다!"
포와로는 오른쪽 문에서 들려오는 익숙한 소리에 귀를 쫑긋 세웠다.
"저 사람은 포터입니다." 재프가 말했다.
"지금 싱크대에다 토하고 있답니다! 아까 그를 이곳으로 데려와서 그녀가 맞는지 확인해보았거든요."
그는 복도를 따라 내려갔다. 포와로도 그의 뒤를 따라갔다. 그의 코에는 주름이 잔뜩 잡혀 있었다.
"별로 보기 좋은 모습은 아닙니다." 재프가 말했다.
"하지만, 뭘 기대할 수 있겠어요? 그녀는 죽은 지 족히 한 달도 더 지났는데 말이에요."
그들이 들어간 곳은 조그마한 고방(庫房; 세간이나 중요하지 않은 물건을 보관하는 곳)이었다. 고방의 한가운데에 모피 제품을 보관하는 커다란 금속 장롱이 놓여 있었다. 그리고 그 문은 열려 있었다.
포와로는 앞으로 나아가 그 안을 들여다보았다.
먼저 발이 보였다. 장식용 버클이 달린 낡은 구두가 신겨져 있는 발이었다. 그가 세인즈버리 실 양을 처음 만났을 때도 그 버클에서 시작됐다는 것이 그의 머리에 떠올랐다.
그는 천천히 위를 살펴보기 시작했다. 파란 양모 코트와 스커트 위를 지나 마침내 그의 시선이 시신의 머리에 못 박혔다.

그는 알아들을 수 없는 신음소리를 냈다.

"당신의 기분을 압니다……." 재프가 말했다.

"정말 끔찍한 일이지요."

시체의 얼굴이 무참히도 짓이겨져 있었기 때문에 원래의 모습은 도저히 짐작할 수 없었다. 게다가, 부패라는 자연스런 현상까지 겹쳐 있었기 때문에, 발걸음을 돌리는 두 사람의 표정이 새파랗게 질린 건 조금도 이상한 일이 못되었다.

"오, 좋아요." 재프가 말했다.

"하지만 이건 그저 그런 일이에요. 우리는 이런 광경을 흔히 보게 되지요. 그럴 때마다 이러고저러고 생각할 것도 없이 내 직업이 너무나 천하게 느껴지곤 합니다. 다른 방에 브랜디 병이 있더군요. 가서 한잔 마시는 게 좋을 것 같습니다."

거실은 현대적인 스타일로 산뜻하게 가구가 배치되어 있었다. 대부분의 가구들은 크로뮴으로 되어 있었고, 몇 개의 커다란 정사각형 안락의자 위에는 엷은 황갈색의 기하학적인 도안이 그려 있는 천으로 된 덮개가 덮여 있었다.

포와로는 술병을 찾아서 연거푸 몇 잔을 들이켰다. 그러고는 말했다.

"정말 끔찍스러운 모습이더군! 자, 어서 내게 모든 것을 얘기해보게, 재프."

재프가 얘기하기 시작했다.

"이 집은 앨버트 채프먼 부인이라는 사람의 것이랍니다. 내가 생각하기에 채프먼 부인이란 여자는 마흔 살쯤 되었고, 멋지게 손질한 금발 머리를 가진 것 같더군요. 집세도 그녀가 치르고 있었고, 이웃집 사람들과 이따금 브리지 게임을 즐긴다더군요. 그러나 그녀의 생활은 좀 외로웠던 것 같아요. 아이도 없는데다가 채프먼 씨는 세일즈맨이라니까요. 세인즈버리 실 양은 우리가 그녀와 만났던 그날 저녁 이곳에 왔다더군요. 7시 15분쯤이랍니다. 그러니까, 아마 그녀는 글렌고리 코트 호텔에서 곧장 이리로 왔던 모양입니다. 포터의 말에 따르면, 그녀는 전에도 한번 이곳에 왔다더군요. 사실 그건 조금도 문제가 되지 않는 일입니다. 좋아하는 친구의 집을 방문한 거니까요. 포터는 세인즈버리 실 양을 엘리베이터에 태워서 2층까지 데려다 주었다더군요. 그가 그녀를 마지막으로 본 건 그녀가 문간에 서서 벨을 누르고 있을 때였답니다."

포와로가 말했다.

"그가 그 일을 기억해 내는 데 퍽이나 시간을 많이 잡아먹었군!"

"그는 위장병 때문에 병원에 입원하고 있었던 것 같아요. 그동안에 그 사람 대신 다른 사람이 잠깐 고용되어 있었고요. 겨우 1주일 전에야 그는 낡은 신문에서 '행방불명된 여자'에 대한 기사를 읽고 아내에게 이렇게 말했답니다. '이 여자는 2층에 사는 채프먼 부인을 만나러 왔던 그 친구 같아. 그 여자도 녹색 양모로 된 옷을 입고 있었고, 구두에 버클이 달려 있었거든.' 하고 말입니다. 그리고 또 한 시간쯤 지나서 그는 '그 여자 이름도 신문에 난 이름과 비슷했어. 믿어 줘. 그 여자의 이름도 무슨 실 양이었다니까!' 하고 아내에게 얘기했다는군요."

"그로부터 나흘이 지나서야……." 재프는 계속해서 말했다.

"그는 경찰서로 그 같은 정보를 갖고 왔답니다. 그는 원래부터 경찰서와 관계되는 일은 무조건 의심하는 그런 사람이었거든요. 사실 우리는 그의 정보를 별로 대수롭지 않게 생각했었지요. 당신은 우리가 얼마나 많은 허위 신고를 받았었는지 짐작도 못 할 겁니다. 그래도 나는 베도스 경사를 파견했습니다. 그는 똑똑한 젊은이지요. 고등교육에 대해서 반감이 있긴 하지만요. 그는 그런 걸 참을 수 없나 봐요. 하긴 요즘 경향이 그러니까. 그런데 베도스 경사는 이번에야말로 뭔가를 찾아낼 것 같다는 예감이 들었지요.

무엇보다 먼저 한 달이 넘도록 채프먼 부인이란 여자가 나타나질 않았으니까요. 그녀는 연락처도 남겨두지 않고 나가 버렸던 겁니다. 그건 좀 이상한 일이었지요. 그리고 사실 그가 채프먼 부부에 대해서 알아낸 것들도 약간 이상해 보였답니다. 베도스 경사는 포터가 그날 이후 다시 세인즈버리 실 양을 보지 못했다는 사실을 알아냈지요. 물론 그 사실 자체는 유별난 것이 아니었습니다. 그녀가 계단으로 해서 밖으로 나갔다면, 포터가 그녀를 못 봤을 수도 있으니까요.

하지만, 포터는 다소 황급히 나가는 채프먼 부인을 보았다고 베도스 경사에게 말했답니다. 그리고 다음 날 아침 그녀의 집 문에는 큼직큼직하게 쓴 문장이 걸렸답니다. 거기엔, '우유 넣지 마세요. 넬리, 나 외출해요.'라고 적혀 있었답니다. 넬리는 그녀의 파출부랍니다. 전에도 한두 번 채프먼 부인이 갑작스럽게 외출하곤 했기 때문에 그 여자는 대수롭지 않게 생각했습니다. 그러나 이상했던 점은, 그녀가 아래층으로 짐을 내려가거나 택시를 잡으려면 의당 불렀어야 할 포터를 찾지도 않았다는 사실이었지요.

그래서 베도스는 집 안으로 들어가야겠다고 결심했지요. 우리는 수색영장을 발급받았습니다. 그리고 관리인에게 예비 열쇠를 빌려 이 집 안으로 들어왔지요. 욕실을 제외하고는 별다른 것이 없었습니다. 욕실 안은 서둘러 청소한 것처럼 보였습니다. 그런데 마룻바닥에 핏자국이 있었던 겁니다—마룻바닥을 닦을 때 실수로 그렇게 되었던 거겠죠. 그다음에는 시체를 찾아내는 것이 문제였지요. 채프먼 부인은 짐을 하나도 안 가지고 간 게 분명했습니다. 그렇지 않았다면, 포터가 그 사실을 알았을 테니까요. 따라서 시체는 아직도 이 집 안 어딘가에 있다는 것이 명백해 보였지요.

우리는 곧 모피용 장롱을 발견했답니다—물론 그것은 밀폐된 채로 아까 그곳에 있었지요. 열쇠는 화장대 서랍 속에 있었고요. 우리는 장롱을 활짝 열었습니다. 그런데 바로 그 속에 행방불명됐던 그 여자가 있었던 겁니다! 최신형 크리스마스트리용 겨우살이 나뭇가지 같은 시체가 그 속에 있었던 거예요."

"채프먼 부인은 어떻게 됐나?" 포와로가 물었다.

"정말 어떻게 되었을까요? 실비아(그녀의 이름은 실비아랍니다), 그녀는 누구이며, 또 뭘 하는 여자일까요? 하지만, 한 가지만은 분명해요. 실비아나 그녀의 친구들이 실 양을 죽이고 장롱 속에 시체를 넣어두었다는 거지요."

포와로는 머리를 끄덕이더니 물었다.

"하지만 왜 그 여자의 얼굴이 그토록 비참하게 짓이겨져 있을까? 그건 별로 좋지 않은 일인데."

"좋지 않은 일이라고요? 정말 잔인하기 짝이 없는 소행이지요! 그 이유에 대해서는, 현재로선 추측밖에 할 수가 없겠지요. 어쩌면 그건 순전한 앙심에서 비롯되었을지도 몰라요. 혹은 그녀의 정체를 감추려고 그랬을 수도 있겠지요."

포와로는 이맛살을 찌푸리며 말했다.

"하지만, 그렇게 했어도 죽은 여자의 정체가 감춰지는 건 아니잖나."

"물론이지요. 우리는 실종될 당시 그녀가 뭘 입고 있었는지 잘 알고 있었을 뿐만 아니라, 모피용 장롱 속에는 그녀의 핸드백까지 그대로 있었으니까요. 그 핸드백 속에는, 그녀가 러셀 광장에 있는 한 호텔에 머무르고 있었을 때, 그녀 앞으로 온 낡은 편지 한 통까지도 그대로 있었으니까요."

포와로는 자세를 똑바로 고쳐 앉았다. 그러고는 말했다.

"하지만 그건……, 그건 상식에 맞지 않는 얘길세!"

"알아요. 그러나 나는 그것이 그저 실수였으리라고 생각합니다."

"그래, 자네의 생각대로, 실수였을지도 모르지. 하지만……."

그는 자리에서 일어났다.

"자네는 위층에도 가봤나?"

"물론이지요. 하지만, 도움이 될 만한 것은 하나도 없었습니다."

"채프먼 부인의 침실을 좀 봤으면 좋겠군."

"그렇다면 따라오시지요."

침실에는 서둘러 떠난 듯한 흔적이라곤 조금도 찾을 수 없었다. 그 안은 말끔하게 잘 정돈되어 있었다. 침대에는 사람이 잔 흔적은 없었지만, 잠자리가 반듯하게 펴져 있었다. 침실 안은 온통 먼지가 잔뜩 쌓여 있었다.

재프가 말했다.

"그렇게 조사했는데도 지문이라고는 단 한 개도 발견되지 못했답니다. 부엌 살림살이 위에 몇 개의 지문이 있긴 했지만, 그건 보나 마나 채프먼 부인의 파출부 것일 겁니다."

"그렇다면 살인을 하고 난 뒤에 곳곳이 먼지로 뒤덮이도록 내버려두었다는 얘긴가?"

"그렇지요."

아주 천천히 포와로는 방 안을 둘러보았다. 거실과 마찬가지로 침실도 현대적인 분위기의 가구들로 꾸며져 있었다. 포와로는 이 집주인의 수입은 그럭저럭 하리라고 짐작했다. 침실에 있는 물건들은 비싼 편이긴 했지만, 그렇다고 엄청나게 비싼 것들은 아니었다. 보기에 괜찮다고 생각될 정도의 물건들이었다. 침실의 전체적인 색조는 짙은 분홍빛이었다. 그는 붙박이 옷장 속을 들여다보고 거기에 걸린 옷들을 만져 보았다. 괜찮은 옷들이긴 했지만 역시 최상품은 아니었다. 그의 시선이 신발이 있는 곳으로 향했다. 대부분 요즘 유행하는 샌들이었는데 몇 켤레는 굽이 꽤 높은 코르크 밑창이 붙어 있었다. 그는 신발 하나를 들고 자세히 바라보았다. 그러고는 채프먼 부인이 5호 신발을 신는다는 사실을 확인하고 다시 내려놓았다. 그는 다른 벽장에서 아무렇게나 쌓아 놓은 모피 더미를 발견했다.

"모피가 들어 있던 장롱에서 꺼낸 겁니다." 재프가 말했다.

포와로는 알았다는 듯 머리를 끄덕였다.

그는 회색 다람쥐 털가죽 코트를 만져 보았다. 그리고 감탄한 듯이 말했다.

"최상급의 옷이로군."

그는 욕실 안으로 들어갔다.

그 안은 사치스러운 생활용품들로 가득 차 있었다. 포와로는 흥미롭게 그것들을 바라보았다. 파우더, 루즈, 목욕 크림, 피부 영양제, 두발 염색제가 들어 있는 병 두 개 등이 있었다.

재프가 말했다.

"내 생각으로는 그 여자는 원래 자연스런 금발은 아니었던 것 같아요."

포와로는 중얼거리듯 말했다.

"마흔쯤 되면 대부분 여자들의 머리는 회색으로 변하기 시작하지. 하지만, 채프먼 부인의 머리는 세월에도 아랑곳하지 않았던 모양이군, 재프."

"아마 지금쯤 그녀의 머리카락은 붉은색으로 변해 있을 겁니다."

"이상한 말이군."

재프가 말했다.

"뭔가 걱정되는 게 있나요, 포와로? 그게 뭐죠?"

포와로는 대답했다.

"그래, 지금 난 걱정이 돼. 그것도 아주 심각하네. 여기엔 내가 아무리 생각해도 도저히 풀리지 않는 문제가 있다네."

그는 다시 한 번 거침없이 그 고방 안으로 들어갔다.

그는 죽은 여자의 발에서 구두를 벗겨 냈다. 구두가 벗겨지지 않아 꽤 애를 먹긴 했지만, 마침내 포와로는 구두를 시체의 발에서 벗겨 낼 수 있었다.

그는 구두의 장식 버클을 자세히 살펴보았다. 그것은 서툴게 꿰매져 있었다.

에르큘 포와로는 긴 한숨을 내쉬며 말했다.

"내가 지금 꿈을 꾸는 모양일세!"

재프는 의아하다는 목소리로 말했다.

"지금 뭘 하려는 겁니까? 일을 더욱 어렵게 만들려는 건가요?"

"바로 그거야."

재프가 말했다.

"버클이 달린 에나멜가죽 구두, 도대체 뭐가 잘못됐다는 겁니까?"

에르큘 포와로가 말했다.

"아무것도 없네. 잘못된 거라고는 하나도 없어. 하지만 나는 도무지 이해할 수가 없네."

3

포터는 공동주택 내에서 채프먼 부인이 가장 친하게 지냈던 사람은 82호에 사는 머튼 부인이라고 말해 주었다.

그래서 재프와 포와로는 82호 주택으로 갔다. 머튼 부인은 활기 있는 검은색 눈동자에 신경 써서 손질한 머리를 한 수다스러운 여자였다.

그녀가 말을 꺼내게 하는 데는 조금도 힘들지 않았다. 그녀는 술술 얘기 보따리를 풀어놓기 시작했고 잠시 뒤에는 아주 열정적으로 얘기했다.

"실비아 채프먼요? 물론 알고 있지요. 하지만, 그녀를 정말로 잘 아는 건 아니랍니다. 다시 말해서 그렇게 친한 사이는 아니라는 거예요. 우리는 이따금씩 브리지 게임을 하며 저녁 시간을 보내기도 했고, 함께 그림도 보러 갔답니다. 물론 시장도 가끔 함께 갔지요. 그런데 오, 제게 말씀해 주세요. 그녀가 죽은 건 아니겠죠?"

재프가 그녀를 진정시켰다.

"다행이에요. 그런 소식을 듣게 되어서 저는 기쁩니다! 하지만, 조금 전에 우체부가 어떤 집에서 시체가 발견되었다고 야단법석을 떨었답니다. 정말 사람들이 떠들어대는 말은 절반도 믿을 수가 없단 말이에요, 그렇죠? 저는 그런 허튼소리는 절대로 믿지 않는답니다."

재프가 다시 그녀에게 질문했다.

"아니오. 전 채프먼 부인에게 아무 말도 듣지 못했는데요. 지난번 만났을 때, 그녀는 새로 입주한 진저 로저 부부와 프레드 애스테어를 다음 주쯤 만나러 가자고 말했습니다. 하지만, 그때 어디 갈 일이 있다는 말은 전혀 하지 않았는데요."

머튼 부인은 그녀가 세인즈버리 실 양에 대해 말하는 것을 들은 적이 없다고 했다. 채프먼 부인은 그런 이름을 가진 사람에 대해 한 번도 얘기한 적이 없었다는 것이다.

"그렇긴 하지만 왠지 그 이름이 제겐 익숙하군요. 아주 익숙한 이름이에요. 최근에 어디선가 들었던 것 같아요."

냉담한 목소리로 재프가 말했다.

"그 이름은 몇 주 동안 모든 신문에 났었습니다."

"오, 그래요! 행방불명된 사람 말이죠? 그렇다면 선생님들은 채프먼 부인이 그 여자를 알고 있었으리라고 생각하신 모양이군요? 하지만, 그렇지 않아요. 저는 실비아가 그런 이름을 말하는 걸 한 번도 들은 적이 정말 없답니다."

"저, 채프먼 씨에 대해서 우리에게 얘기 좀 해주시겠습니까, 머튼 부인?"

순간 그녀의 얼굴에는 기이한 표정이 떠올랐다. 그녀가 말했다.

"그는 외국 판매원이었습니다. 채프먼 부인이 내게 그렇게 말했어요. 그는 회사에서 외국 출장을 나갔답니다. 제가 알기론, 군수물자를 취급하는 회사라던데요. 그는 유럽의 구석구석을 모두 돌아다닌답니다."

"그 사람을 만난 적이 있나요?"

"아뇨, 한 번도 만난 적은 없었습니다. 그 사람이 집에 있는 적은 거의 없다시피 했으니까요. 그리고 그가 집에 있다 해도 채프먼 부부는 다른 사람에게 방해받지 않기를 바랐는걸요. 아주 당연한 일이지요."

"혹시 채프먼 부인에게 가까운 친척이나 친구가 있었는지 알고 있나요?"

"전 채프먼 부인의 친구들에 대해서는 전혀 몰라요. 그리고 제가 생각하기에, 그녀에겐 친척도 별로 없었던 것 같아요. 그녀는 친척들에 대해선 한마디도 말하지 않았으니까요."

"그녀가 인도에서 살았던 적은 없나요?"

"제가 아는 한은 없었어요."

머튼 부인은 잠시 말을 멈췄다가 갑자기 입을 열었다.

"제발 제게 말씀해 주세요. 왜 선생님들은 제게 이런 것들을 묻는 건가요? 저는 선생님이 런던경시청에서 나오셨다는 걸 알고 있어요. 그렇다면, 뭔가 특별한 이유가 있을 게 아니겠어요?"

"글쎄요, 머튼 부인. 때가 되면 자연히 알게 될 일입니다만, 솔직히 말하면 채프먼 부인의 집에서 시체 한 구가 발견되었습니다."

"오—?" 잠깐 동안 머튼 부인의 눈은 개 눈처럼 휘둥그레졌다.

"시체라고요! 설마 채프먼 부인은 아니었겠죠, 예? 혹시 어떤 외국인의 시체는 아니었나요?"

재프가 말했다.

"남자의 시체가 아닙니다, 그건 여자였습니다."

"여자의 시체라니?" 머튼 부인은 조금 전보다 훨씬 더 놀란 것처럼 보였다.

포와로가 부드럽게 말했다.

"왜 당신은 그것이 남자 시체일 거라고 생각했나요?"

"오, 전 몰라요. 그저 그게 더 자연스러울 것 같았어요."

"하지만, 그 이유가 뭔가요? 채프먼 부인댁에 때때로 남자들이 찾아왔기 때문인가요?"

"오, 아니에요. 그런 게 아니에요." 머튼 부인은 화가 난 것 같았다.

"전 그런 뜻으로 말한 게 아닙니다. 실비아 채프먼은 절대로 그런 부류의 여자가 아니었습니다, 절대로요! 다만 채프먼 씨에 관해, 제 말은……."

그녀는 말을 끝맺지 못하고 머뭇거리고 있었다.

포와로가 말했다.

"부인, 내가 생각하기에 부인은 우리에게 얘기했던 것보다 더 많은 사실을 알고 계시는 것 같군요."

머튼 부인은 자신 없는 목소리로 말했다.

"정말이지, 전 모르겠어요. 제가 어떻게 해야 할지 말이에요! 제 말은, 그녀와의 약속을 저버리고 싶지는 않다는 거예요. 지금까지 저는 실비아가 제게 해준 말을 남에게 얘기한 적이 없었답니다. 다만 제가 믿을 만한 한두 명의 절친한 친구들에게만……."

머튼 부인은 말을 멈추고 심호흡을 했다. 재프가 말했다.

"채프먼 부인이 당신에게 무슨 얘기를 했습니까?"

머튼 부인은 몸을 앞으로 기울이고는 목소리를 낮춰 얘기했다.

"그건 어느 날, 말 그대로 우연히 나온 얘기였답니다. 그때 우리는 영화를 보고 있었습니다—첩보 영화였죠. 그리고 채프먼 부인은 그런 걸 누가 썼는지는 모르겠지만, 그 사람은 실제의 내막은 잘 모를 거라고 말했답니다. 그러고 나서 그 말을 했던 거예요—그녀는 내게 비밀로 해야 한다고 당부했습니다. 실은 채프먼 씨는 첩보부에서 일하고 있었다는군요. 바로 그 때문에 그 사람은 대부분을 외국에서 보내야만 한다는 얘기였어요. 군수물자 회사란 그저 둘러댄 것에 불과하답니다. 그런데 바로 그런 사실이 채프먼 부인에게는 몹시 걱정스러웠나 봅니다. 왜냐하면 채프먼 씨가 외국에 나가 있을 동안에는 그녀는 편지를 보내거나 받을 수조차 없었으니까요. 게다가 그것은 대단히 위험천만한 일이었잖아요!"

4

두 사람이 42호를 향해 다시 층계를 내려가고 있을 때, 재프가 잔뜩 감정을 넣어 소리쳤다.

"망령들이 보이는군요. 필립스 오펜하임, 밸런타인 윌리엄스, 윌리엄 르 쿠. 정말로 미쳐 버릴 것 같군요!"

잘생긴 베도스 경사가 그들을 기다리고 있었다.

그는 공손하게 말했다.

"파출부에게서는 도움이 될 만한 사실은 하나도 알아내지 못했습니다, 경감님. 채프먼 부인은 파출부들을 자주 바꿨던 것 같습니다. 지금 있는 파출부도 여기에서 일한 지 겨우 한두 달밖에는 되지 않았다더군요. 그녀의 말에 따르면, 채프먼 부인은 라디오 듣기를 좋아하고 재담을 즐겨 하는 마음씨 좋은 여자라더군요. 또, 남편이라는 사람은 부도덕한 사기꾼이었는데 채프먼 부인은 그걸 의심조차 하지 않았다고 하더군요. 그리고 이따금씩 외국에서 채프먼 부인에게 편지가 왔었답니다. 독일에서 몇 번, 미국에서 두 번, 그리고 이탈리아와 러시아에서 각각 한 통씩 왔었답니다. 파출부의 남자친구가 우표를 수집하기 때문에 채프먼 부인이 그 편지들에서 우표를 떼어 그녀에게 주곤 했었다더군요."

"채프먼 부인의 서류에서도 별다른 것은 발견하지 못했나?"

"아무것도 없었습니다, 경감님. 그녀에겐 서류도 그리 많지 않았습니다. 수표 몇 장과 인수증들이 있었는데, 모두 대수롭지 않은 것들뿐입니다. 그리고 낡은 연극 프로그램 몇 장과 신문에서 오려낸 한두 개의 요리 특집 기사들, 그리고 제나나 선교 단체에 관한 소책자가 한 권 있었습니다."

"그렇다면 그 책자를 누가 여기에 갔다 놨는지 알 만하군. 채프먼 부인이 사람을 죽인다거나 할 것 같진 않은데. 안 그런가? 하지만, 상황을 미루어 짐작해보면, 그녀가 살인한 것 같기도 하고. 그거야 알 수 없는 일이지. 그녀가 살인자와 공범이었을지도 모르니까. 그런데 그날 저녁에 이상한 남자가 오거나 하지는 않았다던가?"

"수위는 아무도 기억하지 못하고 있습니다. 저도 그가 지금까지 기억하고 있으리라고는 기대하지도 않습니다. 왜냐하면, 이 맨션이 워낙 큰 주택단지라서, 항상 사람들의 출입이 많으니까요. 수위는 세인즈버리 실 양이 방문했던 날짜만을 기억하고 있었습니다. 바로 그 다음 날 그가 병원에 입원했는데, 사실은 그날 저녁부터 조금씩 몸이 아파졌기 때문에 잊지 않았다는 겁니다."

"주위의 집 중에서 뭐 이상한 소리를 들었다거나 하는 사람은 없던가?"

베도스 경사는 설레설레 머리를 흔들었다.

"저는 이 집 바로 위층과 아래층에 있는 집을 조사해봤습니다. 하지만 이상한 소리를 들었다는 사람은 하나도 없었습니다. 두 집 모두 라디오를 켜놓고 있었던 것 같습니다."

욕실에서 손을 씻고 있던 관할구역 외과의사가 밖으로 나왔다.

"시체가 너무 부패하였더군요." 그는 똑똑 떨어지는 목소리로 말했다.

"준비가 되는 대로 시체를 보내 주십시오. 그러면 제가 본격적으로 검시해 보지요."

"사인(死因)에 대해서는 아직 아무것도 알 수 없나요, 선생님?"

"시체 해부를 끝마치기 전까지는 뭐라고 말씀드릴 수 없습니다. 얼굴에 난 상처들은 분명히 살해한 뒤에 생긴 겁니다. 하지만, 시체 해부실에서 그 여자의 시체를 검시해보면 좀더 자세히 알게 될 겁니다. 피살된 여자는 중년쯤 됐고, 상당히 건강한 편이었습니다. 원래 머리칼은 회색인데 금발로 물들였더군요. 그 시체에는 뭔가 뚜렷한 특징이 있을 겁니다. 만일 그렇지 않다면, 시체의 정체를 밝혀내는 것도 큰일이 될지 모릅니다. 오, 그게 누구의 시체인지 아신다고요? 다행이로군요. 뭐라고요? 행방불명으로 떠들썩하게 화제가 되었던 바로 그 여자라고요? 그렇군요. 그런데 저는 신문을 읽지 않는답니다. 그저 말 맞추기 정도나 풀어 보지요."

의사가 방을 나가자 재프는 신랄하게 말했다.

"당신 같은 사람에게 그런 걸 알려 봤자 뻔한 일이지!"

포와로는 책상 주위를 뱅뱅 돌고 있었다. 그러다가 조그만 갈색의 주소록을 집어들었다.

지칠 줄 모르는 베도스가 말했다.

"거기에는 특별한 것은 없답니다. 대개가 미용사라든지 디자이너 따위의 주소지요. 특별하게 생각되는 이름과 주소는 제가 따로 적어 놓았습니다."

포와로는 D자로 시작되는 부분을 펼쳤다. 거기에는 이렇게 적혀 있었다.

데이비스 박사. 프린스 앨버트가(街) 17번지. 드레이크와 폼포네더, 생선 장수들.

그리고 그다음에는

'치과의사, 몰리 씨. 퀸 샬로트가 58번지'라고 적혀 있었다.

갑자기 그의 눈이 녹색으로 반짝였다.
"그 시체의 정체를 확실히 밝혀내는데 별로 큰 어려움은 없을 걸세, 재프"
재프는 의아한 눈초리로 그를 쳐다보았다.
"나는 확실히 해두고 싶네." 포와로가 말했다.

5

몰리 양은 시골로 이사했다. 그녀는 허트퍼드 근처에 있는 조그마한 시골집에서 살고 있었다.
여자 척탄병같이 우람한 그녀가 반갑게 포와로를 맞았다. 몰리가 죽고 난 뒤로, 그녀의 얼굴은 상당히 어두워졌고 몸가짐은 전보다도 더 꼿꼿해졌다. 삶을 받아들이는 자세 또한 더욱 단호해졌다. 검시 법정의 조사 결과로 몰리의 명성이 하루아침에 무너져 버린 사실에 대해 그녀는 대단히 분개하고 있었다.
그녀에겐 그녀 나름대로 그렇게 믿을 만한 이유가 있었던 것이고, 포와로도 검시 법정의 판결이 잘못됐다는 그녀의 말에 동의했다. 그러자 몰리 양의 마음은 조금 편안해진 것처럼 보였다.
기꺼운 마음으로 아주 자신 있게 그녀는 포와로의 질문에 대답해 주었다. 몰리의 직업상 서류들은 네빌 양이 모두 조심스럽게 정리해서 그의 후계자에게 넘겨주었다. 몇 명의 환자들은 진료 담당 의사를 레일리로 변경했고, 또 몇몇 환자는 새 후임자를 그대로 택했고, 나머지 환자들은 다른 치과의사를 찾아서 가버렸다.
몰리 양은 가능한 한 자신이 아는 사실들은 모두 말해 주고 나서 이렇게 덧붙였다.

"그렇게 해서 선생님은 헨리의 환자였던 세인즈버리 실 양을 찾아내신 거로군요. 그리고 그 여자도 역시 살해되었고요."

'역시'라는 그녀의 말에는 약간 오만한 기운이 담겨 있었다. 그녀는 힘주어 그 말을 했던 것이다.

포와로가 말했다.

"동생이 세인즈버리 실 양에 대해 당신에게 특별히 말했던 적은 없었나요?"

"아뇨, 그런 기억은 없습니다. 몰리는 유별나게 성가시게 구는 환자가 있다든가, 또는 환자가 아주 재미있는 얘길 했을 때나 이따금씩 그런 얘기를 내게 들려주곤 했답니다. 하지만, 그 애의 업무에 관해서는 거의 얘기하지 않았어요. 그 애는 하루 일과가 끝나면 기분 좋게 일을 잊어버리는 성격이었답니다. 때때로 몹시 지쳐서 안채로 돌아오기도 했지만요."

"혹시 몰리 씨의 환자 중에서 채프먼 부인이라는 사람에 대해 들으신 적은 없나요?"

"채프먼이라고요? 아니오. 전혀 생각나질 않아요. 그런 문제에 대해서라면 네빌 양이 선생님을 도울 수 있을 겁니다."

"그렇지 않아도 그녀를 몹시 만나고 싶었습니다. 그런데 지금 그녀는 어디 있나요?"

"램스게이트에 있는 한 치과 병원에 취직한 것으로 알고 있습니다."

"그녀는 프랭크 카터란 청년과 아직 결혼하지는 않았겠지요?"

"그래요, 저는 앞으로도 그런 일이 일어나지 않았으면 하고 바란답니다. 저는 그 젊은이가 맘에 들지 않아요, 포와로 씨. 정말로 그 사람이 싫어요. 뭔지 모르지만 그에겐 좋지 않은 것이 있어요. 게다가, 그에겐 평범한 도덕의식도 없으리라고 생각해요."

포와로는 말했다.

"당신은 그가 몰리 씨를 죽일 수도 있다고 생각하는 건가요?"

몰리 양이 천천히 말했다.

"어쩌면 그럴 수도 있다고 생각해요. 그 젊은이는 정말 자제하기 어려운 성격을 갖고 있으니까 그럴 수도 있겠지요. 하지만, 그에겐 내 동생을 죽일 만한 동기는 분명코 없었고 또 그럴 기회도 없었습니다. 선생님도 아시다시피, 그를 포기하도록 글레이디스를 설득하는데 헨리는 성공하지 못했던 것 같아요. 그녀가 여전히 그 청년에게 빠져 있는 걸 보면요."

"그가 매수되었을 가능성도 있다고 생각진 않나요?"

"매수라고요? 제 동생을 죽이라고요? 그건 너무 황당무계한 생각 같군요!"

바로 그때 예쁘장하게 생긴 검은 머리의 아가씨가 차를 가져왔다. 그녀가 다시 문을 닫고 나가자 포와로가 말했다.

"저 아가씨는 런던에서도 당신과 함께 있었죠, 그렇지 않나요?"

"애그니스 말이에요? 맞습니다. 그녀는 런던에서도 하녀로 일했었지요. 전 요리사는 내보냈습니다—그녀는 시골로 오는 게 싫다더군요. 그래서 애그니스가 집안일을 모두 하고 있지요. 요즘에는 그녀가 요리도 많이 하는데, 꽤 잘하는 편이랍니다."

포와로는 머리를 끄덕였다.

그는 퀸 샬로트가 58번지에서의 생활을 훤히 알고 있었다. 그 비극이 발생했을 때, 그 모든 걸 낱낱이 조사해 두었던 것이다. 몰리와 그의 누이는 병원의 맨 위층 두 칸을 안채로 사용하고 있었다. 지하실은 완전히 닫혀 있었는데, 다만 그곳과 뒤뜰을 연결해 주는 좁은 통로가 하나 있었다. 뒤뜰에는 상인들이 배달해 온 물건들을 운반하기 위해 철사 바구니가 맨 위층으로 연결되어 있었고, 전성관(傳聲管)도 설치되어 있었다. 따라서 그 병원으로 들어가는 길은 단지 현관문뿐이었고, 그곳에서 앨프리드는 환자들을 맞아들였다. 바로 그런 사실 때문에, 그날 아침에 현관문을 통하지 않으면 외부인이 병원 안으로 들어올 수 없다고 경찰은 단정 지을 수 있었던 것이다.

요리사와 하녀는 지난 몇 년 동안 몰리 남매와 함께 살아왔고, 모두 마음씨 고운 사람들이었다. 따라서 이론상으로는 그 두 사람 중 한 명이 살금살금 2층으로 내려가 몰리를 살해할 수 있었다 해도, 그런 가능성은 심각하게 고려되지 않았다. 심문을 받을 때도 두 사람 모두 당황하거나 비정상적으로 허둥거리지 않았었다. 그래서 그들을 몰리의 죽음과 연결할 만한 이유는 하나도 없었던 것이다.

그런데도, 떠나려는 포와로에게 그의 모자와 지팡이를 건네주면서 애그니스는 몹시 초조한 목소리로 느닷없이 이렇게 물었다.

"저, 몰리 주인님의 죽음에 대해 뭔가 더 아는 사람이 있나요, 선생님?"

포와로는 몸을 돌려 그녀를 쳐다보며 말했다.

"아직 새로운 건 밝혀지지 않았습니다."

"그렇다면 사람들은 주인님이 마취제를 잘못 사용해서 결국 자살하게 된 것이라고 여전히 믿고 있다는 건가요?"

"그렇습니다. 그런데 왜 그런 걸 묻지요?"

애그니스는 앞치마를 만지작거렸다. 그녀는 얼굴을 다른 쪽으로 돌리고는 분명치 않은 목소리로 말했다.

"몰리 양은……, 그렇게 생각지 않으세요."

"그리고 아가씨도 그런 그녀의 생각에 동의하지요?"

"제가요? 오, 전 아무것도 모른답니다, 선생님. 저는……, 저는 단지 확실히 알고 싶었을 뿐입니다."

에르큘 포와로는 매우 부드러운 목소리로 말했다.

"그것이 자살이었다는 것이 확실해지면 좀 마음이 편해지겠소?"

"오, 그래요, 선생님." 애그니스는 재빨리 그의 말에 동의했다.

"정말 그럴 거예요."

"무슨 특별한 이유라도 있나요, 애그니스 양?"

그녀의 깜짝 놀란 듯한 시선이 포와로의 시선과 마주쳤다. 그녀는 약간 몸을 움츠렸다.

"저, 저는 이 일에 대해선 아무것도 모릅니다, 선생님. 전 그저 한번 여쭤보고 싶었을 뿐입니다."

'하지만 왜 그녀는 그런 걸 물어봤을까?'

포와로는 문으로 난 길을 따라 내려가면서 자문해보았다.

그는 그것에 대한 이유가 분명히 있을 거라고 생각했다. 하지만, 그 대답이 무엇인지는 아직 짐작할 수도 없었다. 여하튼 그는 한 걸음 더 가깝게 내디뎠다는 느낌이 들었다.

6

집으로 되돌아왔을 때, 포와로는 뜻하지 않은 방문객이 자기를 기다리는 것을 발견하고 적잖이 놀랐다.

의자 뒤로 벗겨진 머리가 보였다. 그리고 곧 자그마한 체구지만 산뜻하게 차려입은 반스가 일어났다. 평소와 마찬가지로 그는 두 눈을 깜박거리면서 평범한 사죄의 말을 늘어놓았다.

그는 일전에 있었던 에르큘 포와로의 방문에 보답하려고 찾아왔노라고 설명했다. 포와로는 그를 다시 만나게 돼서 정말 기쁘다고 말해 주었다.

포와로는 조지에게 차나 위스키, 소다수, 아니면 커피든 반스가 원하는 걸 가져오게 시켰다.

"커피가 좋겠습니다." 반스가 말했다.

"선생님의 하인은 정말 시중을 잘 드는군요. 대부분의 영국 하인들은 그렇지 않은데요."

몇 마디 의례적인 얘기가 오고 간 뒤에, 반스는 헛기침을 하고서 이렇게 말하기 시작했다.

"나는 당신과 솔직하게 얘길 나누고 싶습니다, 포와로 씨. 내가 이렇게 온 건 순전히 내 호기심 때문입니다. 나는 당신이 이 이상한 사건에 대해 자세히 알고 계시리라고 생각했습니다. 신문을 보고 행방불명되었던 세인즈버리 실 양이 발견되었으며, 또한 검시 법정이 열렸지만 충분히 증거가 나올 때까지 연기되었다는 것을 알게 되었습니다. 사인은 마취제의 과량 투여로 보도되었더군요."

"아주 정확하게 알고 계십니다." 포와로가 말했다.

짧은 침묵이 흘렀다. 그러다가 포와로가 질문했다.

"앨버트 채프먼에 대해 들으신 적이 있나요, 반스 씨?"

"아하, 세인즈버리 실 양이 죽어 있었던 맨션에 산다는, 아니 살았던 그 여자의 남편 말인가요? 그 사람에 대해서라면 알아내기가 좀 어려울 겁니다."

"하지만, 그는 실존하는 인물이겠지요?"

"오, 그럼요." 반스가 대답했다.

"그는 실존하는 사람입니다. 오, 그래요. 그는 실존하고 있든가, 아니면 실존했었을 겁니다. 나는 그가 죽었다는 얘기를 들은 적이 있습니다. 하지만, 항간의 소문들을 무작정 믿을 수는 없는 노릇이지요."

"도대체 그는 어떤 사람이었나요, 반스 씨?"

"검시 법정에서도 그의 분명한 정체에 대해서는 발표하지 않으리라고 생각합니다. 최대한으로 그의 신분은 감춰질 겁니다. 따라서 재판부에서도 군수물자 회사의 외국 판매원이었다는 말만 되풀이하겠지요."

"그렇다면 진짜로 그 사람이 첩보부에서 일했다는 건가요?"

"물론입니다. 그러나 자기의 아내에겐 자기가 첩보부에서 일한다고 얘기할 수는 없었지요—그건 절대로 안 되는 일입니다. 사실상, 그는 결혼한 뒤에는 첩보부 활동을 그만두었어야만 했습니다. 다시 말해서, 극비의 인물이라면 그가 누구이든 간에 대부분은 그렇게 할 수밖에 없답니다. 결혼생활과 첩보 활동을 병행하기가 그만큼 어렵다는 거죠."

"그렇다면, 앨버트 채프먼도 극비의 인물이었나요?"

"그렇습니다. 그는 QX912로 알려졌습니다. 이름을 사용하는 건 매우 드문 일이지요. 오, 그렇다고 QX912가 특별히 중요한 인물이었다는 뜻으로 말한 건 아닙니다. 하지만, 그리 중요한 요원이 아니었기 때문에 그만큼 더 유용했지요. 그는 얼굴이 거의 알려지지 않은 그런 종류의 첩보원이었답니다. 흔히 그는 유럽 여기저기를 왔다 갔다 하는 메신저로 활동했지요. 선생도 그런 일에 대해서는 아실 겁니다. 공식 문서는 루리타니아에 있는 우리 대사를 통해 전달되지요. 하지만, 극비 내용을 담은 사본은 QX912 즉, 앨버트 채프먼을 통해 전달된 겁니다."

"그렇다면 그는 유용한 정보들을 꽤 많이 알고 있었겠군요?"

"어쩌면 그는 단 한 가지도 몰랐을 수도 있습니다."

반스는 유쾌한 목소리로 말했다.

"왜냐하면 그의 일이란 그저 자신이 어디로, 그리고 왜 가는가에 대해 적당히 설명할 수 있는 그럴듯한 얘기나 가지고 기차나 배, 비행기 따위를 들락거리는 것이었으니까요!"

"그런데 당신은 그가 죽었다는 말을 들었다고요?"

"그래요, 나는 그렇게 들었습니다." 반스는 대답했다.

"하지만, 귀로 들은 것을 모두 믿을 수는 없지 않습니까? 나는 절대로 그렇게 하진 않습니다."

반스를 유심히 바라보면서 포와로가 말했다.

"그의 아내에게는 무슨 일이 생겼으리라고 생각하십니까?"

"나는 짐작할 수도 없습니다."

반스가 말했다. 그는 눈을 크게 뜨고서 포와로를 쳐다보았다.

"당신은요?"

포와로가 말했다.

"나는 한 가지를 생각하고 있지만……."

여기에서 그는 말을 멈췄다. 그러고는 다시 천천히 말했다.

"매우 혼란스럽군요."

반스는 동정하는 듯한 목소리로 말했다.

"특별히 걱정스러운 일이라도 있나요?"

"예, 내 두 눈으로 본 증거론……." 에르큘 포와로는 천천히 대답했다.

7

재프는 포와로의 거실로 들어와서 탁자가 흔들릴 정도로 거칠게 그의 중절모를 내려놓았다.

그가 말했다.

"도대체 어떻게 그런 생각을 하게 됐나요?"

"여보게, 재프, 나는 지금 자네가 무슨 말을 하는지 모르겠네."

재프는 천천히, 하지만 강경한 목소리로 말했다.

"대체 왜 당신은 그 시체가 세인즈버리 실 양의 시체가 아니라고 생각하게 되었느냐는 겁니다."

포와로는 근심스런 표정이 되었다.

"시체의 얼굴이 나를 걱정시켰다네. 왜 죽은 여자의 얼굴을 그토록 짓이겨 놓았을까?"

재프가 말했다.

"이런! 몰리가 살아 있어서 그에 대한 진상을 밝혀 줄 수 있다면 얼마나 좋을까. 어쩌면 그가 증언할 수 없도록 사전에 피살된 건지도 모르지만요."

"그가 직접 증언해줄 수 있었다면 사정이 훨씬 더 나아졌겠지, 물론."

"레서런도 괜찮을 겁니다. 몰리의 후임자 말입니다. 그는 예절도 바르고 또 매우 유능한 치과의사이더군요. 그러니까, 그의 증언도 실수는 없을 겁니다."

다음 날 발행된 석간신문은 일대 소동을 일으켰다. 세인즈버리 실 양이라고 믿어졌던 베터시에서 발견된 그 시체가 실은 앨버트 채프먼 부인의 시신으로 밝혀졌기 때문이었다.

퀸 샬로트가 58번지의 레서런은 몰리의 진료 카드에 기록된 치아와 하악골, 그리고 여타의 특수한 구조들에 기초해서 그 시체가 채프먼 부인의 시신이 분명하다고 발표했던 것이다.

그 시신에는 세인즈버리 실 양의 옷이 입혀져 있었다. 그리고 그녀의 핸드백도 거기에 함께 있었다. 그렇다면, 세인즈버리 실 양은 도대체 어디에 있다는 건가?

아홉, 열, 보기 좋게 살찐 암탉 한 마리

1

검시 법정을 참관하고 나올 때, 재프는 기쁨에 넘쳐 포와로에게 말했다.

"일이 아주 멋지게 처리됐어요. 사람들에게 큰 충격을 주었거든요!"

포와로는 머리를 끄덕였다.

"처음부터 당신은 이렇게 될 줄 알았던 게 아닙니까?" 재프가 말했다.

"하지만 당신도 아시다시피, 나도 개인적으로는 그 시체에 대해 매우 이상하다고 생각했었답니다. 아무런 이유도 없이 죽은 사람의 얼굴과 머리를 그토록 엉망으로 만들어 놓는 인간은 없을 테니까 말입니다. 그건 정말로 메스껍고 끔찍한 일이에요. 하지만, 그와 같이 한 데에는 분명히 어떤 이유가 있었을 겁니다. 그리고 지금의 상태에서 우리가 짐작할 수 있는 단 하나의 이유는, 바로 시체의 정체를 속이기 위한 짓이었다는 거지요."

그는 겸손한 태도로 덧붙여 말했다.

"하지만, 그 시체가 정말 다른 여자이리라고는 생각지 못했습니다. 당신처럼 빨리 말입니다."

포와로는 미소를 지으며 말했다.

"여보게, 재프, 근본적인 점에서는 두 여자는 실제로 상당히 닮은 데가 많았어. 다만 채프먼 부인은 좀더 세련되고 잘 생겼으며, 화장도 잘하고 유행에 맞춰 의상도 입었던 반면에, 세인즈버리 실 양은 차림새도 초라한데다가 립스틱이나 루즈 같은 건 바르지도 않는 여자였다네. 그러나 그 밖의 근본적인 것들은 똑같았어. 마흔 남짓한 나이 하며 대충 비슷한 키와 체격, 그리고 회색으로 변해 가는 머리를 금발로 염색했다는 그런 면에서 말이야."

"그래요, 그렇게 말씀하시니 확실하게 알겠군요. 하지만, 우리 한 가지 사실만은 인정해야 할 겁니다. 세인즈버리 실 양이 우리 두 사람을 아주 감쪽같이 속였다는 것을 말입니다. 난 그녀가 굉장한 배우였을 거라고 확신합니다."

"여보게, 재프, 그 여자는 정말로 굉장한 배우였다네. 우린 그녀의 과거에 대해서 모두 알고 있잖은가."

"그러나 그녀가 살인할 수 있으리라곤 생각지도 못했지요. 그런데 지금 생각해보니 그럴 수도 있을 것 같군요. 실비아가 메이블리를 살해한 것이 아니라, 바로 메이블리가 실비아를 죽였던 겁니다."

에르큘 포와로는 답답한 듯이 설레설레 고개를 저었다. 그에겐 세인즈버리 실 양이 살인했으리라는 것이 여전히 가능해 보이지 않았던 것이다. 하지만, 그의 귓속에서는 반스의 나지막하고 빈정거리는 듯한 목소리가 진하게 울리고 있었다.

"보세요! 존경할 만한 사람들 가운데에서도……."

메이블리 세인즈버리 실 양은 정말로 존경할 만한 여자였었다.

옆에서 재프가 힘주어 말했다.

"난 이 사건을 철저히 조사해볼 작정입니다, 포와로. 앞으로는 그 여자가 날 속이진 못할 겁니다."

2

다음 날 재프가 전화를 걸어 왔다. 그의 목소리는 다른 때와는 판이하게 달랐다. 그가 말했다.

"포와로, 당신에게 좋은 소식 한 가지 들려 드릴까요? 끝났어요, 포와로. 모두 끝나 버렸다고요!"

"뭐라고? 전화 상태가 별로 좋질 못해. 방금 자네가 한 말을 듣지 못했다네."

"끝나 버렸단 말입니다, 포와로. 틀렸어요. 이제 우리는 단념해야 할 것 같습니다! 앉아서 손가락이나 빨고 있으면 딱 좋게 되었다고요!"

이번에는 성난 그의 목소리를 똑똑히 알아들을 수 있었다.

포와로는 깜짝 놀랐다.

"뭐가 끝났다는 말인가?"

"역겨운 이 모든 일이지 뭐겠습니까! 야단법석도, 발표 따위도 더 이상 필요 없게 되었습니다! 음모로 가득 찬 주머니에서 우린, 손을 떼야만 하게 되었다고요!"

"난 지금도 자네 말을 이해할 수가 없네."

"그렇겠지요, 자, 들어 보세요. 이름들까지 들먹일 순 없으니까 내 말을 잘 들으셔야만 합니다. 당신도 우리가 뭘 조사하는지 알고 계시죠? 지금 우리는 재주를 부리는 물고기 한 마리를 잡으려고 온 나라를 샅샅이 뒤지는 중입니다. 내 말이 맞잖습니까?"

"그래, 그래. 그렇고말고. 이제야 자네의 말뜻을 알겠구먼."

"그런데 이제 그것이 취소되어 버린 겁니다. 그 일은 이제 깡그리 뭉개져서 비밀에 부쳐졌단 말이에요. 이제 내 말을 이해하시겠어요?"

"그래, 이해하겠네. 하지만, 그 이유가 뭔가?"

"그 빌어먹을 외무부에서 내린 명령 때문이랍니다."

"그건 너무도 이상한 일이 아닌가?"

"글쎄, 뭐 그런 일이 가끔 일어나긴 합니다만."

"왜 그들이 그 여자, 아니, 그 날뛰는 물고기 한 마리에게 그렇게 관용을 베푸는 거지?"

"그렇진 않습니다. 그녀에 대해서는 그들은 조금도 개의치 않는답니다. 그들이 그 일을 그처럼 쉬쉬하는 건 바로 여론 때문입니다. 만일 그녀가 법정에 나오게 된다면, 채프먼 부인에 대해 너무도 많은 사실이 드러나게 될 테니까요. 이제는 시체가 되어 버렸지만 말입니다. 바로 그 이유 때문에 그들은 이 사건을 비밀로 하려는 겁니다! 나는 단지 그 괘씸한 그녀의 남편, 앨버트 채프먼, 지금 내가 무슨 말을 하려는지 아시겠지요?"

"그래, 알겠네."

"그는 지금 외국 어딘가에서 미묘한 입장에 처해 있을 테고, 외무부에서야 그를 곤경에 빠뜨려서 일을 망쳐 놓고 싶진 않겠지요."

"쯧쯧!"

"방금 뭐라고 하셨나요?"

"아닐세, 화가 나서 혼자 투덜거렸을 뿐이야!"

"아하! 그런 소리였군요. 난 당신이 감기에 걸린 줄 알았습니다. 당신이 화를 내는 것도 당연하지요! 내가 당신이었다면, 좀더 심한 말을 했을 겁니다. 그 여자가 이 사건에서 빠져나가도록 내버려두다니, 난 정말 흥분하지 않을 수 없답니다."

포와로는 조용하게 말했다.

"그녀는 이 사건에서 빠져나가지 못할 걸세."

"하지만, 아까도 말했듯이 우리의 손이 묶여 있는데 어떻게 하겠습니까!"

"자네의 손은 묶여 있을지 모르지. 하지만 내 손은 그렇지 않네!"

"아차, 그렇군요! 그렇다면 당신은 이 일을 계속하겠다는 건가요, 포와로?"

"물론이지, 죽는 한이 있더라도."

"좋아요, 하지만 그렇다고 당신이 죽으면 되겠습니까, 포와로! 만일 이 사건이 계속된다면, 언젠가는 누군가가 당신에게 우편으로 독거미를 보낼지도 모르겠지만요!"

수화기를 내려놓고 포와로는 중얼거렸다.

"그런데 내가 왜 '죽는 한이 있더라도'라는 감상적인 말을 했을까? 정말 이상한 일이군!"

3

저녁 우편으로 편지가 왔다. 서명만 빼놓고는 타자로 찍은 편지였다. 그리고 거기에는 이렇게 쓰여 있었다.

친애하는 포와로 씨에게.
선생님이 내일 아무 때고 우리 집에 와주셨으면 고맙겠습니다. 당신에게 의뢰 드릴 일이 있어서 그렇습니다. 12시 30분에 첼시에 있는 우리 집으로 와주셨으면 합니다. 만일 그 시간이 적당치 않으면 우리 집에 전화하셔서 내 비서와 시간 약속을 정하도록 하시지요. 이렇게

촉박하게 연락을 드려서 죄송합니다. 안녕히 계십시오.

앨리스테어 블런트

포와로는 그 편지를 조심스럽게 펴들고 다시 한 번 읽어 보았다.

그때 전화벨이 울렸다.

때때로 에르큘 포와로는 전화벨 소리만 듣고도, 그것이 어떤 종류의 메시지를 전하려는 건지 어느 정도는 짐작할 수 있다고 느껴 왔다.

그래서 지금 걸려온 전화가 상당히 중요한 것임을 꼭 확신할 수 있었다. 그 전화는 잘못 걸려온 것도 아니었다—또한, 그의 친구 중 한 사람이 한 전화도 아니었다.

그는 자리에서 일어나 수화기를 집어들었다. 그리고 공손한 이국인의 목소리로 말했다.

"여보세요?"

낯선 목소리가 들려왔다.

"그곳이 몇 번인가요?"

"화이트홀 7272입니다."

잠깐 동안 아무 소리도 들리지 않았다. 찰깍거리는 소리가 들리는가 싶더니 이내 어떤 목소리가 들려왔다. 그것은 여자의 음성이었다.

"포와로 씨인가요?"

"맞습니다."

"에르큘 포와로 씨란 말이죠?"

"그렇습니다."

"포와로 씨, 지금 당신은 편지 한 통을 받으셨거나 아니면, 곧 받게 될 겁니다."

"누구신가요?"

"아실 필요는 없습니다."

"그래요? 난 저녁 우편으로 여덟 통의 편지와 세 장의 수표를 받았답니다, 부인."

"그렇다면 내가 어떤 편지에 대해 말하는 건지 아실 겁니다. 포와로 씨, 당신은 그 편지에서 받은 제의를 거절하시는 게 좋을 겁니다."

"부인, 그건 내가 알아서 결정할 문제입니다."

상대방 여자는 냉담한 목소리로 말했다.

"나는 지금 당신에게 경고하는 겁니다, 포와로 씨. 당신의 간섭을 더 이상 가만 놔두지 않을 겁니다. 이 사건에서 손을 떼십시오."

"만일 내가 그러지 않겠다면 어떻게 하시겠습니까?"

"그렇다면 우리는 당신이 더 이상 간섭하지 못하도록 조치를 취해야겠지요."

"협박이로군요, 부인!"

"우리는 그저 당신이 분별 있게 행동하시길 부탁하는 겁니다. 그것이 당신을 위해서도 좋은 일이니까요."

"당신은 매우 도량이 넓은 분이시군요!"

"이미 예정된 사건의 진로를 당신이 바꿀 수는 없을 겁니다. 그러니 당신과는 무관한 이 일에서 손을 떼십시오! 이해하시겠지요?"

"오, 그럼요. 당신이 무슨 말을 하는지 잘 알았습니다. 하지만, 난 몰리 씨의 죽음이 나와 무관하다고는 생각지 않아요."

그 여자의 목소리가 날카롭게 올라갔다.

"몰리의 죽음은 단지 우연한 사고였을 뿐입니다. 그는 우리의 계획에 간섭했어요."

"그도 한 사람의 인간이었습니다, 부인. 그는 죽을 때가 되지도 않았는데 죽은 겁니다."

"그건 별로 대수롭지 않은 일입니다."

포와로는 격노한 듯한 목소리로 말했다.

"그 점에서 당신은 잘못 생각하신 겁니다."

"그건 그 사람의 잘못이었어요. 그는 분별 있게 행동하지 않았으니까요."

"나도 그럴 겁니다."

"당신도 바보로군요."

전화 수화기가 내려졌는지 찰칵하는 소리가 들렸다.

"여보세요!"

포와로는 급히 상대방을 불러 보았지만 이미 전화는 끊어졌다. 그는 수화기를 내려놓았다. 교환수에게 그 전화번호를 조사해서 알려 달라고 부탁할 마음은 없었다. 공중전화였으리란 걸 이미 잘 알고 있으니까.

무엇보다도 그를 피곤하고 어리둥절하게 만든 것은, 전에 어디선가 그 목소리를 들은 기억이 있다는 사실이었다. 그는 가물가물한 기억을 되찾으려 머리를 쥐어짜 보았다. 혹시 그것이 세인즈버리 실 양의 목소리는 아니었나?

기억을 더듬어 보니, 메이블리 세인즈버리 실 양의 목소리는 고음에다가 너무 힘을 주고 말해서 그런지 일부러 꾸민 것처럼 들렸다. 하지만 전화의 목소리는 그것과 전혀 달랐다. 하지만, 세인즈버리 실 양이 거짓으로 꾸며낸 목소리일지도 모른다는 생각이 들었다. 여하튼 그녀는 처녀 시절에 연극배우였다니까. 따라서, 그녀는 손쉽게 목소리를 바꿀 수도 있었을 것이다. 어쨌든 실제적인 음색에 있어서 전화의 목소리는 그가 기억하는 그 어떤 목소리와 아주 유사했던 것이다.

하지만 그는 그런 설명만으로 만족할 수가 없었다. 그렇다, 포와로가 생각해 낸 그 목소리의 주인공은 그녀가 아닌 다른 사람인 것이다. 물론 그가 잘 아는 목소리는 아니었다—하지만, 그는 그 언젠가 두 번까지는 아니더라도 한 번은 들어 보았던 목소리라고 확신할 수 있었다.

그는 의심스러웠다. 왜 귀찮게 전화를 걸어서 협박했을까? 그들은 그런 협박이 포와로를 꼼짝 못하게 할 수 있으리라고 정말 믿었던 것일까? 표면상으로는 그런 것 같았다. 그렇다면 그것은 어처구니없는 착각이라고 포와로는 생각했다.

4

조간신문에 깜짝 놀랄 만한 뉴스가 실려 있었다. 어제저녁, 다우닝가(街) 10번지를 친구와 함께 나오던 총리에게 저격 사건이 일어났던 것이다. 다행히도 총알은 엉뚱한 곳으로 빗나갔다. 인도 사람인 저격범은 곧 체포되었다.

그 기사를 읽자마자, 포와로는 택시를 잡아타고 런던경시청으로 달려갔다. 그는 재프의 방으로 안내되었다. 재프가 반갑게 그를 맞아 주었다.

"아하, 신문 기사를 읽고 내게 오신 거로군요. 총리와 함께 있던 그 '친구'라는 사람이 누구였는지 밝힌 신문이 있었나요?"

"없었네, 그가 누구였지?"

"앨리스테어 블런트였답니다."

"정말인가?"

"그런데……." 재프는 계속 말을 이었다.

"우리는 그 총알이 총리가 아닌 블런트를 향해서 겨냥되었다는 믿을 만한 이유가 있답니다. 다시 말해서, 그가 형편없는 총잡이만 아니었다면 블런트는 총에 맞았을 겁니다!"

"누가 그런 짓을 했지?"

"어떤 미친 힌두교도였습니다. 항상 그렇듯이 아직 덜 자란 녀석이더군요. 하지만, 그는 사주받았을 거예요. 그 녀석의 머리에서 나온 생각은 아닙니다."

재프는 덧붙여 말했다.

"우리는 멋지게 그 녀석을 체포했답니다. 당신도 아시다시피, 다우닝가 10번지에는 감시 요원 몇 명 정도는 늘 있지요. 총이 발사되었을 때, 어떤 한 미국 청년이 턱수염을 기른 땅딸막한 남자를 붙잡았답니다. 악착같이 그를 붙들고는 범인을 잡았다고 소리를 질러댔지요. 그 틈에 인도 녀석은 재빨리 도망을 친 겁니다. 하지만 우리 요원 하나가 멋지게 그 녀석을 붙잡았답니다."

"그 미국 청년은 누구였지?" 의아해하는 목소리로 포와로가 물었다.

"레이크스라는 청년이었는데요, 왜요?"

그는 느닷없이 말을 멈추고 포와로를 응시했다.

"그게 뭐 대수로운 일이라도 되나요?"

포와로가 말했다.

"홀본 팰리스 호텔에 체류하는 하워드 레이크스 말인가?"

"그래요, 그는, 아, 그렇지! 어쩐지 익숙한 이름이라는 생각이 들더니만. 몰리가 자살했던 그날, 도망가 버렸다는 그 환자 말이지요……."

그는 말을 멈췄다. 얼마쯤 뒤에 다시 천천히 입을 열기 시작했다.

"묘한 일이군요. 그 옛날 일이 이렇게 갑자기 떠오르다니 말입니다. 당신은 지금도 그 일에 대해 생각하고 있군요, 포와로?"

에르큘 포와로는 엄숙하게 대답했다.

"그렇다네, 아직도 나는 그 일에 대해서……."

5

포와로가 고딕 하우스에 도착하자 비서가 나와 그를 맞아 주었다. 그는 키가 크고 순하게 생긴 젊은이였고 그 태도 또한 매우 훌륭했다.

유쾌한 목소리로 그는 사과의 말을 했다.

"죄송합니다, 포와로 씨. 블런트 씨께서도 매우 죄송하게 생각하신답니다. 그분은 지금 다우닝가로 가셨습니다. 어젯밤 있었던 그, 사건 때문입니다. 제가 선생님 댁에 전화했는데, 운이 나쁘게도 선생님은 이미 출발하셨다더군요."

그 청년은 재빨리 말을 이었다.

"블런트 씨께서는 선생님이 켄트에 있는 그분의 집에서 주말을 함께 보내실 수 있는지 여쭤 보라고 하시고 나가셨답니다. 그 저택은 엑스햄에 있습니다. 만일 선생님이 그렇게 하실 수 있으시다면, 블런트 씨가 내일 저녁 차로 선생님 댁에 들르실 겁니다."

포와로는 망설였다. 청년은 설득하듯이 말했다.

"블런트 씨는 선생님을 몹시 뵙고 싶어 하십니다."

에르큘 포와로는 머리를 숙여 인사했다. 그러고는 말했다.

"감사합니다. 그렇게 하겠소."

"오, 감사합니다. 블런트 씨도 매우 기뻐하실 겁니다. 내일 5시 45분에 선생님을 모시러 가면……, 오, 안녕하세요, 올리베라 부인."

제인 올리베라의 어머니가 들어왔다.

그녀는 매우 멋지게 옷을 차려입고 있었고, 모자는 멋지게 손질한 머리 한가운데서 눈썹 쪽으로 살짝 매달리게 쓰고 있었다.

"오! 셸비 씨, 블런트 삼촌이 정원 의자에 대해 아무런 말도 하지 않던가요? 주말에 내려가신다기에, 어제 말하려 했었는데……."
그때야 올리베라 부인은 포와로가 있는 걸 보고 말을 멈췄다.
"올리베라 부인을 알고 계신가요, 포와로 씨?"
"전에 한 번 부인을 뵌 적이 있습니다." 포와로는 머리를 숙여 인사했다.
올리베라 부인은 모호한 목소리로 말했다.
"오? 안녕하세요? 그런데, 셸비 씨, 물론 블런트 삼촌이 바쁜 몸이란 건 나도 잘 알아요. 그런 조그마한 집안일들이 그분에겐 별것 아니겠지만……."
"그렇지 않습니다, 올리베라 부인." 셸비가 얼른 말했다.
"블런트 씨가 제게 그 얘기를 하셨답니다. 그래서 제가 디버스 씨 가게에 전화로 연락해 두었죠."
"그래요? 그렇다니 내 마음이 한결 가볍게 느껴지는군요. 그런데, 셸비 씨, 혹시 내게……."
올리베라 부인은 계속해서 얘기해 나갔다. 포와로는 그녀가 마치 암탉 같다고 생각했다. 아주 크고 살찐 암탉! 계속해서 떠들어대면서 그녀는 가슴을 앞으로 쑥 내밀고 아주 당당하게 문이 있는 쪽으로 걸어갔다.
"그런데 이번 주말에 우리끼리만 가는 게 분명하다면……."
셸비는 헛기침 소리를 냈다.
"어, 이번 주말엔 포와로 씨도 함께 내려가실 겁니다."
올리베라 부인은 걸음을 멈췄다. 그러고는 몸을 돌리더니 몹시 못마땅하다는 표정으로 포와로를 훑어보았다.
"정말인가요?"
"친절하게도 블런트 씨가 나를 초대해 주셨답니다." 포와로는 말했다.
"그래요? 하지만, 난 그 이유를, 모르겠군요. 앨리스테어 블런트 삼촌이 당신을 초대하다니 참 이상한 일이군요. 죄송합니다, 포와로 씨. 하지만, 블런트 삼촌은 이번 주말엔 조용하고도 가족적인 분위기 속에서 보내고 싶다고 내게 말씀하셨거든요!"
셸비는 단호하게 말했다.

"블런트 씨는 포와로 씨가 와주시길 몹시 바라신답니다."

"오, 정말이에요? 내겐 그런 말은 비치지도 않았는데요."

그때 문이 열렸다. 제인이 문 옆에 서 있었다.

그녀는 더 이상 참지 못하겠다는 듯 말했다.

"엄마, 빨리 와요! 점심시간은 1시 15분이잖아요!"

"지금 가잖니, 제인. 그렇게 성질 좀 부리지 마라!"

"알았어요. 제발 좀 빨리 움직이세요. 안녕하세요, 포와로 씨?"

갑작스럽게 그녀는 몹시 조용해졌다. 그녀의 성마른 태도가 마치 얼어붙은 것 같았다. 그녀의 두 눈엔 경계하는 기색이 더욱더 역력해 보였다.

올리베라 부인은 쌀쌀한 목소리로 말했다.

"포와로 씨도 이번 주말에 엑스햄으로 내려가신다는구나."

"오, 그래요?"

제인 올리베라는 자기 어머니가 지나갈 수 있도록 뒤로 물러섰다. 그녀는 올리베라 부인을 뒤따라가려다 말고 다시 되돌아왔다.

"포와로 씨!" 그녀의 목소리는 오만했다.

포와로는 방을 가로질러서 그녀에게로 다가갔다.

그녀는 나지막한 목소리로 말했다.

"선생님도 엑스햄에 내려가신다고요? 그 이유가 뭐죠?"

포와로는 어깨를 으쓱해 보였다.

"그건 아가씨 할아버지의 친절하신 생각이랍니다."

제인이 말했다.

"하지만 할아버지는 모르고 계실 거예요. 분명히 할아버지는……. 언제 선생님에게 그런 부탁을 하셨나요? 오, 그럴 필요가 없었을……."

"제인!"

홀에서 그녀의 어머니가 부르고 있었다.

제인이 나지막하고도 급한 목소리로 말했다.

"가지 마세요, 제발 그곳엔 가지 마세요."

그녀는 밖으로 나갔다. 그리고 이내 나무라는 소리가 들려왔다. 그것은 올리베라 부인의 목소리였는데, 고음에다 윽박지르느라 힘을 주어서 그런지 암탉이 우는 소리처럼 들렸다.

"난 정말 너의 무례한 버릇을 용서할 수가 없구나, 제인. 다시는 네가 버릇없이 날뛰지 못하도록 단단히 조치를 취해야겠다……."

그때 셀비가 말했다.

"그럼, 내일 6시가 되기 조금 전에 선생님 댁에 들러도 되겠습니까, 포와로 씨?"

포와로는 기계적으로 머리를 끄덕여 동의를 나타냈다. 그는 마치 유령이라도 본 듯이 멍청하게 서 있었다. 하지만 그에게 그토록 충격을 준 것은 그의 눈이 아니고 귀였던 것이다.

열린 문으로 흘러나온 그 목소리는 그가 지난밤에 전화로 들었던 목소리와 너무도 흡사했던 것이다. 그래서 그는 가물가물하긴 했지만, 그 음성이 왜 그렇게 익숙하다고 느껴졌었는지 이제 알 것 같았다.

햇볕이 내리쬐는 곳으로 걸어 나오면서 그는 멍한 표정으로 설레설레 고개를 저었다.

올리베라 부인?

하지만 불가능했다! 전화 속에서 흘러나온 목소리가 올리베라 부인의 음성일 수는 없다!

이기적이고 무지하며 탐욕적이고 자기중심적인—그렇게 머릿속이 텅 빈 여자가 그런 전화를? 조금 전 그는 그녀를 뭐라고 생각했었는가?

"그런 살찐 암탉 같은 여자가? 정말 우스꽝스러운 일이로군!"

에르큘 포와로는 중얼거렸다.

그는 자기 귀가 자신을 속인 게 틀림없다고 생각했다. 하지만…….

6

6시가 조금 안된 시각에 롤스로이스 차가 포와로의 집 앞에 멈췄다.

그 차에는 앨리스테어 블런트와 그의 비서만 타고 있었다. 올리베라 부인과 제인은 조금 일찍 다른 차로 내려간 것 같았다.

도중에는 아무 일도 일어나지 않았다. 블런트도 별로 말을 하진 않았는데, 자기 정원과 최근에 있었던 원예 전람회에 대해 약간 얘기가 오갔을 뿐이다.

포와로는 저격 사건 때 그가 다치지 않은 것이 천만다행이라고 말했다. 그러자 그는 거기에 대해 이해할 수 없다는 투로 말했다.

"오, 그 사건! 그 청년이 특별히 나를 겨냥해서 총을 쏜 거라고는 생각지 않습니다. 하지만, 그 가엾은 젊은이는 조준하는 법도 전혀 모르더군요! 그 사람은 절반쯤 미쳐 버린 힌두교도였습니다. 사실 그들에겐 아무런 잘못도 없죠. 그들은 그저 흥분해서는, 총리를 쏴 죽이면 역사의 흐름이 바뀔 거라는 감상적인 생각을 했던 것뿐이니까요. 정말 감상적인 생각이지요."

"그 외에도 선생님의 목숨을 빼앗으려는 사건들이 있었지 않습니까?"

"당신의 말도 매우 감상적으로 들리는군요."

블런트는 약간 눈을 깜박거리면서 말했다.

"얼마 전에 누군가가 내게 소포로 폭탄을 보냈더군요. 하지만, 그건 정말 형편없는 폭탄이었습니다. 당신도 아시다시피, 그런 사람들은 세계를 지배해 보겠다는 야망을 품고 있어요. 그렇지만, 폭탄 하나도 제대로 만들어내지 못하면서 어떻게 세계를 효율적으로 지배하겠다는 건가요?"

그는 설레설레 고개를 저었다.

"머릿속에 실용적인 지식이라곤 하나도 없는, 장발의 흐리멍덩한 이상주의자들이 하는 짓은 언제나 똑같아요. 물론 나도 똑똑한 인물은 못됩니다—과거에도 그랬고요. 하지만, 읽고 쓰고 계산할 줄은 압니다. 내가 무슨 생각으로 이런 말을 하는지 당신은 이해하시겠지요?"

"이해할 수 있을 것 같습니다. 하지만, 내게 좀더 설명해 주시지요."

"좋습니다, 내가 만일 영어로 쓰여 있는 것을 읽는다면, 나는 그 글이 무엇을 뜻하는지 이해할 수 있습니다. 지금 난 이해하기 어려운 문구나 공식, 또는 철학을 들먹거리는 것이 아닙니다. 지극히 평범한 상업 영어 같은 것을 말하는 겁니다. 하지만, 대부분의 사람은 그것도 이해하지 못한답니다! 그리고 뭔가를 쓰고 싶을 때면, 난 내가 생각하는 대로 글을 쓸 수가 있지요. 그러나 내가 알기론 상당수의 사람이 그것도 못 하더군요! 또, 말씀드린 대로 난 평범한 산술을 할 수 있습니다. 예를 들어 존에게 바나나가 여덟 개 있었는데 브라운이 그에게서 열 개의 바나나를 빼앗아 갔다면 존에겐 몇 개의 바나나가 남게 될까요? 대부분의 사람은 거기에 무슨 속기 쉬운 해답이라도 숨겨진 듯이 생각하지요. 그런 친구들은 우선 브라운으로선 그렇게도 할 수 없거니와, 또한 여분의 바나나가 남을 수도 없다는 사실을 도무지 생각지도 않는 거예요."

"사람들이 묘한 속임수 같은 해답을 좋아한다는 말인가요?"

"그렇습니다, 정치가들도 그런 사람들과 다를 게 하나도 없어요. 하지만, 나는 늘 평범한 상식으로 살아간답니다. 아시다시피, 결국엔 누구도 상식을 능가할 수는 없지요."

그는 그 자신 특유의 너털웃음을 지으며 덧붙여 말했다.

"하지만, 나는 장사 얘기를 하고 싶지는 않습니다. 그런 건 아주 고약한 버릇이지요. 게다가 나는 런던에서 벗어날 때만은 회사 문제들을 모두 잊어버리고 싶으니까요. 포와로 씨, 당신의 체험담을 좀 들어 봤으면 좋겠군요. 선생님도 아시다시피, 나도 괴기소설이나 추리소설을 즐겨 읽는 답니다. 당신은 그런 것 중에서 아주 그럴듯한 내용도 있다고 생각진 않나요, 어떻습니까?"

나머지 여정 동안에는 대부분 에르큘 포와로의 아슬아슬한 체험담으로 대화가 진행되었다. 앨리스테어 블런트는 마치 욕심 많은 초등학교 학생처럼 조금 더 자세히 얘기해 달라고 말하기도 했다.

이처럼 즐겁던 분위기가 엑스햄에 도착한 뒤로는 싸늘한 냉기가 뿜어 나오기 시작했다. 올리베라 부인은 그녀의 육중한 상반신 이면에 살이 얼어붙을 정도로 쌀쌀한 불만의 빛을 발산하고 있었다. 가능한 한 최대로 그녀는 포와로를 무시했고, 블런트와 셀비에게만 인사를 했다.

셀비는 포와로에게 방을 안내해 주었다.

그 집은 별로 크진 않았지만 매력적이었다. 런던에 있는 집과 마찬가지로 집 안은 매우 훌륭하게 꾸며져 있었다. 모두가 값비싼 것들이었지만 수수하게 보였다. 이런 것들을 소유할 수 있는 막대한 부(富)는 이렇듯 눈에 두드러지게 보이는 간결함을 지닌 매끈한 형태에서 엿볼 수 있었다. 접대도 아주 좋았다.

요리는 대륙식이 아닌 영국식이었다. 저녁식사 때 나온 포도주는 포와로의 탄성을 절로 자아내게 할 정도였다. 그들은 저녁식사로 더할 나위 없이 맑은 수프, 석쇠에 구운 혀가자미, 정원에서 기른 조그마한 완두콩과 함께 요리한 양의 등살, 딸기, 그리고 크림을 먹었다.

포와로는 그처럼 맛있는 음식을 정신없이 먹느라 올리베라 부인의 계속되는 쌀쌀함과 제인 양의 퉁명스럽기 그지없는 무례함을 거의 알아차리지도 못할 정도였다. 어떤 이유에선지 모르겠지만, 제인은 뚜렷이 드러나는 적대감을 느끼고서 그를 경계하고 있었다. 식사가 거의 끝나갈 무렵에야 포와로는 미비하나마 그 이유가 궁금해지기 시작했다!

의아한 시선으로 식탁을 내려다보던 블런트가 물었다.

"헬렌은 오늘 저녁에 우리와 함께 식사하지 않을 모양이지?"

줄리아 올리베라의 입술이 뾰로통해졌다. 그녀가 말했다.

"헬렌은 오늘 정원에서 일을 너무 많이 한 것 같아요. 그래서 귀찮게 옷을 갈아입고 여기로 오고 갈 것 없이 침실에 가서 푹 쉬는 게 더 낫겠다고 말해주었답니다. 그녀는 제 말뜻을 제대로 알아듣더군요."

"오, 그랬었군."

블런트의 얼굴에는 공허한 빛이 떠올랐고, 약간은 어쩔 줄 몰라 하는 것 같았다.

"주말에는 그녀에게도 변화가 있는 게 좋을 거로 생각했지."

"헬렌은 매우 단순한 사람이에요. 그리고 일찍 잠자리에 드는 걸 좋아한답니다."

올리베라 부인이 딱 잘라 말했다.

포와로가 거실에 있는 두 여자에게 갈 때, 블런트는 잠깐 동안 뒤에 남아 그의 비서와 얘기하고 있었다. 포와로는 제인 올리베라가 자기 어머니에게 말하는 소리를 들었다.

"앨리스테어 할아버지는 헬렌 몬트레서를 냉정하게 침실에 처박아둔 것을 탐탁지않게 생각하던데요, 엄마."

"엉뚱한 소리를 입 밖에 내지도 마라." 올리베라 부인이 매몰차게 말했다.

"할아버지는 너무 사람이 좋아 탈이란다. 먼 친척지간이라는 것까지는 좋아. 친절하게도, 그분은 별장을 그녀에게 공짜로 주셨단다. 하지만, 저녁식사를 함께하자고 주말마다 그녀를 이 집에 데려온다고 생각해보렴. 그건 이상한 일이야! 그녀는 그저 육촌 정도에 불과한 거야. 나는 할아버지가 그녀에게 속아서는 안 된다고 생각한다!"

제인이 말했다.

"하지만, 내가 생각하기엔 그녀도 자기 나름대로 자존심이 있을 거예요. 그녀는 정원에서 너무 많은 일을 한다고요."

올리베라 부인은 별로 신경 쓰는 기색도 없이 말했다.

"그건 건전한 정신을 보여 주는 거란다. 스코틀랜드 사람들은 독립심이 아주 강하단다. 그래서 사람들이 그들을 존경하는 거지."

그녀는 소파 위에 편안하게 몸을 기댔다. 하지만, 포와로에겐 여전히 시선도 주지 않았다. 그녀는 덧붙여 말했다.

"내게 '로 타운 리뷰' 지(誌) 좀 갖다 주겠니, 제인? 거기에 로이스 반 슈일러에 대한 얘기와 그녀의 모로코 여행기가 실려 있더구나."

앨리스테어 블런트가 문간에 나타났다. 그가 말했다.

"포와로 씨, 내 방으로 가시지요?"

집 뒤편에 있는 앨리스테어 블런트의 방은 천장이 낮고 긴 방이었다. 그리고 창문은 정원 쪽으로 나 있었는데, 모두 열려 있었다. 또한, 푹신한 안락의자와 등받이가 있는 긴 의자들은 방 안 분위기를 안락하게 만들었고, 적당히 어지러워져 있는 게 더욱 생기 있게 보였다.

말할 것도 없이 에르큘 포와로는 좀더 멋진 조화를 원했다!

손님에게 담배를 권하고 자기 파이프에도 불을 붙인 다음, 앨리스테어 블런트는 우물거리지도 않고 곧장 본론으로 들어갔다.

"여러 가지 문제가 내겐 만족스럽지 못하답니다. 물론 지금 나는 세인즈버리 실 양이라는 여자에 대해서 말하는 겁니다. 나름대로 이유를 내세워서(의심할 바 없이 그 이유는 매우 정당하겠지만) 당국에서는 그 사건에 대한 수사를 취소했습니다. 나는 앨버트 채프먼이 누구인지, 또 그가 무슨 일을 하는지는 잘 모릅니다. 하지만, 그가 무슨 일을 하건 그것은 지극히 중요한 일일 것이고, 또한 위험한 처지에 빠지기 쉬운 그런 종류의 일일 겁니다. 난 그 일에 대한 자초지종은 모르고 있습니다. 하지만, 총리의 말에 따르면 그 사건에 관한 한 어떠한 공표도 더 이상 허용할 수 없을 뿐만 아니라, 대중의 기억에서 빨리 지워지면 지워질수록 그만큼 더 좋을 거라고 하더군요."

"아주 정확하게 알고 계시는군요. 그것이 바로 정부의 생각이지요. 당국은 어떤 조치가 필요한지 잘 알고 있지요. 그래서 경찰은 그 사건에 더 이상 손도 대지 못하게 된 거고요."

그는 의자에 앉은 채로 몸을 앞으로 숙였다.

"하지만, 나는 진실을 알고 싶습니다, 포와로 씨. 그리고 바로 당신이 그 진실을 밝혀 주실 수 있는 분이지요. 왜냐하면 당신은 관계(官界)로부터 벗어나 있으니까요."

"내가 어떤 일을 하면 좋겠습니까, 블런트 씨?"

"당신이 그 여자를 찾아 주셨으면 합니다. 세인즈버리 실이라는 여자 말입니다."

"그녀의 생사에 대해 알고 싶다는 건가요?"

앨리스테어 블런트는 눈썹을 치켜세웠다.

"당신은 그녀가 죽었을 거라고 생각하나요?"

에르퀼 포와로는 잠깐 동안 말이 없었다. 1~2분이 지난 뒤에야 그는 천천히 무게 있게 말하기 시작했다.

"선생님이 내 생각을 알고 싶으시다면—하지만, 이것은 단지 내 생각에 지나지 않는다는 점을 기억해 주십시오. 그래요, 나는 그녀가 죽었을 거라고 생각합니다."

"왜 그렇게 생각하고 계신가요?"

에르퀼 포와로는 미소를 지었다. 그가 말했다.

"서랍 속에 있던 닳지 않은 스타킹 한 켤레 때문에 내가 그런 생각을 하게 되었다고 한다면, 아마 선생님은 말도 안 되는 소리라고 하실 테지요."

앨리스테어 블런트는 의아한 눈초리로 그를 바라보았다.

"당신은 정말 괴상한 분이군요, 포와로 씨."

"예, 난 몹시도 유별난 사람입니다. 다시 말해서, 난 방법론적이고 질서정연하며 논리적인 추리를 좋아합니다. 난(내가 생각하기에), 이론에 뜯어 맞추려고 사실을 왜곡하고 싶진 않습니다!"

앨리스테어 블런트는 말했다.

"나도 지금까지 이 모든 일을 곰곰이 생각해봤습니다. 그때마다 제일 먼저 떠오르는 생각이 하나 있습니다. 그건 이 사건이 너무도 이상하다는 점이지요! 치과의사가 총으로 자살했고, 채프먼이라는 여자는 얼굴이 완전히 뭉개진 채로 모피용 장롱 속에서 시체로 발견되었습니다. 끔찍한 일입니다! 정말 저주받을 일이지요! 그런데 나는 이 모든 일의 배후에 꼭 뭔가가 있다는 느낌을 떨쳐 버릴 수가 없답니다."

포와로는 머리를 끄덕였다.

블런트가 말했다.

"그리고, 내가 이 일에 대해 생각하면 할수록 그 여자는 내 아내를 몰랐을 거라고 확신하게 된다는 겁니다. 그건 그저 내게 말을 걸기 위한 구실이었던 거라고요. 하지만, 무엇 때문에 그랬을까요? 그렇게 해서 그녀에게 무슨 이득이 있었을까요? 내 말은, 몇 푼 안 되는 기부금을 받는 것이 자선 단체를 위해서야 좋은 일이었을 테지만, 그녀 개인으로 볼 때는 아무런 도움도 되지 않았을 거라는 얘깁니다. 하지만, 병원 층계에서 나와 마주쳤던 건, 사전에 꾸며진 일이라는 느낌이 듭니다. 그건 아주 그럴듯한 장소에서 정확한 시간에 이루어진 겁니다! 하지만, 그 이유는? 내가 지금까지 줄곧 자문해 왔던 것이 바로 그겁니다. 도대체 그 이유가 뭐였을까요?"

"바로 그 말이 문제입니다. 왜였을까요? 나 역시 자문해 보았습니다. 하지만, 모르겠어요. 나도 도무지 그 이유를 모르겠습니다."

"이 일에 대해 짐작하고 계시는 거라도 있나요?"

낙심한 표정으로 포와로는 손을 저었다.

"내 생각은 매우 유치한 것입니다. 어쩌면 그건 누군가에게 선생님을 알려주려는 계략이었을지도 모른다고 생각합니다. 즉, 선생님을 가리켜 주려고 말입니다. 하지만, 그 생각 역시 말이 되질 않습니다. 왜냐하면 선생님은 이미 저명인사이고 그냥 멀찌감치 서서, '봐, 저 사람이야. 지금 문으로 들어가는 남자 말이야.'라고 말하는 편이 훨씬 더 쉬운 방법이었을 테니 말입니다."

"그렇다면……." 블런트는 말했다.

"왜 나를 가리켜 주려고 했을까요?"

"블런트 씨, 그날 아침 치과 병원 의자에 앉아 있었을 때를 한 번 더 생각해보십시오. 몰리 씨가 이상한 얘기라도 하진 않았습니까? 단서가 될 만한 것이 하나도 기억나진 않나요?"

앨리스테어 블런트는 이맛살을 찌푸리며 기억해 내려고 애썼다. 그러다가 그는 설레설레 고개를 저었다.

"죄송합니다만, 내겐 아무것도 떠오르지 않습니다."

"분명히 몰리 씨가 그 여자, 세인즈버리 실 양에 대해 한마디도 꺼내지 않았다는 건가요?"

"그래요."

"그렇다면 다른 한 여자, 채프먼 부인에 대해서도 그런가요?"

"예, 그래요. 우리는 사람들에 대해서는 전혀 얘기하지 않았습니다. 그저 장미라든가 정원에 비가 좀 내려야 한다든가, 휴일에 대한 그렇고 그런 얘기만 나눴지요. 그밖에는 전혀 언급하지 않았답니다."

"선생님이 진료실에 계시는 동안 누가 들어오진 않았습니까?"

"가만있자, 아뇨, 아무도 들어오지 않았던 것 같습니다. 다른 때 같았으면 금발의 아가씨가 진료실에 있었겠습니다만. 그날은 그 여자도 없더군요. 아차, 생각나는군요. 다른 치과의사 한 분이 진료실로 들어왔었습니다. 그 사람의 말투에는 아일랜드 억양이 섞여 있더군요."

"그가 무슨 말을 하던가요?"

"몰리 씨에게 몇 가지 물어보더니 그냥 다시 나갔습니다. 지금 생각해보니, 그때 그 의사를 대하는 몰리 씨의 태도는 좀 딱딱한 것 같았습니다. 그 의사는 진료실에 잠깐 들어왔을 뿐입니다."

"그밖에는 생각나는 게 없나요? 아무것도 기억나질 않습니까?"

"그렇습니다, 그는 지극히 정상적이었습니다."

에르큘 포와로는 뭔가 생각하면서 말했다.

"내가 보기에도 그는 지극히 정상적이었습니다."

한참 동안 말이 없었다. 그러다가 포와로가 입을 열었다.

"블런트 씨, 혹시 그날 아침 선생님과 함께 아래층 대기실에 있었던 청년이 생각나는지요?"

앨리스테어 블런트는 이맛살을 찌푸렸다.

"글쎄요, 아! 그래요. 꽤나 안절부절못하던 청년이 한 명 있었습니다. 하지만, 자세히는 기억나지 않습니다. 그런데 왜요?"

"그를 다시 본다면 알아볼 수 있을까요?"

블런트는 고개를 저었다.

"나는 그 청년을 똑바로 바라보지도 않았습니다."

"그 청년이 선생님과 얘기를 하고 싶어 하는 것 같진 않던가요?"

"그런 일은 없었습니다."

블런트는 몹시 이상한 표정으로 포와로를 바라보았다.

"왜 그런 걸 물어보나요! 그 청년이 누구지요?"

"그 청년의 이름은 하워드 레이크스입니다."

포와로는 조심스럽게 상대방의 반응을 살펴보았지만 별다른 변화는 발견하지 못했다.

"내가 그 젊은이의 이름을 알고 있어야만 하나요! 혹시 내가 어딘가에서 만난 적이 있는 사람인가요?"

"내가 생각하기에, 선생님은 그를 만난 적이 없을 겁니다. 그 청년은 선생님의 손녀딸인 올리베라 양의 친구랍니다."

"오, 제인의 친구였군요."

"내가 알기로, 올리베라 부인은 두 사람의 교제를 반대하시는 것 같더군요."

앨리스테어 블런트는 멍한 표정으로 말했다.

"그런 것이 제인에게는 아무 소용도 없을 거라고 나는 생각합니다."

"올리베라 부인이 그들의 교제를 몹시 심각하게 생각하고 제인 양을 그 청년과 떼어 놓으려고 미국에서 이곳으로 내려왔다고 알고 있는데요."
"오." 블런트의 얼굴에는 염려스러운 기색이 나타났다.
"그 친구가 바로 그 청년이었군요?"
"그렇습니다. 이제야 선생님은 흥미를 느끼시는군요."
"그 청년은 어느 모로 보나 탐탁지않게 보입니다. 그는 수많은 파괴 활동에 관련이 있답니다."
"올리베라 양의 말에 따르면, 그 청년은 순전히 선생님을 뵙고자 그날 아침 퀸 샬로트가 병원에 진료를 예약했다더군요."
"내가 그에게 호감을 느끼게 하려고요?"
"글쎄요, 아닙니다. 내가 알기론, 그 청년이 선생님의 관심을 얻으려고 그곳에 갔었던 것 같습니다."
"그래요! 대단히 건방진 녀석이로군!"
포와로는 억지로 웃음을 참았다.
"선생님은 그가 싫어하는 전형적인 분이신 것 같던데요."
"그 청년도 내가 가장 싫어하는 전형적인 젊은이랍니다! 착실하게 일이나 할 생각은 않고, 여기저기에서 허풍으로 열변이나 토하며 시간을 보내다니!"
잠깐 동안 포와로는 아무 말도 하지 않았다. 한참 뒤에 그는 입을 열었다.
"선생님께 무례하고도 대단히 사적인 질문을 해도 괜찮을까요?"
"말씀해보십시오."
"만일 선생님이 돌아가신다면, 재산 처리는 어떻게 되는 건가요?"
블런트는 놀란 표정을 지었다. 그러고는 퉁명스런 목소리로 말했다.
"뭣 때문에 그런 걸 알고 싶어 하시나요?"
포와로는 어깨를 으쓱해 보였다.
"왜냐하면, 그것이 이 사건과 어떤 연관이 있을지도 모르기 때문입니다."
"말도 안 됩니다!"
"그럴지도 모르지요. 하지만, 그렇지 않을 수도 있습니다."
앨리스테어 블런트는 차가운 목소리로 말했다.
"당신은 지나치게 감상적으로 생각하는 것 같은데요, 포와로 씨. 지금껏 아무도 나를 죽이려고 하지 않았습니다!"
"아침 식탁에 올랐다던 폭발물이라든가, 길거리에서의 저격……."
"오, 그런 것들을 말하는 거군요! 세계의 금융계에 광범위하게 관계하는 사람이라면 그런 미친 작자들한테 그 정도의 관심을 받는 건 당연한 이치입니다!"
"하지만, 그런 사람이 광신도이거나 미치지 않았을 경우도 있지 않겠습니까?"
블런트는 그를 노려보았다.
"도대체 무슨 말을 하시려는 건가요?"
"솔직히 말해서, 나는 선생님의 사망으로 덕을 보게 될 사람을 알고 싶습니다."
블런트는 씁쓸하게 웃었다.
"주로 세인트 에드워드 병원, 암 병원, 그리고 맹인을 위한 왕립 연구소 등에 돌아갈 겁니다."
"아하!"
"그리고 내 조카딸인 줄리아 올리베라 부인에게도 상당한 금액을 상속했고, 그녀의 딸인 제인 올리베라에게도 신탁으로 같은 금액을 남겼습니다. 또한, 내 친척 중 유일하게 살아 있는 육촌 헬렌 몬트레서에게도 실질적인 재산을 남겨주었죠. 그녀는 매우 가난하게 살았습니다. 그래서 난 그녀에게 이곳에 있는 조그만 별장 하나를 주었답니다."
잠깐 동안 침묵을 지키던 그는 다시 말을 이었다.
"포와로 씨, 이 얘기는 반드시 비밀로 해주시기 바랍니다."
"물론이지요, 블런트 씨. 여부가 있겠습니까."
앨리스테어 블런트는 비꼬는 듯한 어투로 덧붙였다.
"설마 줄리아나 제인, 또는 헬렌 몬트레서가 돈 때문에 나를 살해할 계획을 꾸미고 있다고 말하려는 건 아니겠지요, 포와로 씨?"
"물론입니다. 나는 그런 말을 하려고 했던 건 아닙니다."
블런트의 흥분은 가라앉았다. 그가 말했다.

"그렇다면, 당신은 나를 위해서 그 일을 맡아 주시겠지요?"

"세인즈버리 실 양을 찾아내는 일 말인가요? 좋습니다, 내가 그 일을 맡겠습니다."

앨리스테어 블런트는 다정하게 말했다.

"당신은 좋은 분입니다."

7

그 방을 나서다가 포와로는 문밖에 서 있던 커다란 물체와 거의 부딪칠 뻔했다.

"죄송합니다, 아가씨."

제인 올리베라는 조금 물러섰다.

"제가 선생님에 대해 어떻게 생각하는지 아세요, 포와로 씨?"

"글쎄요, 올리베라 양……."

그녀는 포와로가 말을 끝마칠 때까지 기다리지도 않았다. 사실 그 질문은 대답할 필요조차 없었다. 왜냐하면, 거기에 대해 제인 올리베라가 직접 대답할 것이 분명했기 때문이다.

"선생님은 스파이예요, 그렇죠! 불쌍하고 천박한 염탐꾼, 여기저기 냄새나 맡고 다니면서 말썽만 일으키는 스파이란 말이에요!"

"분명히 말해야겠군요, 올리베라 양……."

"저는 선생님이 지금 뭘 쫓는지 알고 있어요! 그리고 방금 선생님이 어떤 거짓말을 했는지도 알고 있고요! 왜 그렇다고 인정하지 않죠! 좋아요, 선생님께 이것만은 말씀드려야겠어요. 선생님은 아무것도 찾아내지 못할 겁니다—아무것도! 찾아낼 것이라고는 하나도 없으니까요! 그리고 그 누구도 제 소중한 할아버지의 머리카락 하나 건드리지 못할 거예요. 그분은 안전해요. 그리고 앞으로도 안전할 거예요. 안전하고 점잖고 순조롭게 살아가실 거예요. 물론 지극히 평범하겠지만요! 그분은 전형적인 영국인입니다. 상상력이나 비전 따위는 눈곱만큼도 없는 영국인, 바로 우리 할아버지가 그런 사람입니다."

잠시 그녀는 말을 멈췄다. 그러고는 이내 본래 상냥하고 허스키한 목소리를 억누르고 표독스럽게 말했다.

"저는 당신이 보기 싫어요. 땅딸막하고 부르주아 같은 당신이 보기 싫단 말이에요!"

그녀는 값비싸 보이는 옷을 확 잡아당겨 여미고는 그에게서 멀어져 갔다.

에르퀼 포와로는 멍하니 그 자리에 서 있었다. 그의 두 눈은 휘둥그레져 있었고, 눈썹은 위로 치켜져 있었다. 그는 생각에 잠겨 천천히 자신의 콧수염을 어루만졌다.

부르주아 같다는 그 표현이 자신에겐 잘 어울린다고 그는 인정했다. 그의 인생관 자체부터가 부르주아적이었다. 하지만, 호화롭게 차려입은 제인 올리베라가 경멸하듯 그런 말을 사용했다는 것이 그에겐 더 이상스럽게 느껴졌다.

생각을 계속하면서 그는 거실로 갔다.

올리베라 부인이 페이션스(혼자 하는 카드놀이의 일종)를 하고 있었다.

포와로가 들어서자 그녀가 고개를 들었다. 마치 바퀴벌레를 바라보는 듯한 쌀쌀한 눈초리로 그를 훑어보더니 또렷또렷한 목소리로 중얼거렸다.

"한몫 잡으려고 핏발이 선 악당 같으니!"

포와로는 온몸이 오싹해서 그곳을 나섰다. 그는 슬픔에 잠겨서 생각했다.

'이럴 수가! 아무도 나를 좋아하지 않는 것 같군!'

그는 정원으로 나가서 거닐었다. 달빛을 잔뜩 머금은 나무 냄새가 확확 풍겨 오는 매력적인 밤이었다. 포와로는 상쾌한 기분으로 코를 킁킁거리면서 양쪽으로 풀이 나 있는 조그만 오솔길을 따라 걸었다.

그가 모퉁이를 돌았을 때, 어슴푸레하게 보이는 두 형상이 재빨리 떨어졌다.

사랑하는 연인들을 방해한 것 같았다.

포와로는 급히 몸을 돌려 다시 왔던 길로 되돌아갔다. 심지어 이렇게밖에 나와서까지도 그는 방해거리가 되는 모양이었다.

그는 앨리스테어 블런트의 창문 옆을 지나갔다. 그는 셀비에게 뭔가를 받아 쓰게 하고 있었다.

에르퀼 포와로를 위한 곳은 오직 한 군데밖에 없는 듯싶었다. 그는 자신의 침실로 올라갔다.

잠깐 동안 그는 사건의 여러 가지 알 수 없는 국면들을 생각해보았다. 전화 목소리가 올리베라 부인의 음성과 같다는 건 혹 잘못 생각한 것이 아닐까? 분명히 그 생각은 가당찮아 보였다!

그는 그 작은 반스가 한 감상적인 얘기들을 다시 생각해보았다. 그리고 일명 QX912로 불리는 앨버트 채프먼의 기묘한 행방에 대해서도 생각해보았다. 또한, 하녀 애그니스의 눈에서 본 근심 어린 표정을 기억해 내고는 약간 기분이 언짢았다.

언제나 똑같았다—사람들은 늘 뭔가를 숨기려 든다! 대부분 별것도 아닌 것을 가지고서 말이다. 하지만, 그런 것들이 분명하게 드러나지 않는 한 올바른 수사는 계속될 수가 없었다.

현재 수사의 진로는 엉망이었다!

지금 상황에서, 명확한 사고와 질서정연한 추리를 해나가는데 제일 큰 장애가 된 것은 세인즈버리 실 양에 대한 모순되고 불가능한 문제들이었다. 왜냐하면, 만일 에르퀼 포와로가 목격했던 사실들이 진실이라면 종국에 가서 이치에 맞는 건 하나도 없는 결과가 나오기 때문이다!

그는 자신의 그런 생각에 실망을 느끼면서 이렇게 중얼거렸다.

"혹시 내가 늙어가는 건 아닐까?"

열하나, 열둘, 남자들은 찾아다닐 것

1

고통스러웠던 밤을 지낸 뒤 에르큘 포와로는 다음 날 아침 일찌감치 자리에서 일어났다. 날씨가 화창했다. 그는 간밤에 걸었던 길을 다시 거닐었다.

양옆으로 잔디가 난 오솔길은 정말 아름다웠다. 물론 포와로야 화초가 좀더 질서정연하게 배치되었으면 좋았을 텐데 하고 생각했지만(오스텐드에서 본 것과 같은 산뜻한 제라늄 화단처럼), 이곳이 영국식 정원으로서는 거의 완벽할 정도라는 사실을 그는 곧 깨달았다.

그는 장미 정원을 거닐었다. 그리고 그렇게 잘 정리된 화단을 보면서 기쁨을 느낄 수 있었다. 그는 고산대 바위로 꾸며진 정원의 꾸불꾸불한 길을 지나서 울타리가 쳐 있는 채소밭까지 왔다.

여기에서 그는 트위드 코트와 셔츠를 입은 건강해 보이는 여자를 보았다. 그녀의 이마는 검게 탔으며, 까만 머리는 짧게 잘려 있었다. 그녀는 선임 정원사처럼 보이는 어떤 사람에게 억센 스코틀랜드 말씨로 느릿느릿 얘기하고 있었다. 선임 정원사는 포와로가 보기에, 얘기를 나누는 것을 조금도 좋아하지 않는 것 같았다.

헬렌 몬트레서의 목소리에는 빈정거리는 어투가 담겨 있었다. 에르큘 포와로는 재빠르게 샛길로 내려갔다.

거기에서 포와로는 삽 위에 걸터앉아 쉬는 어떤 정원사를 보았다. 하지만, 그 사람은 곧 힘차게 삽질을 하기 시작했다. 포와로는 가까이 다가갔다. 그 정원사는 꽤 젊은 사람이었는데, 정말 열심히 삽질을 하고 있었다. 포와로는 그의 등 뒤에 서서 그를 지켜보았다.

"안녕하시오?" 상냥하게 포와로가 말했다.

"안녕히 주무셨습니까, 선생님?"

정원사는 대답했다. 그러나 일을 멈추지 않았다.

포와로는 약간 놀랐다. 그의 경험으로 비추어 볼 때, 정원사란 누군가가 가까이 다가오기만 하면 열심히 일하는 체하다가도 일단 그 사람이 말만 걸었다 하면 잽싸게 일을 멈추고 시간을 때우려 들기 마련인데 말이다.

포와로는 뭔가 이상하다고 생각했다. 그는 열심히 일하는 정원사를 지켜보면서 잠깐 동안 그곳에 서 있었다. 그 어깨의 움직임이 왠지 눈에 익숙하다고 느껴졌다. 아니, 그렇지 않은 것 같기도 했다.

'혹 내가 목소리건 어깨건 같은 점은 하나도 없는데, 그저 왠지 눈에 익숙하다고 느낀 건 아닐까?' 포와로는 생각했다.

간밤에 그가 걱정했던 대로, 혹시 에르큘 포와로는 늙어가는 것이 아닐까?

울타리가 쳐진 정원에서 나온 그는 이것저것 생각하면서 계속 거닐었다. 그러다가 그는 오르막으로 된 관목 숲을 보려고 잠깐 발걸음을 멈췄다.

잠시 뒤에, 채소밭 울타리 위로 마치 보름달처럼 생긴 동그란 형상이 천천히 떠올랐다. 그것은 바로 달걀처럼 생긴 에르큘 포와로의 머리였다. 에르큘 포와로는 매우 흥미롭다는 듯이 이제 삽질을 멈추고 옷소매로 땀에 젖은 얼굴을 닦은 젊은 정원사의 얼굴을 바라보았다.

"정말 이상하고도 재미있는 일이로군."

조심스럽게 머리를 수그리면서 포와로는 중얼거렸다.

그는 관목 숲에서 나왔다. 그러고는 그의 산뜻한 옷매무새를 엉망으로 만들어 놓은 나뭇가지와 잎사귀들을 모두 털어내며 다시 중얼거렸다.

"그래, 정말 이상하고 흥미로운 일이야. 시골에서 비서로 일하고 있어야 할 프랭크 카터가 앨리스테어 블런트에게 고용되어 정원사로 일하고 있다니 말이야."

이런 문제들에 대해 열심히 생각하고 있는데 멀찌감치 벨 소리가 들렸다. 에르큘 포와로는 집을 향해 오던 길로 되돌아가기 시작했다.

집으로 돌아오는 길에 그는 블런트를 보았다. 그는 건너편에 있는 문을 지나 채소밭에서 막 나온 몬트레서 양과 얘기를 나누고 있었다.

그녀의 음성은 깨끗하고 또렷했다.

"친절하신 말씀입니다, 앨리스테어 씨. 하지만, 그 미국 친척분들이 당신과 함께 있을 이번 주에는 어떤 초대에도 응하고 싶지 않아요!"
블런트가 말했다.
"줄리아가 다소 우둔한 여자란 건 나도 알아. 하지만 그녀는……."
몬트레서 양은 차분한 목소리로 말했다.
"내 생각인지 모르겠습니다만, 나에 대한 그녀의 태도는 무례하기 짝이 없어요. 나는, 미국 여자이든 누구든 간에 그런 무례한 태도는 참을 수 없어요!"
몬트레서 양이 그의 곁을 떠났다. 포와로가 다가갔을 때, 앨리스테어 블런트는 마치 여자 문제로 고민하는 남자처럼 어색한 표정을 짓고 있었다.
그는 호소하듯이 이렇게 말했다.
"여자들이란 정말 악마예요! 안녕히 주무셨는지요, 포와로 씨? 날씨가 화창하죠, 그렇죠?"
두 사람은 집을 향해 걸어갔다. 블런트는 한숨을 내쉬며 말했다.
"아내가 그립군요!"
식당에서 그는 그 무시무시한 줄리아에게 말했다.
"줄리아, 내 생각엔 네가 헬렌의 기분을 몹시 상하게 한 것 같더구나."
올리베라 부인은 퉁명스럽게 대꾸했다.
"스코틀랜드 사람들은 화를 잘 내니까요."
앨리스테어 블런트는 불쾌한 표정을 지었다.
에르큘 포와로가 말했다.
"아까 보니까 젊은 정원사가 있던데, 아마 최근에 고용했나 보지요?"
"아." 블런트는 말했다.
"그렇습니다. 세 번째 정원사였던 버튼이 3주 전쯤에 이곳을 떠났기 때문에, 대신 그 청년을 고용했지요."
"혹시 그가 어디에서 왔는지 알고 계신가요?"
"전혀 모릅니다, 매칼리스터가 그를 고용했으니까요. 확실히 생각나진 않지만, 어쨌든 어떤 사람이 한번 써 보라고 내게 얘기했었습니다. 그 사람은 그 청년에 대해 상당히 호의적으로 말하더군요. 하지만, 나는 좀 놀랐습니다. 왜냐하면, 매칼리스터의 말에 따르면 그가 아주 형편없다고 합니다. 그는 그 청년을 내보냈으면 합니다."

"그 청년의 이름이 뭐라든가요?"

"더닝인가, 선베리……, 뭐 그런 이름이었습니다."

"실례지만, 선생님은 그 청년에게 얼마씩 지급하고 계신가요?"

"실례라니요, 천만의 말씀이십니다. 내가 생각하기엔, 주당 2파운드 15페니를 주는 것 같습니다."

"그 이상은 아닌가요?"

"분명히 그 이상은 아닙니다, 그보다 적으면 적었지요."

"그것참……, 이상한 일이로군요." 포와로가 말했다.

앨리스테어 블런트는 자못 의아한 눈초리로 그를 바라보았다.

하지만, 그때 제인 올리베라가 신문을 뒤적거리면서 대화에 끼어들었다.

"할아버지의 피를 보려는 사람들이 꽤 많은 것 같아요!"

"오, 넌 국회의 토론에 대한 기사를 읽은 모양이구나. 하지만 상관없어. 아처튼—그 사람은 늘 환상의 적과 싸우는 돈키호테 같은 사람이지. 더욱이 금융에 대해서는 지나친 망상을 가진 사람이란다. 우리가 만일 그를 그대로 내버려둔다면, 1주일도 못 가서 영국은 파산해 버릴 거다."

제인이 말했다.

"하지만, 할아버지는 뭔가 새로운 것을 시도해본 적도 없잖아요?"

"그런 시도가 구체제에 별 도움을 주지 않는다면 굳이 그럴 필요가 있겠니, 제인?"

"하지만, 할아버지는 그런 시도가 도움을 줄 수도 있다는 건 생각지도 않잖아요. 할아버지는 늘 '그건 별로 효과가 없을 거야.'라고 말씀하시지요. 해보지도 않고 말이에요."

"실험주의자들은 해로운 결과를 더 많이 가져올 수 있단다."

"그래요. 하지만 어떻게 할아버지는 지금 이대로의 현상에 만족하실 수 있으세요? 낭비와 불평, 부정 등등 그런 것으로 가득 차 있는데 말이에요. 따라서 반드시 뭔가가 시도되어야만 해요!"

"모든 것을 고려하면서 우리는 이 나라에서 그런대로 잘해 나가는 거란다, 제인."

제인은 격렬하게 말했다.

"필요한 것은 새로운 하늘과 새로운 땅이에요! 그런데 할아버지께서는 거기 그렇게 앉아서 콩팥만 잡숫고 계시잖아요!"

그녀는 자리에서 일어나 정원으로 나갔다.

앨리스테어는 약간 놀라고 불쾌한 듯이 보였다. 그가 말했다.

"요즘 들어 제인이 무척 많이 변했어. 도대체 어디서 저 애가 그런 사상들을 받아들이는 걸까?"

"제인이 하는 말에 신경 쓰지 마세요." 올리베라 부인이 말했다.

"제인은 무척 순진한 아이랍니다. 외삼촌도 요즘 여자애들이 어떤지 잘 아실 거예요. 걔들은 아틀리에 같은 곳에서 여는 별난 파티에 나간답니다. 그런 곳에서 청년들과 우스운 동맹을 만들고 집에 돌아와서는 허황한 얘기들이나 늘어놓는 거지요."

"그래, 하지만 제인은 전에는 보수적인 애였잖니?"

"이건 단지 유행일 뿐이에요, 외삼촌. 그런 일들은 현실성이 전혀 없답니다!"

앨리스테어 블런트가 말했다.

"그래. 그런 것들은 전혀 근거가 없지."

그는 약간 근심스런 표정을 지었다.

올리베라 부인이 자리에서 일어났다. 포와로는 그녀를 위해 문을 열어 주었다. 그녀는 잔뜩 인상을 찌푸리면서 밖으로 나갔다.

앨리스테어 블런트가 느닷없이 말했다.

"난 도대체 마음에 들지 않아요! 모든 사람들이 그런 종류의 일들에 대해 떠들어대지요! 하지만, 그들의 말에는 아무런 의미도 없답니다. 아무것도 없다고요! 모두가 허풍선이들이에요! 나는 그것에 반대했지요—새로운 하늘과 새로운 땅을 말입니다. 그게 도대체 뭔가요? 그걸 떠드는 사람들조차도 정작 신세계가 뭔지 말도 못하면서 말이죠! 그들은 그저 말에 취해 있는 겁니다."

그는 갑작스럽게 미소를 지었지만 오히려 슬픔에 잠겨 있는 것 같았다.
"아시겠지만, 나는 구세계의 마지막 파수병이랍니다."
조심스럽게 포와로가 물었다.
"만일 선생님이 제거된다면 무슨 일이 일어날까요?"
"제거된다고요! 그게 무슨 말인가요?" 그의 얼굴은 돌연 침울하게 변했다.
"말씀드리지요. 무수한 바보가 값비싼 대가를 치러야만 할 실험들을 시도하겠지요. 하지만 그것은 안정과, 상식과 융화의 종말이 될 겁니다. 즉, 지금 우리가 아는 영국의 종말이지요……."
포와로는 머리를 끄덕였다. 진정으로 그는 이 은행가를 동정했다. 그 역시 그런 융화를 희구하고 있었다. 이제야 그는 앨리스테어 블런트가 말하는 것을 아주 명확하게 새로운 의미로 이해하기 시작했다. 이미 반스도 그에게 말한 적이 있었지만, 그때 그는 잘 이해하지 못했던 것이다.
그는 갑자기 걱정이 되었다.

2

"이제야 편지 쓰는 걸 모두 끝냈습니다."
아침 늦게 모습을 나타낸 블런트가 말했다.
"포와로 씨, 당신에게 이곳 정원을 안내해 드리지요."
두 사람은 함께 밖으로 나갔다. 블런트는 자신의 취미에 대해서 열심히 말해 주었다.
희귀한 고산대 나무들이 있는 정원은 그의 커다란 자랑거리였다. 블런트는 보기 드문 몇몇 종류의 나무를 가리켜가며 포와로에게 설명해 주었다. 그렇게 하면서 그들은 잠깐 동안 거기서 시간을 보냈다.
에르퀼 포와로는 최고 좋은 에나멜가죽 구두를 신고 있었다. 그는 체중을 왼쪽 발에서 오른쪽 발로, 다시 왼쪽 발로 옮겨가면서 참을성 있게 그의 말에 귀를 기울였다. 뜨거운 태양의 열기로 자기 발이 마치 거대한 푸딩처럼 보였기 때문에 포와로는 약간 몸을 움찔했다!

블런트는 이제 가장자리에 널찍널찍하게 심어진 여러 가지 식물들을 가리키면서 계속 걸어갔다. 윙윙거리는 벌 떼 소리가 들렸으며, 아주 가까운 곳에서 월계수 울타리를 다듬는 단조로운 가위질 소리도 들려왔다.

매우 나른하고 평화로운 날이었다.

울타리 끝에 도착했을 때 블런트는 걸음을 멈추고 뒤를 돌아다보았다. 정원사는 보이지 않았지만 여전히 가까운 곳에서는 가위질 소리가 들렸다.

"여기에서 저 아래 보이는 조망을 보십시오, 포와로 씨. 올해는 아메리카패랭이꽃이 매우 잘 자랐답니다. 그렇게 예쁘게 핀 것을 본 적이 없는 것 같아요. 저기엔 루피네스가 피어 있군요. 정말 아름다운 색입니다."

탕! 아침의 평화를 깨뜨리는 총소리가 들렸다. 그리고 무엇인가 핑 날아가는 소리가 들렸다. 앨리스테어 블런트는 월계수 숲 가운데서 희미하게 한 줄기 연기가 피어오르는 곳으로 어쩔 줄 몰라 하며 몸을 돌렸다.

갑자기 성난 목소리가 들려왔으며, 누가 엉겨 붙어 싸우는지 월계수들이 흔들렸다.

억센 미국인의 음성이 들렸다.

"이젠 잡았다. 저주받을 악당 같으니라고! 어서 총을 버려!"

두 사람은 격투를 벌이면서 공터로 나왔다. 그날 아침에 열심히 땅을 파던 젊은 정원사가 자기보다도 머리 하나가 더 큰 남자에게 멱살을 잡혀 캑캑거리고 있었다.

프랭크 카터가 고함을 질렀다.

"나를 놔줘! 총을 쏜 사람은 내가 아니야! 난 결코 그런 짓을 하지 않았어."

하워드 레이크스가 말했다.

"오, 그렇지 않았다고? 그럼 넌 날아가는 새를 쏘고 있었던 모양이지!"

그는 말을 멈추고, 블런트와 포와로를 쳐다보았다.

"앨리스테어 블런트 씨인가요? 이 녀석이 조금 전에 선생님을 겨누고 있었습니다. 막 방아쇠를 당기려는 찰나 제가 붙잡았습니다."

프랭크 카터는 소리쳤다.

"거짓말이에요! 저는 지금까지 울타리를 가위로 다듬고 있었습니다. 총소리가 들리더니 총이 제 발아래로 떨어진 겁니다. 그래서 저는 그 총을 집어들었을 뿐입니다—그건 자연스러운 일이지요. 그런데 바로 그때 이 나쁜 녀석이 저를 덮친 겁니다."

하워드 레이크스는 신랄하게 말했다.

"그 총은 네 손에 있었고, 또 이미 발사된 뒤였잖아!"

과장된 몸짓으로 그는 포와로에게 총을 건네주었다.

"자, 보세요. 이 녀석의 권총이 사실을 말해 줄 겁니다! 당신도 이 자리에 함께 있는 게 참으로 다행이군요. 제가 생각하기엔, 그 자동권총 속에는 아직도 탄환이 몇 개 더 남아 있을 것 같은데요."

"그렇군요." 포와로는 중얼거리듯 말했다.

블런트는 화가 난듯 얼굴을 찌푸리고 있었다. 그는 날카로운 목소리로 물었다.

"그렇다면, 던, 던베리, 자네 이름이 뭔가?"

에르큘 포와로가 그의 말을 막으며 말했다.

"이 청년의 이름은 프랭크 카터랍니다."

카터는 사납게 그를 향해 몸을 돌렸다.

"당신이 내게 누명을 씌우려고 이 집에 총을 가지고 온 거군요! 당신은 지난 일요일에 나를 염탐하려고 왔던 겁니다. 하지만, 이건 모두가 음모란 말이오. 나는 결코 블런트 씨에게 총을 쏘지 않았어요."

에르큘 포와로는 나지막한 목소리로 말했다.

"그렇다면 누가 총을 쐈다는 거요?"

그러고는 덧붙여 말했다.

"당신도 보다시피, 지금 여기엔 우리밖에 없는데."

3

제인 올리베라가 오솔길을 뛰어오고 있었다. 머리카락이 그녀의 등 뒤에서 흩날리고 있었다. 공포로 두 눈이 휘둥그레진 채 그녀는 숨을 가쁘게 몰아쉬며 말했다.

"하워드!"

하워드 레이크스는 유쾌하게 말했다.

"안녕, 제인? 난 방금 당신 할아버지의 생명을 구해 드렸어."

"어머나!" 그녀는 걸음을 멈췄다.

"정말 당신이?"

"당신이 온 것이 내겐 대단히 다행스러운 일이었던 것 같소. 어……."

블런트는 그의 이름을 몰라 머뭇거렸다.

"이 사람은 하워드 레이크스랍니다, 앨리스테어 할아버지. 또 제 친구이기도 하지요."

블런트는 레이크스를 바라보고는 미소를 지었다.

"오, 바로 당신이 제인의 친구로군! 정말 당신에게 감사드리겠소."

고압의 증기 엔진처럼 헐떡거리는 소리를 내며 줄리아 올리베라가 나타났다. 그녀는 숨넘어가는 소리로 말했다.

"분명히 총소리가 났는데, 혹시 외삼촌이……, 아니?"

그녀는 넋이 나간 듯 하워드 레이크스를 바라보았다.

"당신은? 왜, 왜, 어떻게 감히 당신이?"

제인이 차디찬 목소리로 말했다.

"하워드는 조금 전에 앨리스테어 할아버지의 목숨을 구해 드렸어요, 엄마."

"뭐라고? 난, 나는……."

"이 사람이 앨리스테어 할아버지에게 총을 쏘려고 했었어요. 그런데 하워드가 그를 붙잡아서 총을 빼앗았던 거예요."

프랭크 카터는 필사적으로 소리쳤다.

"당신들은 거짓말쟁이예요, 당신들 모두."

올리베라 부인은 턱을 내려뜨리면서 무감각한 목소리로 말했다.

"오!"

1~2분 정도가 지난 뒤에야 그녀는 다시 자세를 가다듬을 수 있었다. 맨 먼저 그녀는 블런트를 향해 몸을 돌렸다.

"소중한 외삼촌! 너무도 끔찍스러운 일이었군요! 외삼촌이 무사한 것을 하나님께 감사드려요. 하지만, 외삼촌은 큰 충격을 받으신 것 같군요. 저는, 저는 기절할 것만 같아요. 기분이 이상해요. 브랜디 좀 마셨으면 좋겠는데요."

블런트는 재빨리 말했다.

"물론이지. 어서 집 안으로 들어가자."

그녀는 그의 팔을 붙잡더니 꼭 매달렸다.

블런트는 어깨너머로 포와로와 하워드 레이크스를 바라보았다.

"당신들이 그 사람을 데리고 와주시겠습니까?" 그가 말했다.

"경찰에 전화해서 넘겨야겠습니다."

프랭크 카터는 입을 벌리고 있었다. 하지만, 아무런 말도 나오지 않았다. 그의 얼굴은 하얗게 질려 있었고, 무릎은 후들후들 떨리고 있었다. 하워드 레이크스는 그의 멱살을 잡고서 무자비하게 끌고 갔다.

"어서 가자, 이 나쁜 녀석 같으니!"

프랭크 카터는 쉰 목소리로 힘이 다 빠진 듯 중얼거렸다.

"모두 거짓말이야……."

하워드 레이크스는 포와로를 바라보았다.

"당신은 뛰어난 탐정이라고 했는데, 이제 보니 별로 그런 것 같지도 않군요! 어디 한 번 실력을 보여 주시지 그래요?"

"지금 난 생각 중이오, 레이크스 씨."

"물론 그렇겠죠! 어쩌면 당신은 이 일로 일자리를 잃게 될지도 모르니까요! 지금 앨리스테어 블런트 씨가 살아 계신 건 당신 덕택이 아니랍니다."

"이번 일로 당신은 같은 종류의 선행을 두 번씩이나 한 셈이군요. 그렇지 않습니까, 레이크스 씨?"

"대체 지금 무슨 말을 하시는 건가요?"

"바로 어제 일이었지 않습니까? 블런트 씨와 총리를 향해서 총을 쏜 범인이라며 어떤 사람을 붙잡지 않았던가요?"

하워드 레이크스가 말했다.

"아……, 그래요, 그러고 보니 내가 그런 일을 하는 버릇이 생긴 모양이군요."

“하지만, 차이점이 있군요.” 포와로가 말했다.

“어제 당신이 붙들었던 사람은 실제로는 총을 쏘지 않았습니다. 당신이 실수했던 거죠.”

프랭크 카터가 뾰로통한 목소리로 말했다.

“지금도 이 사람은 실수를 한 거예요.”

“입 닥쳐!” 레이크스가 소리쳤다.

“이상해…….” 에르큘 포와로는 혼자 중얼거렸다.

4

저녁식사를 하러 가기 위해 옷을 차려입고 넥타이를 반듯하게 매고 있던 에르큘 포와로는 거울에 비친 자신의 모습을 보면서 인상을 찌푸렸다.

그는 기분이 언짢았다. 하지만, 그 이유를 어떻게 설명해야 좋을지 몰랐다. 그가 스스로 인정했듯이 그 사건은 너무도 분명했기 때문이다. 프랭크 카터는 정말로 현행범이었던 것이다. 그는 프랭크 카터를 특별히 믿은 것도 아니고, 그렇다고 좋아하지도 않았다. 그는 차분하게 생각해보았다. 카터는 흔히 영국인들이 말하는 못된 녀석임에는 틀림이 없었다.

그는 불쾌하고 불한당 같은 젊은 친구이지만, 여자들에겐 인기가 있었다. 증거가 명백한 최악의 상황에도 마지못해 믿게 할 정도로 말이다.

게다가, 프랭크 카터의 말은 모두 믿기 어려운 것들이었다. 그의 말로는 ‘첩보부 요원’들이 자기에게 접근해서 괜찮은 일자리를 주겠다고 했다는 것이다. 정원사로 들어가서 다른 정원사들의 대화와 행동을 보고하는 것이 그가 해야 할 일이었다고 했다. 누구라도 쉽게 의문을 품을 수 있는 얘기였다—그 말은 전혀 신빙성이 없었던 것이다.

그것은 유별나게 증거가 빈약한 얘기였다. 카터 같은 사람이나 꾸며 낼 수 있는 서툴기 그지없는 얘기라고 포와로는 생각했다.

한편, 카터의 입장에서는 아무것도 말할 것이 없었다. 그저 다른 누군가가 분명히 권총을 쏘았다는 것밖에는 다른 설명을 할 수가 없었던 것이다. 그래서 그는 계속 그 말만 되풀이하고 있었다. 그 사건이 조작이었다고…….

그렇다, 카터를 뒷받침해줄 만한 것은 하나도 없었다. 하지만 두 번씩이나 총알이 앨리스테어 블런트를 빗나간 자리마다 하워드 레이크스가 있었다는 건 아무리 생각해도 괴이한 우연의 일치였다.

그러나 거기엔 별다른 것이 없을지도 모르는 일이었다. 다우닝가에서 총을 쏜 것이 레이크스가 아니라는 건 분명했다. 그리고 이곳에 그가 나타난 것도 깨끗이 설명되었다. 그는 자기 여자친구와 좀더 가까이 있으려고 이리로 내려왔다는 것이다. 그렇다, 그의 말에는 미심쩍은 점이라고는 전혀 없었다.

물론 그런 일이 일어난 건 하워드 레이크스에게는 매우 운 좋은 일이었다. 누가 당신을 어떤 저격범으로부터 구해 주었다면, 당신은 그 사람을 집에도 못 들어오게 할 수 있겠는가? 적어도 당신은 친절하고 정중하게 대해 주어야 한다. 올리베라 부인이야 그렇게 하는 것이 마땅치 않았을 것이다. 하지만, 별다른 방법이 없다는 건 그녀도 알고 있었다.

그 돼먹지 못한 제인의 친구는 마침내 집 안에 그의 발을 들여 놓고, 이제는 아예 그곳에서 계속 머무를 작정인 것 같았다!

포와로는 저녁 시간 내내 자세히 그를 지켜보았다.

그는 아주 빈틈없이 자기 역할을 해내고 있었다. 파괴적인 얘기라든가 정치적인 문제에 대한 얘기는 조금도 비치지 않았다. 대신 자동차 편승 여행이나 황야의 도보 여행 같은 재미난 얘기들을 늘어놓았다.

'그래, 겉으론 양처럼 순해 보이는군. 하지만, 그 속은? 이상한 일이야…….'

그날 밤 포와로가 잠잘 준비를 하고 있을 때 누군가가 문을 두드렸다.

"들어오십시오."

포와로가 말하자 하워드 레이크스가 방으로 들어왔다.

그는 포와로의 표정을 보고는 웃어젖히는 것이었다.

"나를 보고 놀라셨나요? 나는 저녁 내내 선생님을 주시하고 있었습니다. 난 선생님처럼 그렇게 쳐다보는 걸 좋아하지 않아요. 뭔가를 생각하는 듯한 표정을 짓고 말이에요."

"왜 그것이 당신을 걱정스럽게 만들었을까요, 레이크스 씨?"

"나도 그 이유는 모르겠습니다만, 그랬던 것만은 분명한 사실입니다. 내가 보기엔, 선생님이 참고 억누르기 어려운 어떤 사실을 알아낸 것 같더군요."

"그래요? 만일 그렇다면?"

"글쎄요, 난 솔직하게 얘기하기로 했으니까요. 어제 있었던 일에 대해서 말입니다. 그건 내가 꾸민 일이었습니다! 선생님도 아시다시피, 난 다우닝가 10번지에서 블런트 씨가 나오는 걸 보았습니다. 그리고 그분을 향해 람 랄이 총을 쏘는 것도 보았고요. 나는 람 랄을 잘 안답니다. 좋은 녀석이지요. 곧잘 흥분하긴 하지만 인도의 부정부패에 대해서 가슴을 치고 있지요. 하지만, 다행히도 사고는 일어나지 않았습니다. 거드름을 피우며 걸어가던 두 신사 양반 모두 조금도 다치지 않았으니까요. 총알은 그 사람들 근처에도 가지 않았습니다. 그래서 나는 쇼를 꾸미기로 작정했습니다. 그 녀석이 그곳에서 피하길 바랐던 거죠. 난 초라한 옷차림을 하고 바로 내 옆에 서 있던 조그만 남자를 붙잡고 범인을 잡았다고 소리쳤습니다. 제발 람 랄이 도망칠 수 있길 바라면서요. 하지만, 형사들은 호락호락 속아 넘어가질 않더군요. 그들은 람 랄을 눈 깜짝할 사이에 체포했던 겁니다. 어제 사건은 바로 그렇게 되었던 거예요. 이해하시겠어요?"

"그런데 오늘 일은 어떻게 된 건가요?" 에르퀼 포와로가 물었다.

"그건 다릅니다. 오늘은 주위에 람 랄 같은 사람도 없었습니다. 현장에 있었던 사람은 단지 카터란 남자뿐이었습니다. 그가 바로 권총을 쏘았던 겁니다! 내가 그를 덮칠 때까지만 해도 그는 여전히 권총을 들고 있었습니다. 내가 생각하기에 그는 두 번째 총알을 발사하려고 했던 것 같습니다."

포와로가 물었다.

"당신은 블런트 씨의 안전을 지켜 주려고 무척 노심초사했던 모양이지요?"

레이크스는 싱긋 웃어 보였다—매력적인 웃음이었다.

"지금까지 내가 모두 말씀드렸는데도 선생님은 좀 이상하게 생각하시는군요? 오, 알 만합니다. 지금도 나는 블런트 씨가 반드시 죽어야만 한다고 생각합니다—진보와 인류애를 위해서 말입니다. 하지만, 개인적으로 그에게 원한 같은 걸 갖고 있진 않습니다. 그는 나이가 지긋한 점잖은 영국 신사일 뿐이죠.

앞으로도 누군가가 그분을 향해 권총을 겨냥한다면 난 그 자리에 뛰어들어 그러지 못하도록 막을 것 같습니다. 정말 인간이란 존재가 얼마나 이율배반적인지 선생님도 알고 계실 겁니다. 그건 정말 종잡을 수 없는 거지요. 그렇지 않습니까?"

"이론과 실천 사이에는 으레 엄청난 차이가 있기 마련이니까요."

"내가 말하려고 했던 것도 바로 그것입니다!"

레이크스는 걸터앉아 있던 침대에서 일어섰다.

그의 미소는 자연스럽고도 자신만만한 것이었다.

"나는……, 선생님께 그 일에 대해 설명하려고 생각했었던 겁니다."

그는 밖으로 나가더니 조심스럽게 문을 닫았다.

5

"오, 주여! 악인으로부터 저를 구하소서. 그리고 사악한 사람으로부터 저를 지켜 주소서."

올리베라 부인은 평소와는 다른 단호한 음성으로 찬송가를 불렀다. 그녀는 그처럼 무자비하게 자신의 감정을 나타내고 있었다. 그녀가 생각하는 사악한 사람이란 두말할 나위 없이 하워드 레이크스란 사실을 포와로가 대번에 짐작할 정도로 말이다.

에르퀼 포와로는 블런트와 그의 가족들과 함께 마을 교회로 아침 예배를 보러 왔던 것이다.

하워드 레이크스는 약간 냉소하는 투로 말했다.

"늘 교회에 나가시는 모양이군요, 블런트 씨?"

앨리스테어는 시골에서는 모든 사람이 교회에 나간다는 것, 그리고 교구 목사가 설교도 하지 않았는데 교회를 나서면 안 된다는 것 등등에 대해 나지막한 목소리로 설명해 주었다. 이러한 영국적인 정서가 미국 청년을 어리둥절하게 만든 건 당연한 일이었다. 그런 모습을 지켜보던 에르퀼 포와로는 이해한다는 듯이 빙그레 웃었다.

올리베라 부인은 재주도 좋게 블런트 옆에 바짝 붙어 앉아 있었다. 그리고 제인에게도 그렇게 하도록 명령했다.

"그들은 마치 뱀처럼 혀를 날름거렸다."

성가대 소년들은 떨리는 고음으로 노래를 불렀다.

"독사의 독이 바로 그들의 입술 아래 있었다."

테너와 베이스는 명랑하게 노래했다.

"오, 주여, 부정한 자들의 손에서 저를 지켜 주소서. 저를 사악한 길로 끌고 가려는 자들로부터 지켜 주소서."

에르큘 포와로는 어쭙잖은 바리톤 음성으로 기도했다.

"거만한 자들이 저를 잡기 위해서 함정을 파놓았나이다."

그는 노래했다.

"밧줄로 된 그물을 치고 제가 갈 길에 덫을 놓았나이다……."

그의 입은 벌려진 채 그대로 있었다.

그는 그것을 보았다—그가 하마터면 빠져들 뻔했던 그 덫을 똑똑히 보았던 것이다.

마치 혼수상태에 빠진 듯 에르큘 포와로는 입을 벌린 채로 허공을 바라보았다. 그는 사람들이 바스락거리는 소리를 내며 자리에 앉을 때에도 그대로 서 있었다. 제인 올리베라가 그의 팔을 잡아당기며 나지막이 소리쳤다.

"어서 자리에 앉으세요."

에르큘 포와로는 자리에 앉았다. 턱수염을 기른, 나이가 지긋한 목사가 기도문을 영창(詠唱)했다.

"사무엘상 15장을 시작하겠습니다." 그는 성경을 읽기 시작했다.

하지만, 포와로의 귀에는 아말렉 사람들의 죽음에 대한 성경 구절이 전혀 들리지 않았다.

교묘한 함정이 쳐 있었다—밧줄로 만들어진 그물이 쳐져 있었다. 그의 발아래 그가 빠지도록 교묘하게 파진 구덩이가 있었다.

그는 어리둥절해 있었다. 모든 사실이 제자리에 맞아 들어가지 않고 마구 빙빙 돌고 있었다.

그것은 마치 만화경과 같았다—구두의 버클 장식과 10인치 스타킹, 짓이겨진 얼굴, 앨프리드의 저질 독서, 앰브로이티스의 스파이 활동, 그리고 몰리의 역할……. 이 모든 것들이 위로 치솟아 뱅뱅 돌더니 질서정연하게 자리를 잡기 시작했다.

처음으로 에르큘 포와로는 올바른 방향에서 이 사건을 바라보고 있었다.

"이를 거역하는 것은 사슬의 죄와 같고 완고한 것은 사신 우상에게 절하는 죄와 같음이라. 이는 왕이 여호와의 말씀을 버렸으므로 여호와께서도 왕을 버려 이스라엘 왕이 되지 못하게 하셨나이다. 이것으로 첫 번째 설교를 마칩니다."

이 모든 얘기를 목사는 떨리는 목소리로 단숨에 말해 버렸다.

꿈을 꾸듯이 에르큘 포와로는 찬송가 테 디움(오! 주여, 주님을 찬양하나이다)을 부르며 하나님을 찬양했다.

열셋, 열넷, 하녀들은 구애를 하고

1

"레일리 씨가 아닌가요?"

젊은 아일랜드인은 바로 곁에서 들리는 목소리에 깜짝 놀란 것 같았다.

그는 돌아섰다.

선박회사의 카운터 앞에 서 있던 그의 옆에 기다란 콧수염에 달걀 모양의 머리를 한 남자가 서 있었다.

"아마 나를 기억하지 못하겠지요, 레일리 씨?"

"잘못 생각하셨습니다, 포와로 씨. 선생님은 쉽게 잊힐 사람은 아니니까요."

그러고는 카운터 뒤에서 기다리는 점원에게 말하기 위해 돌아섰다.

포와로는 중얼거리듯 말했다.

"휴가 동안 외국으로 여행을 떠나실 모양이지요?"

"저는 지금 휴일을 보내러 가는 게 아니랍니다. 포와로 씨, 선생님은 요즘 어떠신가요? 설마 이 나라를 떠나시려는 건 아니겠지요?"

"가끔……." 에르퀼 포와로는 말했다.

"잠깐이지만 내 조국에 갔다 오곤 한답니다. 벨기에가 내 조국이지요."

"저는 그보다 더 먼 곳으로 갑니다." 레일리는 말했다.

"전 미국으로 갑니다. 그리고 다시는 돌아오지 않을 생각입니다."

"그런 말을 들으니 섭섭하군요, 레일리 씨. 그렇다면 퀸 샬로트가에서 하던 일은 그만두시겠군요."

"직업이 저를 버렸다는 게 더 적합한 표현일 겁니다."

"그게 정말인가요? 매우 안된 소식이로군요."

"저는 조금도 걱정되지 않습니다. 뒤에 남겨 놓고 가는 빚을 생각한다면, 사실 전 행복한 사람이지요."

그는 매력적으로 싱긋 웃어 보였다.

"저는 금전적인 곤란 때문에 자기 머리를 쏘거나 할 그런 사람은 아니랍니다. 그런 문제는 뒤에 남겨두고 새롭게 출발하면 되지 않겠습니까? 저는 여러 가지 자격증을 갖고 있습니다. 그리고 나만 그렇게 생각하는 건지는 몰라도 그것들은 훌륭한 자격증들이지요."

"난 일전에 몰리 양을 만났습니다." 포와로는 중얼거리듯 말했다.

"그래서 유쾌하셨나요? 제 생각엔 그렇지 못했던 것 같습니다만. 그녀만큼 지겹게 생긴 얼굴도 이 세상엔 없을 겁니다. 저는 때때로 그녀가 술에 취하면 어떤 꼴일까 상상해보곤 한답니다. 하지만, 그런 일은 없을 테니 누구도 알 수 없겠지요."

"당신은 몰리 씨의 죽음에 대한 검시 법정의 판결을 받아들였나요?"

"그렇지 않습니다." 레일리는 힘주어 말했다.

"그렇다면, 당신은 그가 마취제를 주사했을 때, 실수를 한 게 아니라고 생각하겠군요?"

레일리가 대답했다.

"만일 몰리가 법정에서 결론을 내린 대로 정말로 과다한 마취제를 그 그리스인에게 주사했다면, 그는 취해 있었거나 아니면 의도적으로 그를 죽이려는 생각을 하고 있었을 겁니다. 하지만, 저는 몰리가 술 마시는 것을 본 적이 없습니다."

"그렇다면 당신은 그 일이 의도적이었다고 생각하겠군요?"

"저는 그런 식으론 말하고 싶지 않습니다. 그런 일을 저지른다는 건 사실 엄청난 죄악이니까요. 지금에서야 말씀드리지만, 전 그 판결을 믿지 않습니다."

"내게 뭔가 더 설명을 해주어야 할 것 같은데요."

"그렇겠군요. 하지만 아직까지 그것을 생각해보지는 못했습니다."

포와로가 말했다.

"살아 있는 몰리 씨를 마지막으로 본 게 정확하게 언제였나요?"

"글쎄요, 그런 질문을 받은 지도 꽤 오래되었군요. 아마 그 사건이 발생하기 전날 밤……, 6시 45분경이었을 겁니다."

"살인이 일어났던 바로 그날엔 그를 보지 못했나요?"
레일리는 설레설레 고개를 저었다.
"확실합니까?" 포와로가 다그쳐 물었다.
"아! 꼭 그런 건 아닙니다. 하지만, 생각이 잘 나질 않아서……."
"혹, 몰리 씨가 그의 진료실에서 환자를 진찰하던 11시 35분경에 그의 방으로 올라가진 않았나요?"
"아하! 그래요, 선생님 말씀이 옳습니다. 몇 가지 주문할 의료 기구들에 대해서 몰리에게 꼭 물어봐야 할 전문적인 문제가 있었습니다. 그 문제로 제게 전화가 왔었거든요. 하지만, 잠깐 갔을 따름입니다. 그래서 그 일이 그만 생각나지 않았던 것 같습니다. 그때 그는 어떤 환자를 돌보고 있었거든요."
포와로는 고개를 끄덕이고서 말했다.
"당신에게 늘 물어보고 싶었던 것이 하나 더 있는데요. 당신의 환자였던 레이크스는 진료도 받지 않고 나가 버렸습니다. 그렇다면, 30분 정도는 시간 여유가 있었을 텐데 그동안 당신은 뭘 했습니까?"
"시간이 있을 때마다 제가 하는 일이 있지요. 그건 바로 술을 마시는 일입니다. 그리고 방금 말씀드렸던 대로 전 몰리에게 전화로 미리 연락하고는 곧 그를 만나러 위층으로 올라갔습니다."
포와로가 말했다.
"반스 씨가 떠난 뒤 12시 30분에서 1시 사이에 당신에겐 환자가 없었던 것으로 알고 있는데요. 반스 씨는 언제 떠났나요?"
"오! 12시 30분쯤이었지요."
"그때 당신은 뭘 했나요?"
"항상 마찬가지지요. 저는 또 술을 마셨습니다."
"그러고 나서 몰리 씨를 만나려고 다시 위층으로 올라갔습니까?"
레일리는 빙긋이 웃었다.
"선생님은 제가 위층에 올라가서 그를 쏘았을 거라고 생각하시나요? 오래전에도 선생님께 말씀드린 걸로 아는데요. 전 절대 그런 짓을 하지 않았습니다. 하기야 제 말밖에는 그걸 증명할 도리가 없으니까요."

포와로는 그의 말에는 개의치 않고 계속해서 질문했다.

"당신은 애그니스란 하녀에 대해 어떻게 생각합니까?"

"그런 질문을 하시다니 좀 우스운 일이로군요."

"하지만, 나는 알고 싶소."

"그렇다면 대답해 드리지요. 저는 그녀에 대해 생각해본 적이 없습니다. 조지나는 하녀들을 엄격히 감시했지요—물론 그래야 하겠지만요. 애그니스는 한 번도 저를 바로 본 적이 없었습니다. 그건 별로 좋지 못한 태도지요."

에르큘 포와로가 말했다.

"나는……, 그 여자가 뭔가를 알고 있다는 느낌이 듭니다만."

그는 뭔가 알아내려는 듯한 시선으로 레일리를 쳐다보았다. 레일리는 빙긋이 웃으며 설레설레 머리를 흔들었다.

"저에겐 묻지 마십시오." 그는 말했다.

"저는 그것에 대해서는 아는 게 없으니까요. 선생님을 전혀 도와드릴 수가 없군요."

그는 자기 앞에 놓인 표를 들고서 빙긋 웃으며 고개를 숙여 인사하고는 밖으로 나갔다.

방금 환상에서 깨어난 것처럼 보이는 매표원에게 포와로는 북유럽 여행에 대해서는 좀더 생각해봐야겠다고 말했다.

2

포와로는 다시 한 번 햄스테드를 찾아갔다. 애덤스 부인은 그를 보더니 약간 놀라는 기색이었다. 이미 런던경시청의 재프 경감이 그의 신분을 밝혀 주었는데도 여전히 그녀는 포와로를 '좀 괴상하게 생긴 외국인'으로 취급했고, 그의 점잖은 태도를 진지하게 받아들이지도 않았다. 하지만, 그녀는 기꺼이 대화에 응해 주었다.

피살자의 신원에 대한 첫 번째 놀라운 발표가 있고 나서, 검시 재판에서의 결과는 대중들에게 거의 알려지지 않았다. 그 사건은 시체의 신분이 잘못 밝혀진 경우였다. 즉, 채프먼 부인의 시신이 세인즈버리 실 양으로 오인되었던 것이다. 그것은 사람들이 다 아는 사실이었다. 하지만, 살아 있는 채프먼 부인을 마지막으로 본 사람이 세인즈버리 실 양일지도 모른다는 사실은 조금도 강조되지 않았다. 또한 그 범죄의 혐의자로 세인즈버리 실 양이 경찰의 추적을 받고 있다는 기사도 발표되지 않았다.

애덤스 부인은 그렇게 극적으로 발견된 시체가 자신의 친구가 아니라는 사실을 알고서 매우 안심했다. 그녀는 메이블리 세인즈버리 실이 그 사건에 혐의가 있을지도 모른다고는 손톱만큼도 생각지 않는 것 같았다.

"하지만, 그런 식으로 그녀가 자취를 감췄다는 건 정말 이상한 일이에요. 포와로 씨, 저는 그녀가 기억을 몽땅 잃어버린 것이 분명하다고 생각해요."

포와로는 아주 그럴듯한 추측이라고 말해 주었다. 그는 그런 종류의 사건에 대해서도 알고 있었다.

"그래요, 제 사촌 친구 하나가 생각나는군요. 그녀는 너무도 끔찍한 생활고에 시달렸답니다. 그것 때문에 결국 그녀는 모든 기억을 잃고 말았지요. 사람들은 그것을 '앰네시아'라고 부르더군요."

포와로는 앰네시아란 말이 기억상실증을 가리키는 전문 용어라고 말해 주었다. 그는 잠시 말을 멈추었다가 세인즈버리 실 양이 앨버트 채프먼 부인에 대해 얘기하는 것을 혹시 들은 적이 있느냐고 물었다.

그녀는 대답했다.

"아니오, 전 그녀가 그와 비슷한 이름도 말하는 걸 들은 적이 없어요. 물론 세인즈버리 실 양이 알고 지내는 사람들 모두에게 그 이름을 말할 수는 없겠지만요. 그런데 채프먼 부인이라는 그 여자는 누군가요? 누가 그녀를 살해했는지 경찰에서는 짚이는 데라도 있나요?"

"그것은 여전히 미궁에 빠져 있답니다, 부인."

포와로는 설레설레 고개를 저었다. 그는 혹시 세인즈버리 실 양에게 몰리를 소개해준 적이 있느냐고 그녀에게 물었다.

애덤스 부인은 그런 적이 없다고 대답했다. 그녀는 자기는 할리가에 있는 프렌치라는 치과의사에게 치료받기 때문에, 만일 메이블리가 그런 문제에 대해서 물어보았다면 그 사람에게 보냈을 거라고 말했다.

세인즈버리 실 양에게 몰리를 소개해준 사람이 오히려 그 채프먼 부인일지도 모른다고 포와로는 생각했다.

애덤스 부인도 그럴지 모른다고 동의했다.

"혹시 그들은 병원에서 알게 된 사이가 아닐까요?"

하지만, 이미 포와로는 네빌 양에게 그 질문을 했었다. 네빌 양은 세인즈버리 실 양을 알기는커녕 그 이름도 기억하고 있지 않았다. 그녀는 채프먼 부인은 알고 있었다. 하지만, 그 부인이 세인즈버리 실이라는 이름을 말하는 것도 들어 본 적이 없다는 것이다. 더욱이 그 이름이 너무도 유별나서 만일 들은 적이 있었다면 분명히 기억하고 있었을 거라고 말했다.

포와로는 계속 질문했다.

"부인은 세인즈버리 실 양을 인도에서 처음으로 알게 되었다지요. 그렇지 않나요?"

"맞습니다."

"혹시 그곳에서 세인즈버리 실 양이 블런트 씨나 블런트 부인을 만났었는지 부인은 알고 있나요?"

"오, 그녀가 그 사람들을 만났었으리라고는 생각지 않아요, 포와로 씨. 선생님은 지금 그 대단한 은행업자를 말하는 거죠? 그들은 총독과 함께 지내다가 몇 해 전에 인도를 떠났답니다. 하지만, 만일 메이블리가 그들을 만났다면 틀림없이 제게 얘기해 주었거나 적어도 말이라도 꺼냈을 겁니다."

"대부분의 사람들은……, 요인들에 대해서 이러쿵저러쿵 얘기들을 많이 하지요. 우리는 모두 본질적으로는 속물들이니까요."

희미한 미소를 지으며 애덤스 부인은 덧붙여 말했다.

"그렇다면 그녀가 블런트 부부—특히, 블런트 부인에 대해 얘기한 적은 없다는 거죠?"

"결코 그런 적은 없었습니다."

"만일 그녀가 블런트 부인과 절친한 사이였다면, 아마도 부인이 모르실 리는 없겠지요?"

"오, 물론이지요. 저는 그녀가 그런 사람들을 알고 있었으리라고는 생각지도 않습니다. 메이블리의 친구들은 모두 지극히 평범한 사람들이었어요—저처럼 말이에요."

"부인, 그건 겸손한 말씀입니다." 포와로는 힘주어 말했다.

애덤스 부인은 마치 최근에 사망한 친구에 대해서 얘기하는 것처럼 세인즈버리 실 양에 대해 얘기해 주었다. 메이블리가 한 온갖 선행들, 친절하기 그지없는 마음씨 하며 선교 사업을 향한 불굴의 활동, 그리고 열성과 근면함 등등 그녀에 대해 속속들이 얘기해 주었다.

에르큘 포와로는 계속해서 듣기만 했다. 재프가 말한 대로, 메이블리 세인즈버리 실은 실존 인물이었다. 그녀는 캘커타에서 살았으며, 발성법을 가르쳤고, 원주민들과 어울려 일했다. 그녀는 존경받을 만했고, 사람들에게 호의적이었으며, 약간은 수다스럽고 어수룩한 여자였다. 게다가 그녀는 부드러운 마음씨를 지닌 여자라고 할 만했다.

애덤스 부인은 계속해서 말했다.

"그녀는 어떤 일에서건 매우 진지했었답니다, 포와로 씨. 그녀는 사람들이 너무도 차갑기 때문에 화나게 하는 것조차 힘들다고 했어요. 사람들에게서 기부금을 받아내는 일은 정말 힘들었답니다. 더욱이 그런 일은 해가 갈수록 사정이 점점 악화하였지요. 해마다 세금이 오르고 생활비와 기타 모든 것들의 비용이 점점 많이 들었으니까요. 한번은 그녀가 이렇게 말하더군요. '돈으로 뭘 할 수 있는지 아는 사람이 돈을 훌륭한 일에 쓸 수가 있어. 아주 드문 일이긴 하지만, 앨리스, 나는 돈을 손에 넣기 위해서라면 범행이라도 저지르고 싶은 충동을 느낄 때가 있어.' 하고 말이에요. 포와로 씨, 그걸 보더라도 그녀가 얼마나 돈이 필요했는지 알 수 있잖겠어요?"

"그녀가 정말 그렇게 말했나요?"

무언가를 골똘히 생각하며 포와로가 물었다.

그는 지나가는 말로 언제 세인즈버리 실 양이 이런 유별난 말을 했었는지 물어보았다. 그래서 석 달 전쯤 그런 일이 있었다는 걸 알게 되었다.

그 집을 나온 포와로는 깊이 생각에 잠겨서 걸었다.

그는 메이블리 세인즈버리 실의 성격에 대해 이리저리 생각해보았다.

그녀는 성실하고 친절하면서도 아주 괜찮은 여자였으며, 존경받을 만한 정도로 예의 바른 여자였다. 하지만, 또한 반스가 언급했던 대로 범죄를 저지를 수도 있는 그런 부류에 속하는 여자이기도 했던 것이다. 그녀는 앰브로이티스와 같은 배를 타고 인도에서 돌아왔다.

그녀가 사보이 호텔에서 그와 함께 식사를 한 것에는 그럴 만한 이유가 있을 것 같았다.

그녀는 앨리스테어 블런트에게 다가가서 아는 척했으며, 더욱이 그의 아내와는 친구 사이였다고 말했었다.

그녀는 킹 레오폴드 맨션을 두 번 방문했었다. 그리고 바로 거기에서 그녀의 것이 뻔한 핸드백과 함께 그녀의 옷을 그대로 입은 시체가 발견되었던 것이다.

그것은 정말 너무도 식별하기 쉬운 일이었다!

그녀는 경찰과 만난 뒤에 갑작스럽게 글렌고리 코트 호텔을 나갔다.

포와로가 진실이라고 믿는 일련의 가정들이 이런 모든 사실들을 설명해줄 수 있을까?

그는 그것이 가능하다고 생각했다.

3

에르큘 포와로는 집으로 돌아가는 길에 이런 생각들에 푹 잠겨 있었다. 어느새 그는 리젠트 공원 앞에 도착했다. 그래서 택시를 타기 전에 공원을 좀 거닐어야겠다고 생각했다.

경험에 의해서, 그는 지금 신은 멋진 에나멜가죽 구두가 발을 고통스러울 정도로 죄기 시작하는 순간을 잘 알고 있었다.

화창한 여름날이었다. 포와로는 사뭇 애교를 떠는 보모들과 그들에게 치근거리는 젊은이들을 아주 관대한 마음으로 지켜보았다. 그들은 뭐가 그리도 재미있는지 낄낄거리며 계속 웃어댔다. 그리고 보모들이 그렇게 정신 팔린 동안 포동포동 살찐 아기들은 신나게 놀고 있었다.

개들이 짖으며 뛰어다니고 있었다.

어린애들이 종이배를 띄우고 있었다.

좁은 간격으로 서 있는 나무 아래마다 연인들이 바싹바싹 붙어 앉아 있었다.

"아하! 참으로 보기 좋군, 보기 좋아."

그런 광경을 바라보던 포와로는 기분이 좋아져서 중얼거렸다.

런던의 아가씨들은 멋쟁이들이었다. 그들은 번지르르한 옷을 입고 한껏 멋을 부리고 있었다.

하지만, 유감스럽게도 그런 그들의 모습이 포와로의 맘에 드는 건 아니었다. 지난날 한 구혼자의 눈을 그렇게도 정신없게 만들었던 풍요로운 곡선과 관능적인 선은 어디로 간 것일까? 에르큘 포와로는 그의 기억 속에 있는 여자들을 한 사람씩 떠올려 보았다. 특히 한 여자가 생각났다—참으로 아름다운 조물주의 피조물이었다. 천국의 새, 또 다른 비너스…….

이런 예쁜 아가씨 중에서 과연 베라 로자코프 백작부인과 비교될 만한 여자가 있을까? 진짜 러시아 귀족이었던 그녀의 몸에는 귀티가 철철 넘쳐흘렀다! 매우 세련된 도둑의 가면을 쓰고 있었지만 말이다……. 그 방면에 천부적인 자질을 가진 사람 중 하나였지.

한숨을 내쉬며, 포와로는 그의 기억 속에서 불타오르는 여인들에 대한 생각을 멈추었다.

리젠트 공원 나무 아래에서 구애를 받은 사람들이 그저 귀엽게 생긴 보모들만은 아니라는 것을 그는 곧 알아챘다.

그곳엔 스키아파렐리(1835~1910, 이탈리아의 천문학자) 성좌처럼 아름다운 아가씨도 있었던 것이다. 라임 나무 아래에서 그 아가씨와 어떤 한 청년이 이마를 맞대고 앉아 있었다. 그는 뭔가 진지하게 간청하는 것처럼 보였다.

그렇게 빨리 허락해서는 안 돼! 그는 그 아가씨가 이런 사실을 이해했으면 하고 바랐다. 구애를 받는 즐거움은 가능한 한 길어야 한다는 것을…….

그의 따뜻한 시선은 여전히 두 사람에게 머물러 있었다. 갑자기 그는 두 사람의 모습에서 친밀감이 느껴지기 시작했다.

아니, 제인 올리베라가 젊은 미국인 혁명가를 만나려고 리젠트 공원에 왔다는 건가?

그의 표정이 갑자기 슬픔에 젖은 듯했다. 아니, 굳어져 갔다는 표현이 나을 것이다.

잠깐 동안 망설이던 그는 잔디밭을 가로질러 두 사람에게로 다가갔다. 그러고는 요란스런 몸짓으로 모자를 벗으며 인사말을 건넸다.

"두 분 모두 안녕하신가요?"

제인 올리베라는 갑작스럽게 나타난 그를 보고 기분 나빠 하는 것 같진 않았다. 반면에 하워드 레이크스는 그가 나타나자 몹시 기분이 상한 것 같았다.

"오, 또 당신이었군요!" 그는 으르렁거리듯 말했다.

"안녕하세요, 포와로 씨?" 제인이 말했다.

"선생님은 늘 이렇게 갑작스럽게 나타나시는가 봐요?"

레이크스는 여전히 냉담한 눈초리로 포와로를 노려보면서 말했다.

"잭 인형(뚜껑을 열면 불쑥 튀어나오는 인형) 같군요."

"혹시 내가 방해된 건 아닌가요?" 포와로는 걱정스러운 목소리로 말했다.

"천만에요." 제인 올리베라는 다정하게 말했다.

하워드 레이크스는 아무 말도 하지 않았다.

"두 분은 정말 좋은 곳에서 만나셨군요." 포와로는 말했다.

"조금 전까진 그랬었지요." 레이크스가 말했다.

그러자 제인이 나무라듯 말했다.

"하워드, 좀 조용히 하세요. 당신은 예절을 배워야 할 필요가 있어요!"

하워드 레이크스는 콧방귀를 뀌며 물었다.

"예절이라는 게 무엇에 쓰는 거지?"

"당신이 예절을 배운다면 정말 많은 도움이 될 거예요." 제인이 말했다.

"나도 예절 바른 편은 아니지만. 하지만, 내게는 그런 것이 그리 큰 문제가 되진 않아요. 왜냐하면, 무엇보다도 난 부자이고 좋은 인상을 주고 있으니까요. 그리고 내게는 꽤 영향력이 있는 친구들도 많이 있어요. 요즘 사람들이 흔히 말하는 불행한 무능력 같은 건 내게 없단 말이에요. 그러니 내가 굳이 그런 예법을 배울 필요가 없지 않겠어요?"

레이크스가 말했다.

"제인, 나는 지금 그런 사소한 얘기나 할 기분이 아니야. 아무래도 내가 이 자리에서 물러가는 게 좋겠군."

그는 일어나 무뚝뚝하게 포와로에게 인사하고는 휑하니 가버렸다. 제인 올리베라는 손바닥으로 자기 뺨을 받쳐 들고서 그의 뒷모습을 빤히 바라보았다.

포와로가 한숨을 내쉬며 말했다.

"후! 속담이 정말 맞는군요. 구애할 땐 두 사람만 있으면 됐지, 세 명이 있다간 일을 그르치고 만다는 속담 말입니다. 그렇지 않습니까?"

"구애라고요? 무슨 말씀을 그렇게 하세요!" 제인이 말했다.

"하지만, 그것이 가장 잘 어울리는 말인걸요. 그렇지 않습니까? 젊은 남자가 결혼하기 전에 그가 사랑하는 아가씨에게 관심을 나타내는 것을 흔히 구애라고 하지 않습니까? 사람들은 그런 걸 보고 흔히 '구애하는 한 쌍'이라고 하지요. 그렇지 않나요?"

"선생님의 친구 분들은 꽤 짓궂은 농담을 하시는 모양이지요?"

에르큘 포와로는 나지막하게 흥얼거렸다.

"열셋, 열넷, 여자들이 구애를 하고. 보세요! 우리 주위에 있는 사람들 모두가 구애를 하고 있잖습니까?"

제인이 날카롭게 말했다.

"그렇군요. 저도 그들 중 한 사람이에요……."

그녀는 갑자기 포와로에게 몸을 돌렸다.

"선생님께 사과드리고 싶어요. 지난번에는 제가 그만 실수했습니다. 전 선생님이 하워드를 감시하려고 엑스햄까지 슬금슬금 기어 내려온 것이라고 생각했답니다. 그런데 나중에 앨리스테어 할아버지가 사실을 말해 주셨답니다. 세인즈버리 실이라는 그 행방불명된 여자 사건을 깨끗이 해결해 달라고 부탁하기 위해 선생님을 오시게 하셨다고요? 제 말이 맞죠?"

"그렇습니다."

"그럼, 제가 그날 저녁 선생님께 한 무례한 말을 사과드리겠어요. 선생님도 아시겠지만, 그때는 정말 사정이 그렇게 보였답니다. 제 말은, 선생님이 하워드를 뒤쫓아 다니면서 우리 둘을 감시하는 걸로만 보였다는 말이에요!"

"설령 그것이 사실이었다 할지라도, 제인 양, 나는 레이크스 씨가 저격범을 덮쳐 총을 쏘지 못하게 해서 용감하게 당신 할아버지의 생명을 구한 장면을 목격한 소중한 증인입니다."

"포와로 씨, 선생님은 꽤나 재미있게 얘기하시는군요. 전, 선생님이 진지하게 말씀하시는 건지, 그렇지 않은 건지 도무지 감을 못 잡겠어요."

포와로는 심각하게 말했다.

"나는 지금 매우 진지하게 말하는 중입니다. 올리베라 양."

제인은 잠시 헛기침 소리를 내고는 이렇게 말했다.

"왜 선생님은 저를 그렇게 쳐다보시는 거죠? 마치, 선생님이 제게 미안한 감정이라도 느끼시는 것처럼 말이에요?"

"그건 아마도 얼마 남지 않은 미래에 내가 해야만 할 일들에 대해 유감스럽게 생각하기 때문일 겁니다, 제인 양……."

"그래요? 그렇다면, 그런 걸 하지 않으면 되잖아요!"

"제인 양 유감스럽게도 난 반드시……."

그녀는 잠깐 동안 그를 바라보다가 말했다.

"혹시 선생님은 그 여자를 찾아낸 건 아닌가요?"

포와로는 말했다.

"그것보다는……, 그녀가 어디에 있는지 알고 있다는 정도로 해두는 게 좋을 겁니다."

"그 여자는 죽었나요?"

"나는 그렇게 얘기하지는 않았습니다."

"그렇다면 그 여자는 살아 있겠군요?"

"역시 그렇게도 말하지 않았는데요."

제인은 초조한 시선으로 그를 쳐다보았다. 그러고는 소리쳤다.

"아니, 그녀는 살아 있든지 죽어 있든지 할 것 아니겠어요?"

"실은 그게 그렇게 간단한 문제가 아니랍니다."

"제 생각엔, 선생님은 그저 문제만 어렵게 만드시려는 것 같아요!"

에르큘 포와로는 그녀의 말에 동의했다.

"다른 사람들도 내게 그렇게 말하더군요."

제인은 몸을 떨었다. 그녀는 입을 열었다.

"우습지 않으세요? 화창하고 따듯한 날인데, 갑자기 저는 이렇듯 오한을 느끼니 말이에요."

"아마 좀 걸으면 나아질 겁니다, 제인 양."

제인은 자리에서 일어섰다. 그녀는 잠깐 동안 망설이는 듯했다. 그러다 느닷없이 그녀가 말했다.

"하워드는 저와 결혼하고 싶어 한답니다. 그것도 지금 당장 말이에요. 그는 아무에게도 알리지 않고 결혼하고 싶어 해요. 그리고 이렇게 말한답니다. 오직 그런 식으로밖에는 결혼할 수 없다고요. 제가 의지가 약하다나요."

말을 마친 그녀는 한 손으로 포와로의 팔을 세차게 잡았다.

"제가 어떻게 하면 좋을까요, 포와로 씨?"

"왜 내게 그런 말을 하는 건가요? 나보다 더 가까운 사람이 있을 텐데요!"

"어머니요? 어머니는 공연한 일에도 집안이 다 들썩거릴 정도로 고함을 치신답니다! 앨리스테어 할아버지는 또 어떻고요? 그분은 지나칠 정도로 조심스러워요. 게다가 지루하기까지 해요. 그분은 이렇게 말씀하신답니다. '시간은 많단다, 제인. 좀더 신중하게 생각해야만 해. 네 남자친구는 좀 별난 청년 같더구나. 그렇게 일을 서두르다간 큰 봉변을 당할 거야.'라고 말이에요."

"당신 친구 분들은 뭐라고 말하던가요?" 포와로가 물었다.

"제겐 친구가 없답니다. 그저 어리석은 무리와 어울려 술 마시고 춤추고 황당한 구호들이나 떠들어대는 거죠. 하워드는 제가 처음으로 만난 인간다운 인간이었습니다."

"그런데 왜 내게 그런 걸 묻나요, 올리베라 양?"

제인이 말했다.

"왜냐하면 선생님의 얼굴에 기이한 표정이 나타나 있기 때문입니다. 마치 뭔가에 죄스러운 마음을 느끼는 것처럼, 마치 앞으로 다가올 뭔가에 대해 아는 듯이……." 그녀는 말을 멈췄다.

그녀는 물었다.

"예? 뭐라고 말 좀 하세요?"

에르큘 포와로는 천천히 고개를 저었다.

4

"경감님께서 와 계십니다, 주인님."

포와로가 집에 도착하자 조지가 말했다.

포와로가 방에 들어서자 재프는 처참한 표정을 지은 채 싱긋 웃어 보였다.

"여깁니다, 포와로. 난 당신에게 이런 말을 해주려고 당신을 찾아왔습니다. 집념이 정말 대단하군요! 어떻게 그럴 수 있습니까? 당신을 그렇게 하도록 한 게 대체 뭔가요?"

"그게 대체 무슨 말인가? 진정하고 음료수 좀 들지 않겠나? 시럽, 아니면 위스키?"

"위스키가 좋겠습니다."

잠시 뒤 그는 잔을 들어 올리며 말했다.

"언제나 옳은 에르큘 포와로 씨를 위해 축배를!"

"왜 이러나, 아닐세, 재프."

"우린 그저 평범한 자살 사건을 맡았었지요. 그런데, 에르큘 포와로, 당신만이 그게 타살이라고 말했지요—아니 살인사건이길 원했던 거죠. 그리고 이제 모든 것이 뒤집혔습니다. 그것이 살인사건이라는 게 분명해졌으니 말이에요."

"아하! 자네가 결국 내 말에 동의한다는 건가?"

"그래요. 하지만, 아무도 나보고 멍청이라고 부를 수는 없을 겁니다. 적어도 난 증거 앞에서 도망가거나 하진 않아요. 문제는, 그전에는 우리에게 어떠한 증거도 없었다는 겁니다."

"그렇다면 지금은 그렇지 않다는 건가?"

"그렇습니다. 당신이 말하곤 했듯이 미련없이 내 생각을 바꾸기로 했습니다.

말하자면, 지금은 당신에게 축배가 될 재미있는 뉴스가 있다는 거죠."
"너무 뜸을 들이지 말게, 재프"
"좋습니다. 이제부터 말씀드리지요. 지난 일요일 프랭크 카터가 블런트에게 겨냥했던 권총은 한 쌍 중 한 자루였답니다. 몰리는 나머지 한 자루의 권총으로 피살된 거였고요!"
포와로는 그를 응시했다.
"그것참, 이상한 일이로군!"
"그래요, 그 사실로 상황은 프랭크 도련님에게 꽤나 불리해진 거죠."
"결정적인 단서는 아니야."
"아니에요, 자살이라는 검시 법정의 판결을 우리가 재고하도록 만들기에는 충분한 겁니다. 그 권총들은 외제였으며, 요즘에는 흔히 볼 수도 없는 종류랍니다!"
에르퀼 포와로는 재프를 쳐다보았다. 그의 눈썹이 마치 초승달처럼 보였다. 마침내 그는 입을 열었다.
"프랭크 카터라고? 아니야. 분명코 그럴 리가 없어!"
재프는 화가 난 듯이 숨을 몰아쉬었다.
"무슨 일이십니까, 포와로? 당신은 처음부터 몰리가 자살한 것이 아니라 피살당했다고 했습니다! 게다가, 지금 바로 이 자리에서 난 당신의 생각에 동감한다는 말까지 했어요. 그런데도 당신은 헛기침이나 하면서 별로 좋아하지도 않고 있으니 이게 어떻게 된 겁니까?"
"자네는 정말로 프랭크 카터가 몰리를 죽였다고 믿는 건가?"
"그렇습니다. 그래요, 카터는 몰리에게 원한을 갖고 있었어요. 그 사실은 우리가 모두 아는 일이잖습니까. 그는 그날 아침에 퀸 샬로트가에 갔습니다. 그의 말로는 일자리를 얻게 되어 네빌 양에게 전하러 갔었다지만 그건 거짓말이었습니다. 그때까지도 프랭크에겐 일자리가 없었다는 사실을 우리가 알아냈거든요. 그는 그날 오후까지도 직업을 얻지 못했지요. 지금 그는 그 사실을 시인하고 있습니다. 바로 이것이 위증 제1호예요. 게다가 그는 12시 25분 이후에 자기가 어디에 있었는지도 설명하지 못하고 있답니다. 메릴본가(街)를 걷고 있었다지만, 그보다 먼저 그가 변명해야 할 것은 1시 5분경에 어떤 술집에서 술을 마셨다는 사실입니다. 술집 점원은 그때 그가 평소와는 달리 손이 떨리고 있었으며 얼굴이 하얗게 질려 있었다고 진술했답니다!"

에르큘 포와로는 한숨을 내쉬더니 설레설레 고개를 저었다. 그러고는 중얼거렸다.

"그건 내 추리와는 맞지 않아."

"당신의 추리라는 게 대체 뭔가요?"

"지금 자네가 말한 사실 때문에 난 매우 혼란스럽다네. 정말이지 몹시 마음이 어수선하다네. 왜냐하면 만일 자네 말이 옳다면……."

그때 조용히 문이 열리더니 조지가 조심스럽게 말했다.

"죄송합니다, 주인님. 하지만……."

그는 말을 끝마칠 수가 없었다. 글레이디스 네빌 양이 그를 옆으로 밀치고 몹시 상기된 얼굴로 방 안으로 들어왔기 때문이다. 그녀는 울고 있었다.

"오, 포와로 씨—!"

"이런! 내가 자리를 비켜야 할 것 같군요."

재프가 황급히 말했다. 그러고는 서둘러서 방을 빠져나갔다.

글레이디스 네빌은 그의 등에 원한에 가득 찬 시선을 보냈다.

"저 사람은……, 런던경시청에서 나온 끔찍한 사람이에요. 그는 가엾은 프랭크에게 불리하도록 모든 일을 꾸며냈답니다."

"자, 자, 이제 좀 진정하셔야만 되겠습니다."

"하지만, 저 사람이 그런 일을 꾸며낸 거예요. 그들은 프랭크가 블런트 씨를 쏘려 했었다고 거짓말을 했어요. 그것도 모자라서 불쌍한 몰리 씨를 살해한 혐의를 그에게 뒤집어씌웠답니다."

에르큘 포와로는 헛기침을 하고서 말했다.

"당신도 알고 있겠지만, 블런트 씨에게 총알이 발사되었을 때 나도 엑스햄에 있었습니다."

글레이디스 네빌은 조리 없이 횡설수설하며 말했다.

"하지만, 만일 프랭크가 그런 어리석은 짓을 했고……, 또, 슬로건을 내걸고 행진하며 괴상망측한 경례를 해대는 파시스트 단원이라면, 블런트 씨의 부인은 악명 높은 유대인 여자였을 거예요. 그리고 그들은 가엾은 젊은이들—프랭크처럼 아무 죄도 없는 젊은이들을 괴롭히면서 자기들이 훌륭하고 애국적인 일을 한다고 생각하겠지요."

"카터 씨가 그러던가요?" 에르큘 포와로가 물었다.

"오, 아니에요. 프랭크는 그런 짓은 하지도 않았고 그 권총을 본 적도 없다고 말한답니다. 물론 저는 그이와 얘기할 수는 없었어요. 경찰이 저를 들여보내 주질 않으니까요. 하지만, 프랭크에게도 변호사가 있답니다. 프랭크가 한 말을 그 사람이 제게 들려줬어요. 프랭크는 이 모든 일이 모함이라고만 말하고 있답니다."

포와로는 중얼거렸다.

"변호사는 자기 소송 의뢰인이 좀더 그럴듯한 얘기를 생각해 내는 게 좋을 거라고 말하지 않던가요?"

"법률가들은 정말이지 너무 까다로워요. 그들은 솔직하게 얘기하지도 않는답니다. 하지만, 제가 염려하는 건 그에게 씌워진 살인 혐의입니다. 아! 포와로 씨, 프랭크가 몰리 씨를 죽이지 않았다는 건 제가 확신할 수 있어요. 정말로 그는 몰리 씨를 죽일 만한 이유가 없었단 말이에요!"

"그렇다면……." 포와로는 말했다.

"그날 아침 그가 병원에 갔을 때, 그는 여전히 일자리를 얻지 못했었지요?"

"무슨 말씀이세요? 포와로 씨, 그런 게 대체 뭘 달라지게 할 수 있는지 알 수가 없군요. 그가 일자리를 얻은 것이 아침이었든, 오후였든 그게 문제가 될 수는 없잖아요?"

포와로가 말했다.

"전에 그는 당신에게 좋은 소식을 알리려고 병원에 갔다고 말했었지요. 그런데 그때까지도 그는 행운을 잡지 못했던 것 같아요. 그렇다면 그는 왜 병원에 갔을까요?"

"글쎄요, 포와로 씨. 그이는 좀 의기소침하고 쉽게 당황하곤 한답니다. 솔직히 말씀드리면, 그이가 술을 좀 마셨던 것 같아요. 가련한 프랭크는 의지가 약하답니다. 술기운으로 그이는, 말썽을 피워 보고 싶었을 거예요. 그런 용기가 생기자 그이는 몰리 씨와 솔직히 터놓고 얘기하려고 퀸 샬로트가에 갔을 겁니다. 사실, 프랭크는 정서가 몹시 불안한 편이랍니다. 그래서 그이는 몰리 씨가 자기를 맘에 들어 하지 않으며, 그 때문에 전에 내게 말한 적도 있지만 제 마음이 아플 거라고 생각하고 더 혼란스러웠답니다."

"그래서 그가 근무 시간에 그런 소동을 꾸밀 생각을 했다는 건가요?"

"저어, 그래요. 제 생각은 그래요. 물론 프랭크가 그런 생각을 했다는 건 무척 나쁘지만요."

포와로는 곰곰이 생각하면서 자기 앞에 서 있는 눈물이 그렁그렁한 금발의 아가씨를 바라보았다. 그가 말했다.

"당신은 프랭크 카터가 권총 아니면, 권총 한 쌍을 갖고 있다는 걸 알고 있었나요?"

"아니에요, 포와로 씨. 맹세코 몰랐습니다. 그리고 프랭크가 총 따위를 갖고 있었다고는 절대로 믿지 않습니다."

포와로는 정신이 혼란스러워서 설레설레 고개를 저었다.

"제발! 포와로 씨, 우리를 도와주세요. 만일 선생님이 우리 편에 서 계시다는 것만 제가 확신할 수 있다면……."

포와로가 말했다.

"나는 그 어느 편에도 서지 않습니다. 단지 진실의 편에 설 뿐입니다."

5

그는 그녀를 돌려보내고 나서 런던경시청으로 전화를 걸었다. 재프는 아직 돌아오지 않았다. 하지만, 베도스 경사가 정중하게 소식을 알려 주었다.

경찰에서는 프랭크 카터가 엑스햄에서 범행을 저지르기 전부터 권총을 가지고 있었다는 증거는 알아내지 못했다고 한다. 포와로는 생각에 잠겨 전화를 끊었다. 그 일은 카터에겐 유리한 것이었다. 하지만 지금까지는 오직 그것 한 가지뿐이었다.

그는 베도스에게서 엑스햄의 정원사로 고용된 이유를 프랭크 카터의 진술로 좀더 자세하게 들을 수 있었다. 그는 여전히 첩보부 운운하고 있었다. 그들은 그에게 급여를 미리 지급하고 동시에 정원사로서의 능력을 증명하는 추천서까지 주고서 주임 정원사인 매칼리스터에게 가보라고 했다는 것이다.

그가 받은 지시는 다른 정원사들의 대화를 엿듣고, 특히 그들의 좌경화 경향에 귀를 기울이며 자신도 마치 좌경화된 것처럼 행동하라는 것이었다고 했다.

그는 그 업무 과정에서 QH56이라는 여인과 만나 그녀로부터 지시를 받았는데, 자기가 강력한 반공산주의여서 그녀에게 추천되었다는 것이다. 하지만, 그녀와의 접선은 흐릿한 불빛 아래서 이루어졌기 때문에 다시 본다고 해도 그녀를 알아볼 수는 없을 거라고 말했다. 그저 화장을 진하게 한 붉은 머리칼의 여자라는 정도밖에는.

포와로는 신음소리를 냈다. 필립스 오펜하임 증상이 다시 발작하는 것 같았다.

그는 이 문제에 대해서 반스와 얘기해보고 싶었다.

반스는 실제로 그런 일들이 발생하기도 한다고 말했었다.

더욱이 최근에 받았던 한 통의 편지는 그를 더욱더 혼란스럽게 만들었다.

값싼 봉투 속엔 서툰 글씨로 쓰인 편지가 들어 있었고, 소인은 허트퍼드셔로 되어 있었다. 거기에는 이렇게 쓰여 있었다.

포와로 선생님께
이처럼 선생님께 심려를 끼치게 되어 죄송스럽기 그지없습니다. 하지만 지금 전 너무도 걱정스러워서 어떻게 해야 좋을지 모를 지경이랍니다. 저는 어떤 식으로든 경찰과 연루되고 싶진 않습니다. 저는 제가 알고 있던 사실을 진작 얘기했더라면 좋았을 거라고 생각합니다. 처음엔 저도 사람들이 말하는 것처럼 몰리 씨가 자살한 거라고 생각했습니다. 전 네빌 양의 남자친구를 곤경에 빠트리고 싶은 생각은 추호도 없었답니다. 그러나 그가 시골에서 어떤 신사분에게 총을 쏘았다는 혐의로 구속된 것을 방금 알게 되었습니다. 아마 그는 제정신이 아니었나 봅니다. 만나뵙고 말씀드려야 도리이겠지만, 선생님께선 주

인마님과 아시는 사이이니까 먼저 이렇게 편지로 알려 드리는 게 더 나을 거라고 생각했습니다. 선생님께서는 일전에 오셨을 때 무슨 일이 있었느냐고 제게 물으셨지요. 물론 그때 말씀드렸더라면 좋았을 거라고 생각합니다. 하지만 경찰과 연루되는 건 원하지 않습니다. 제 자신도 그런 것을 싫어할 뿐만 아니라, 저의 어머니도 마찬가지이니까요. 저의 어머닌 성미가 까다로우신 분이랍니다.

선생님을 존경하는 애그니스 플레처 드림

포와로는 중얼거렸다.

'난 이 사건이 어떤 남자와 관련이 있다는 건 알고 있었지. 하지만, 다른 사람을 염두에 두었던 것 같군, 맞았어.'

열다섯, 열여섯, 하녀들은 부엌에 있고

1

애그니스 플레처와는 북적거리는 허트퍼드셔의 어느 다방에서 만났다. 애그니스가 몰리 양의 힐난하는 눈초리를 받으며 얘기하기는 곤란했기 때문이었다.

처음 15분간은 그녀의 어머니가 얼마나 성미가 까다로운지를 들으며 그냥 보냈다. 또한, 그녀의 아버지는 땅을 좀 가지고 있으며, 경찰과는 거의 마찰이 없었노라고 얘기했다. 애그니스의 부모는 누구에게서나 존경받고 있으며, 글로세스터셔의 작은 달링햄 마을에서는 칭송이 아주 자자하다는 얘기도 들었다.

그녀의 가족은 모두 여섯(두 명은 어려서 죽었다)이었는데, 그 누구도 부모의 심기를 괴롭힐 일은 단 한 번도 하지 않았다는 것이다. 그런데 이제 와서 그것이 어떤 식으로 이루어졌든 간에 애그니스가 경찰과 연루된다면 부모들은 그 일로 돌아가시게 될지도 모른다는 것이었다.

그만큼 두 사람은 항상 남들로부터 존경받으며 살아왔고, 어떤 경우든 경찰과 마찰 없이 살아왔다는 것이다.

그런 얘기가 처음부터 몇 차례씩, 그것도 설명까지 곁들여져서 되풀이되고 난 뒤에야 비로소 애그니스는 문제의 요지를 꺼냈다.

"몰리 양에겐 아무 말도 하고 싶지 않았습니다, 선생님. 그런 일을 왜 전에 말하지 않았느냐고 야단하실 것 같아서요. 하지만, 요리사와는 그 일에 대해서 얘길 했었답니다. 그리고 그건 우리가 상관할 일이 아니라는 결정을 내렸지요. 왜냐하면 신문에서는 주인님이 환자에게 약을 잘못 투여한 걸 알고 자살한 것이며, 권총 또한 분명히 그분의 손에 있었다고 보도했기 때문입니다. 그때는 사건이 분명히 그렇게 보였지요. 그렇지 않습니까, 선생님?"

"언제부터 당신은 그렇지 않다고 생각했나요?"

그는 되도록 직접적인 질문은 피하고 그녀의 용기를 북돋아 줄 수 있는 애기를 꺼냄으로써 그녀가 알고 있는 사실을 좀더 빨리 털어놓게 하고 싶었다.

애그니스는 재빨리 대답했다.

"신문에서 네빌 양의 남자친구인 프랭크 카터에 대한 기사를 읽고 나서부터였답니다. 그가 정원사로 일하던 곳에서 한 신사분을 죽이려 했다는 기사를 읽었을 때, 저는 그 사람이 정신이 나간 게 아닌가 생각했답니다. 저는 그런 종류의 사람들을 잘 알고 있거든요. 그런 사람들은 자기들이 핍박 같은 걸 받고 있으며, 또 적에게 둘러싸여 있다고 생각하지요. 그러니 그런 사람을 집안에서 보호하기는 어렵고, 결국 수용소로 보내야 할 겁니다. 저는 프랭크 카터도 그런 경우였다고 생각합니다. 왜냐하면 저는 카터가 이따금씩 몰리 씨에 대해 악담하는 걸 듣곤 했거든요. 그의 말로는, 몰리 씨가 자기를 안 좋게 생각하기 때문에 네빌 양과 자기 사이를 떼어놓으려 한다는 거였지요. 물론, 몰리 씨가 그렇게 설득했다 해도 네빌 양은 끄떡도 안 했지요. 그리고 에머와 저는 그녀가 그렇게 하는 게 지극히 당연하다고 여겼답니다. 카터가 꽤 잘생긴 사람이라는 건 누구도 부인할 수 없는 사실이니까요. 하지만, 우리 중 누구도 그가 몰리 씨에게 무슨 짓을 하리라고는 꿈도 꾸지 않았어요. 하지만, 좀 꺼림칙한 일이 한 가지 있었어요. 제가 뭘 말하는 건지 선생님이 아실지 모르겠지만, 그건 정말 이상했어요."

"뭐가 이상했다는 건가요?" 포와로는 참을성 있게 말했다.

"그날 아침의 일이었어요, 선생님. 몰리 씨가 자살했다던 바로 그날 아침 말이에요. 저는 아래층으로 내려가서 우편물을 가져올까 말까 망설이고 있었습니다. 집배원이 왔다 갔다는데도 앨프리드는 그것을 가져오지 않았거든요. 그앤 몰리 씨나 몰리 양에게 온 우편물이 아니면 으레 그런답니다. 점심시간 전까지는 귀찮다고 생각하고 가져올 생각도 안 하는 거지요. 그래서 저는 층계참에 서서 계단을 내려다보고 있었어요. 몰리 양은 주인님이 일하는 시간에는 우리가 아래층으로 내려가는 것을 좋아하지 않았어요. 그래서 저는 앨프리드가 환자를 주인님께 안내하고 다시 나올 때 얘기하려고 거기 서서 기다렸던 거죠."

애그니스는 숨이 막히는지 깊게 숨을 들이쉬고는 다시 말을 이었다.

“그런데 바로 그때 그 사람을 보았어요. 프랭크 카터 말이에요. 안채와 연결되는 층계 중간쯤에 그가 서 있더군요. 주인님의 진료실 조금 위였지요. 그는 거기서 아래를 내려다보면서 뭔가를 기다리는 것 같았어요. 그때 저는 뭔지 좀 이상하다는 생각이 들기 시작했어요. 제 말은요, 그가 뭔가를 엿듣는 것처럼 보였다는 거예요.”

“그게 언제였나요?”

“거의 12시 30분쯤 되었을 거예요. 그때 저는 그가 네빌 양이 외출하고 없다는 걸 모르는 건 아닌가, 그 사실을 알게 되면 꽤 실망하겠구나 하는 생각을 했지요. 그래서 저는 아래로 내려가 그 사실을 알려 줄까 말까 망설이고 있었어요. 제 생각엔, 바보 같은 앨프리드가 그 사실을 잊어버린 것 같았거든요. 그렇지만 않았다면 그가 그녀를 기다릴 생각은 하지도 않았을 거예요.

그런데 제가 그렇게 망설이고 있을 때, 카터는 마음을 결정했는지 미끄러지듯 계단을 재빠르게 내려가서는 주인님의 진료실로 통하는 복도를 따라 걸어갔습니다. 그런 그를 보면서 저는 주인님이 좋아하지 않을 거라고 생각했답니다. 전 무슨 야단법석이 벌어지지나 않을까 걱정했어요. 그런데 바로 그때 어머니가 저를 부르면서 대체 뭘 하는 거냐며 나무랐답니다. 그래서 저는 다시 위층으로 올라가야만 했지요. 그러고 나서 나중에 저는 주인님이 자살했다는 소리를 들었습니다. 너무나 무서운 일이었기 때문에 저는 아무 생각도 할 수가 없었답니다. 하지만, 경찰이 왔다간 뒤에 저는 에머에게 그날 아침 카터가 주인님과 함께 있었다는 얘기는 하지 않았다고 말했습니다. 에머는 그게 사실이냐고 묻더군요. 그래서 저는 사실대로 말했어야 했을 거라고 했습니다. 하지만, 좀더 기다려 보는 게 좋겠다고 말했더니 그녀도 동의하더군요. 우리가 도울 수만 있다면 프랭크 카터를 곤경에 빠뜨리고 싶지는 않았기 때문이었지요. 그러고 나서 검시 재판이 열렸습니다. 거기에선 몰리 씨가 약을 잘못 사용해서 몹시 절망하고 총으로 자살했다는 판결이 나왔지요. 모든 사람들이 그것을 당연한 사실로 받아들였습니다. 그래서 전 군이 그런 사실을 말할 필요가 없었던 겁니다. 그런데 이틀 전 신문을 읽고 저는……, 오! 그것 때문에 저는 말할 수 없이 괴로웠습니다. 만일 프랭크 카터가 자신들이 핍박받고 있다고 생각하는 광인 중 한 명이고, 그래서 여기저기 돌아다니며 사람들을 쏘아 죽인다면, 어쩌면 그가 주인님을 쏘아 죽였을 수도 있을 거라는 생각이 들었던 겁니다!"

공포와 두려움이 뒤범벅된 듯한 시선으로 그녀는 에르퀼 포와로를 바라보았다.

그는 가능한 한 확신에 찬 목소리로 말했다.

"당신이 내게 그런 사실을 알려 준 건 매우 올바른 선택이었다고 확신하게 될 겁니다."

"말을 하고 나니 저는 마음의 짐을 덜어낸 것 같아요. 저는 당연히 그래야 하는 줄 알고 혼자만 알고 지냈던 겁니다. 왜냐하면, 경찰과 연루된다는 생각과 어머니가 하신 말씀들이 생각났기 때문입니다. 어머닌 늘 우리 모두에게 매우 엄격하셨으니까요……."

"알았어요. 이해합니다, 애그니스 양." 에르퀼 포와로는 서둘러 말했다.

그는 그날 오후 거의 참을 수 없을 정도로 애그니스 어머니의 얘기를 들어주었다고 생각했다.

2

포와로는 런던경시청을 방문해서 재프를 찾았다. 그는 경감실로 안내되었다.

"카터를 좀 만나고 싶네." 에르퀼 포와로가 말했다.

재프는 흘끗 곁눈으로 그를 쳐다보고서는 말했다.

"무슨 좋은 생각이라도 있는 건가요?"

"왜, 내키지 않는 모양이지?"

재프는 어깨를 으쓱해 보이며 말했다.

"오, 반대하고 싶은 생각은 없습니다. 반대한다고 해서 될 일이 아니지. 내 무상의 친구가 누군데요? 바로 당신이 아니던가요. 내각의 절반을 주머니 속에 넣고 주무르는 사람은 누구지요? 바로 당신이잖아요. 그들을 위해서 그 지독한 추문들을 말끔히 없애 버렸던 덕택에 말입니다."

포와로는 자기가 오진 스테이블스 사건이라고 이름붙였던 일을 잠시 떠올려 보았다. 만족스러운 목소리로 그는 말했다.

"그건 굉장했어, 안 그런가? 자네도 그걸 인정해야만 할걸세. 정말 멋진 추억이 될 거야, 재프."

"당신이 아니었다면, 그 누구도 그런 건 생각해 내지 못했을 겁니다! 이따금씩 생각하는 일이긴 하지만, 당신은 도대체 주저하는 일이라곤 없는 것 같아요!"

포와로의 얼굴에 갑자기 진지한 표정이 나타났다. 그가 말했다.

"그건 사실이 아닐세."

"그래요, 난 그런 뜻으로 한 말은 아닙니다, 포와로. 그러나 당신은 이따금씩 그 저주받을 추리력을 즐긴다는 건 사실이잖습니까? 그건 그렇고, 왜 카터를 만나려고 합니까? 정말 몰리를 죽였느냐고 물어보려는 겁니까?"

놀랍게도 포와로는 힘차게 머리를 끄덕였다.

"그렇다네, 재프. 바로 그런 이유 때문에 난 그를 만나보고 싶다네."

"당신은 그가 순순히 자백할 거라고 생각하는 모양이지요?"

재프는 웃으면서 말했다. 그러나 에르퀼 포와로는 계속 진지한 표정이었다.

"그는 아마 내게는 말해 줄 걸세, 그럼."

재프는 도무지 모르겠다는 표정으로 그를 쳐다보았다.

"당신도 알다시피, 난 아주 오랫동안 당신을 알아왔습니다. 한 20년이던가요? 그쯤 되었겠죠? 그런데도 난 당신이 무슨 꿍꿍이속을 가졌는지 도무지 모르겠단 말입니다. 하지만, 난 당신이 프랭크 카터에 대해서만은 뭔가 외곬으로 생각한다는 걸 알고 있습니다. 무슨 이유에서인지는 모르겠지만, 당신은 그 사람을 무죄로 해주고 싶은 겁니다……."

포와로는 세차게 고개를 저으며 그렇지 않다고 했다.

"아닐세. 그게 아니야. 그건 자네가 잘못 생각하는 거야. 자네 생각과는 정반대……."

"내 생각엔 당신이 그의 여자친구 때문에 그러는 것 같군요. 금발의 여자 말입니다. 어떤 면에서 본다면, 당신은 감상적인 멍청한 노인네에 불과합니다."

포와로는 그 소리를 듣고는 대번에 화를 냈다.

"감상적인 건 내가 아니네! 그건 바로 영국인들의 결점이야! 영국인들은 젊은 연인과 임종을 앞에 둔 어머니, 그리고 사랑하는 아이들 때문에 무작정 통곡을 해대지. 하지만, 나는 논리적이란 말일세. 만일 프랭크 카터가 살인자라면, 나는 그가 멋지지만 평범한 여자와 결혼하게 되기를 바랄 정도로 감상적이진 않다네. 물론 그녀도 그가 교수형으로 죽는다 해도 1~2년 내에 그를 잊고 다른 남자를 찾게 될 걸세. 나도 차라리 그가 범인이었으면 좋겠어."

"내 생각으로는 당신은 그의 결백을 증명할 수 있는 어느 정도의 결정적인 단서를 찾아낸 것 같은데요? 왜 그것을 내게 얘기해 주지 않는 건가요? 우리는 뭐든지 함께 나누어야 하는 거 아닌가요, 포와로?"

"난 자네에게 숨기는 것이 없다네. 조금 있으면, 자네에게 범인을 기소하는데 매우 중요한 증인이 될 사람의 이름과 주소를 말해 주겠네. 그녀의 증언으로 카터가 유죄인지 무죄인지 밝혀질 걸세."

"그렇다면……, 오! 당신은 왜 나를 자꾸만 헛갈리게 하는 건가요? 그리고 무슨 이유 때문에 그를 만나려는 겁니까?"

"나 자신을 만족시키기 위해서라네." 에르큘 포와로는 말했다.

그리고 그는 더 이상 아무 말도 하지 않았다.

3

꽤 수척해진 프랭크 카터의 얼굴은 여전히 새하얗게 질려 있었고, 금방이라도 사납게 날뛸 듯한 기색이었다. 그는 노골적으로 못마땅함을 드러내며 그 방문자를 노려보았다.

그는 무례하게 말했다.

"또 당신이로군요, 혈색 좋은 땅딸보 외국 양반? 도대체 내게 뭘 원하시는 겁니까?"

"난 당신과 만나 얘기를 나누고 싶었소."

"그래요? 당신은 벌써 내 얼굴을 보았잖습니까. 하지만, 난 말하지 않겠습니다. 내 변호사 없이는 한마디도 하지 않을 작정입니다. 이제 아시겠어요? 당신도 이런 내 뜻을 꺾을 수는 없습니다. 변호사와 동석하지 않는 한 묵비권을 행사할 권한이 있으니까요."

"그건 분명한 사실이지. 그리고 당신이 원한다면 지금이라도 당장 변호사를 부를 수도 있소. 하지만, 당신이 그렇게 하지 않았으면 좋겠군."

"분명히 말씀드리지요. 지금 당신은 나를 유도해서 뭔가 내게 불리한 진술을 받아내려고 생각하는 모양이군요, 안 그런가요?"

"지금 여기엔 우리 두 사람밖에 없다는 점을 염두에 둬요."

"그건 좀 이상한 일이로군요? 하지만, 당신은 분명히 이 안에서의 얘기를 들을 수 있도록 경찰을 데리고 왔을 텐데요?"

"그건 당신이 잘못 생각하는 거요, 이건 당신과 나와의 사적인 면담이오."

프랭크 카터는 웃었다. 그는 교활하고도 불쾌해 보였다. 그가 말했다.

"어서 여기서 꺼지시지! 그런 낡은 수법의 거짓말로 날 속일 순 없어!"

"당신은 애그니스 플레처라는 여자를 기억하고 있소?"

"그런 이름은 들어 본 적도 없습니다."

"비록 당신이 그녀를 주의해서 보지는 않았다 해도 약간은 기억하고 있으리라 생각하는데. 그녀는 퀸 샬로트가 58번지에 있던 하녀였소."

"그래요? 그게 어쨌다는 건가요?"

에르큘 포와로는 천천히 말했다.

"몰리 씨가 총에 맞았던 그날 아침에 우연히도 애그니스란 여자는 맨 위층에서 계단 난간을 내려다보고 있었소. 그때 그녀는, 뭔가를 기다리면서 귀를 기울이고 있던 당신의 모습을 보았던 거요. 그리고 이내 당신이 몰리 씨의 방으로 들어가는 것을 그녀는 목격했소. 그때 시각이 약 12시 26분쯤 되었다고 하더군."

프랭크 카터는 격렬하게 몸을 떨었다. 그의 이마에서는 땀방울이 솟아났다. 뭔가를 탐색하려는 듯이 그의 두 눈동자가 더 격렬하게 움직였다.

그는 벌컥 화를 내며 소리쳤다.

"거짓말이야! 말도 안 되는 거짓말이라고! 당신이 그녀에게 뇌물을 준 거예요. 경찰도 그녀에게 뇌물을 주었고. 나를 보았다고 말하라고 말이에요."
"바로 그 시각에……." 에르큘 포와로는 말했다.
"당신 얘기를 따르자면, 당신은 병원 밖으로 나가서 메릴본가를 걷고 있어야만 합니다."
"정말 나는 그렇게 했습니다. 그 여자가 거짓말을 하는 거예요. 그녀는 날 볼 수도 없었을 겁니다. 이건 더러운 모략입니다. 만일 그것이 사실이라면, 왜 진작 그녀는 말하지 않았지요?"
에르큘 포와로는 차분한 목소리로 말했다.
"그때 그녀는 친구이자 동료였던 요리사에게 그 사실을 털어놓았다더군요. 그들은 몹시 걱정스럽고 당혹스러워서 어떻게 해야 좋을지를 몰랐던 거지. 나중에 검시 재판에서 자살 사건이었다는 판결이 나오자, 그들은 그런 얘기는 하지 않아도 상관없을 거라고 생각했던 거요."
"난 그 말을 조금도 믿을 수가 없습니다. 그들도 모두 한통속이에요, 그게 뻔해요. 치사하게 거짓말이나 하고 다니는 그 두……."
그는 알아들을 수도 없는 욕지거리를 퍼붓다가 이내 말꼬리를 흐렸다.
에르큘 포와로는 잠자코 기다렸다.
마침내 카터의 말소리가 그치자, 여전히 침착하고 점잖은 목소리로 포와로는 다시 말하기 시작했다.
"화를 내고 상스러운 욕설을 한다고 해서 당신에게 이로울 건 하나도 없소. 그 여자들은 곧 자기들이 본 것을 말하게 될 테고, 그 얘긴 진실로 받아들여질 거요. 왜냐하면 당신도 알고 있겠지만, 그들은 진실을 말하기 때문이오. 애그니스 플레처라는 여자는 분명히 당신을 보았습니다. 바로 그 시각에 당신은 그곳—즉, 층계에 있었던 겁니다. 당신은 병원을 떠나지 않았소. 그리고 당신은 분명히 몰리 씨의 진료실로 들어갔어요."
그는 잠깐 동안 말을 멈췄다가 낮은 목소리로 물었다.
"그때 무슨 일이 있었소?"
"거짓말……, 그건 거짓말이란 말입니다!"
에르큘 포와로는 꽤 지쳐 있었다—그는 자신이 이젠 무척 늙었다고 느껴졌다. 그는 프랭크 카터를 좋아하지 않았다. 오히려 그를 몹시 싫어했다. 그도 역시 프랭크 카터가 악당이고 거짓말쟁이이며 사기꾼이라고 생각했다. 어느 모로 보나 이 세상에서 사라진다 해도 무방할 그런 젊은이였다. 에르큘 포와로는 멀찌감치 물러서서 이 청년이 실컷 거짓말이나 떠들어대다가 이 세상에서 살 만한 가치가 없는 인간으로 낙인찍혀 교수대에서 사라지는 것을 방관할 수도 있었다…….

에르큘 포와로는 말했다.

"난 당신이 내게 진실만을 말해 주길 바라오……."

그는 매우 명확하게 사태를 파악하고 있었다. 하지만, 프랭크 카터는 어리석었다—그러나 계속 부인하는 것만이 최상의 길이며 가장 안전한 길이라는 사실을 모를 정도로 그렇게 어리석지는 않았다. 일단 자기가 12시 26분에 그 방에 들어갔었다는 것을 인정하면 자신은 무덤 속으로 한 걸음 더 내딛게 된다는 것을 그는 알고 있었던 것이다. 왜냐하면 그런 일이 있고 나면, 앞으로 그가 어떤 얘기를 할지라도 거짓말로 간주할 것이 분명했기 때문이다.

'그렇다면 차라리 프랭크가 계속 부인하도록 내버려두자. 그렇게 된다면 나 에르큘 포와로의 의무는 끝나는 것이다. 프랭크 카터는 기껏해야 헨리 몰리의 살인자로 교수형에 처해지겠지. 그리고 그게 올바른 판결일지도 몰라.'

포와로는 그러한 상념에 사로잡혀 있었다. 에르큘 포와로는 이제 일어서서 밖으로 나가기만 하면 되는 일이었다.

"그건 거짓말이에요!" 프랭크 카터가 다시 말했다.

잠깐 동안 침묵이 흘렀다. 에르큘 포와로는 나가지 않았다. 그도 그렇게 하고 싶었다—그것도 아주 간절하게. 하지만 그는 떠나지 않았다.

그는 몸을 앞으로 기울였다. 그러고는 말했다—그의 목소리에는 그의 강직한 성품을 그대로 드러내는 위압감이 서려 있었다.

"난 지금 당신에게 거짓말을 하는 게 아니오. 당신이 날 믿어 주었으면 좋겠어. 만일 당신이 몰리 씨를 살해하지 않았다면, 당신의 유일한 희망은 그날 아침에 있었던 일을 내게 하나도 숨김없이 말해 주는 거요."

믿을 수 없다는 듯한 표정으로 카터가 그를 바라보았다. 그러고는 이내 머뭇거리며 어떻게 해야 할지 확신하지 못하는 것 같았다. 프랭크 카터는 입술을 깨물었다. 겁에 잔뜩 질린 그의 두 눈이 초점도 없이 흔들렸다—마치 동물의 눈을 보는 듯했다.

정말 아슬아슬한 순간이었다…….

결국 자신 앞에 있는 포와로의 위력에 압도되어 프랭크 카터는 돌연 굴복하고 말았다.

그는 볼멘소리로 말했다.

"그렇다면 좋습니다. 선생님께 말씀드리지요. 만일 나를 속이신다면 선생님은 하나님의 저주를 받을 겁니다! 난 병원에 들어갔었습니다. 그리고 층계를 걸어 올라가 그 사람이 혼자 남게 될 때를 기다리고 있었습니다. 내가 기다리던 곳은 진료실보다 한 층계참 위였어요. 그때 한 남자가 진료실에서 나와 아래로 내려갔습니다—그는 뚱뚱한 편이었습니다. 내가 막 몰리 씨의 진료실로 들어가려고 마음먹었을 때, 또 한 사람이 몰리 씨의 진료실에서 나와 아래층으로 내려갔습니다. 나는 재빨리 행동해야만 한다는 것을 알고 있었지요. 나는 복도를 따라가 노크도 하지 않고 곧장 진료실로 들어갔습니다. 나는 몰리 씨와 솔직하게 얘기해볼 작정이었거든요. 그가 여기저기 돌아다니면서 내 험담을 늘어놓았기 때문이었지요. 나쁜 사람 같으니라고……."

그는 말을 멈췄다.

"그래서?"

에르퀼 포와로가 물었다. 그의 목소리는 여전히 다급하고—위압적이었다.

카터는 침울한 목소리로 말했다.

"그런데 그는 누워 있었습니다. 죽은 채로 말이에요. 이건 정말입니다! 맹세코 이건 진실입니다! 검시 재판에서 말했던 대로 그렇게 쓰러져 있었습니다. 난 처음엔 믿을 수가 없었어요. 그래서 무릎을 꿇고 그를 내려다보았습니다. 하지만, 역시 그는 죽어 있었습니다. 그의 손은 돌처럼 차디찼습니다. 그리고 난 그의 머리에 총구멍이 나 있다는 것도 알게 되었습니다. 탄알이 관통한 그 주위에는 검붉은 피가 딱딱하게 굳어 있었습니다……."

얘기를 하는 그의 이마에는 다시금 땀방울이 솟아났다.

"그때야 난, 내가 난처한 처지에 빠졌다는 걸 깨달았습니다. 사람들은 내가 그 일을 저질렀다고 말할 것 같았습니다. 나는 그저 그의 손과 문손잡이밖에는 만지지 않았습니다. 그래서 내 손수건으로 문손잡이 양쪽을 깨끗이 닦고 밖으로 나갔습니다. 그런 다음 가능한 한 빨리 아래층으로 뛰어 내려갔습니다. 홀에는 아무도 없더군요. 그래서 난 병원을 쏜살같이 빠져나왔던 겁니다. 내가 난감했던 것도 무리는 아니지 않습니까?"

그는 말을 멈췄다. 그리고 겁먹은 시선으로 포와로를 쳐다보았다.

"이것은 진실입니다, 선생님. 틀림없는 진실이라고 맹세합니다. 몰리 씨는 이미 죽어 있었습니다. 선생님, 내 말을 믿어 주십시오!"

포와로는 자리에서 일어났다. 그는 말했다—하지만, 그의 목소리는 이미 지쳐 있었고 슬프게 들렸다.

"난 당신 말을 믿소."

그는 문이 있는 곳으로 걸어갔다.

프랭크 카터가 소리쳤다.

"경찰은 나를 죽일 거예요. 내가 그곳에 있었다는 것을 알게 된다면 분명히 나를 교수형에 처할 겁니다."

포와로가 말했다.

"진실을 얘기했으니 당신은 교수형으로부터 당신 목숨을 구하게 된 거요."

"난 이해할 수 없습니다. 경찰은……."

포와로는 그의 말을 막았다.

"당신의 얘기는 내가 진실이라고 믿었던 것을 확인해준 것이오. 이제 당신은 이 문제를 내게 맡겨도 좋소."

그는 밖으로 나갔다. 하지만 그는 전혀 유쾌하지 않았다.

4

포와로는 얼링에 있는 반스의 집에 6시 45분쯤 도착했다. 그는 반스가 그때를 하루 중 가장 즐거운 시간이라고 말했던 것을 잘 기억하고 있었던 것이다.

반스는 정원에서 일하고 있었다. 그는 이런 말로 인사를 대신했다.
"비가 좀 와야 할 텐데요, 포와로 씨. 비가 좀처럼 내리지 않는군요."
반스는 방문객을 주의 깊게 바라보면서 말했다.
"포와로 씨, 안색이 별로 안 좋아 보이는군요?"
"가끔……." 에르큘 포와로는 말했다.
"내가 하는 일이 마음에 들지 않을 때가 있답니다."
"나도 이해합니다." 그는 말했다.
에르큘 포와로는 잘 정돈된 조그만 화단들을 눈길 닿는 대로 그저 휘둘러 보았다. 그는 중얼거리듯이 말했다.
"정원이 잘 꾸며져 있군요. 모든 것이 자로 잰 듯 반듯하게 작지만 아주 치밀한 정원입니다."
반스가 말했다.
"땅이 작다고 해도, 그것을 최대한도로 이용해야지요. 평면 설계를 할 때는 한 치의 잘못도 있을 수 없답니다."
에르큘 포와로는 머리를 끄덕였다.
반스는 계속해서 말했다.
"내가 알기로는 당신은 찾고 있던 사람을 드디어 찾았다던데요?"
"프랭크 카터 말인가요?"
"그래요, 난 정말로 놀랐습니다."
"당신은 이 사건이 사사로운 동기에서 발생한 살인사건이라고는 생각지 않으셨지요?"
"그래요, 솔직하게 말해서 난 그렇게 생각지 않았습니다. 앰브로이티스와 앨리스테어 블런트를 생각해본 뒤에 나는 이 사건이 일종의 첩보 활동 내지는 역첩보 활동의 결과였으리라고 확신했었지요."
"그건 당신이 처음 나를 만났을 때 상세히 얘기해준 견해입니다."
"나도 압니다. 하지만, 나는 그때는 그렇게 확신하고 있었거든요."
포와로는 천천히 말했다.
"하지만, 당신의 추리는 틀렸습니다."

"그렇습니다, 그 얘기를 자꾸 들춰내지는 마십시오. 문제는 사람들이 저마다 경험으로 살아간다는 데 있지요. 그동안 죽 그런 종류의 일에만 관계하는 바람에 모든 경우가 그렇게만 보인 것 같습니다."

포와로가 말했다.

"당신은 지금까지 살아오면서 흔히 마술사가 손에 들고 있던 카드를 내놓는 걸 보신 적이 있겠죠, 안 그렇습니까? 흔히, 손에 든 패를 내놓게 한다고 부르던가요?"

"예, 물론 그런 걸 본 적이 있습니다."

"그런 일이 이 사건에서도 일어났던 겁니다. 몰리의 죽음에 대한 사적인 이유를 생각할 때마다 그 카드가 내던져지고 있습니다. 앰브로이티스, 앨리스테어 블런트, 불안정한 정치 상황, 이 나라의……."

그는 어깨를 으쓱해 보였다.

"반스 씨, 당신으로 말하면 그 누구보다도 한층 더 나를 혼란스럽게 만든 장본인입니다."

"오, 내가 그랬나요? 그렇다면 죄송합니다, 포와로 씨. 당신의 말이 맞는 것 같습니다."

"아시다시피, 당신은 뭔가를 알 만한 위치에 있었습니다. 그래서 당신 얘기는 신빙성을 가졌던 거지요."

"글쎄요……, 난 내가 말한 것을 믿고 있었습니다. 그것이 내가 당신에게 할 수 있는 유일한 사과이군요."

그는 잠시 말을 멈추었다가 한숨을 내쉬며 다시 말을 이었다.

"그럼, 결국 이 살인사건이 단순히 사적인 동기에서 일어났다는 건가요?"

"그렇습니다, 살인의 동기를 알아내는 데 오랜 시간이 걸렸습니다. 그 덕분에 단 하나의 명백한 행운을 잡았지만 말입니다."

"그것이 뭐였나요?"

"몇 마디의 대화였습니다. 내가 그때 그 대화의 중요성을 깨달았다면, 이 사건의 해결에 결정적으로 도움을 줄 수 있었을 겁니다."

반스는 조심스럽게 모종삽으로 자기 코를 긁었다. 작은 흙 쪼가리가 그의 코 옆에 달라붙었다.

"당신은 뭔가를 숨기고 있군요, 포와로 씨?" 그가 부드럽게 물었다.

에르큘 포와로는 어깨를 으쓱해 보이고는 말했다.

"당신이 내게 좀더 솔직하지 않았기에 내 기분이 좀 상한 것 같습니다."

"내가요?"

"그렇습니다."

"포와로 씨, 난 이것이 카터의 범행이라고는 생각지도 않았습니다. 내가 알기론 그는 몰리 씨가 사망하기 오래전에 이미 그 병원을 떠났었습니다. 그런데 그가 떠났다는 그 시간에 아직도 거기에 머물러 있었다는 것이 밝혀진 모양이지요?"

포와로가 대답했다.

"카터는 12시 26분에 그 병원에 있었습니다. 그리고 그는 실제로 살인자도 목격했습니다."

"그렇다면 카터는……?"

"틀림없이 카터는 살인자를 보았습니다."

반스가 말했다.

"그가 살인자의 얼굴을 보았다는 건가요?"

에르큘 포와로는 천천히 고개를 저었다.

열일곱, 열여덟, 하녀들은 기다리며

1

다음 날 에르퀼 포와로는 그가 아는 어떤 극장 대리인과 몇 시간을 함께 보냈다. 그리고 오후에는 옥스퍼드로 갔다. 그 다음 날 그는 시골로 차를 몰았다―그가 돌아왔을 때는 꽤 늦은 시각이었다. 그곳으로 가기 전에 이미 그는 그 날 저녁 앨리스테어 블런트 씨와 만나자고 전화로 약속 시간을 정해 놓았었다.

그가 고딕 하우스에 도착했을 때는 9시 반이었다.

포와로가 서재로 안내되었을 때, 앨리스테어 블런트는 혼자 있었다.

그는 포와로와 악수를 하면서 몹시 궁금하다는 시선으로 방문객을 바라보았다.

"무슨 일로?" 그가 물었다.

포와로는 천천히 머리를 끄덕였다.

블런트는 감탄해 마지않는 표정을 지으며 그를 바라보았다.

"그녀를 찾아냈나요?"

"예, 물론입니다. 그녀를 찾아냈습니다."

그는 자리에 앉았다. 그러고는 한숨을 푹 내쉬었다.

앨리스테어 블런트가 말했다.

"피곤하신 모양이지요?"

"그렇습니다, 무척 피곤하군요. 그리고 내가 지금부터 선생님께 드릴 얘기는 별로 유쾌한 일이 아닙니다."

"그녀가 죽었나요?" 블런트가 말했다.

"그것은……." 에르퀼 포와로는 천천히 말했다.

"선생님이 그 일을 어떻게 보고 싶으냐에 달렸습니다."

블런트는 인상을 찌푸렸다. 그가 말했다.

"포와로 씨, 인간은 죽기 아니면 살기 마련입니다. 세인즈버리 실 양도 그렇지 않겠습니까?"

"아, 그런데 세인즈버리 실 양이 누굽니까?" 포와로가 날카롭게 물었다.

앨리스테어 블런트는 말했다.

"설마 당신은……, 그런 사람이 없다는 뜻으로 하는 말은 아니겠지요?"

"오, 아닙니다. 그런 뜻으로 말한 게 아닙니다. 실제로 그런 사람은 있었습니다. 그녀는 캘커타에서 살았지요. 발성법을 가르친 적도 있습니다. 자선 사업으로 그녀는 바쁘게 지냈습니다. 그리고 나중에는 마하라나라는 배를 타고 영국으로 돌아왔지요—그 배에는 앰브로이티스도 함께 타고 있었습니다. 그들은 같은 칸에 타지는 않았습니다만, 그는 그녀를 도와주었습니다—그녀의 짐에 대해 너스레를 떨면서 말이에요. 앰브로이티스는 세세한 면에 이르기까지 아주 친절한 사람이었던 것 같습니다. 블런트 씨, 때때로 친절이라는 것은 예기치 않게 보답 되기도 한답니다. 앰브로이티스의 경우도 그랬지요. 그는 우연히도 런던 거리에서 다시 그녀를 만났습니다. 그는 약간 허세를 부리고 싶었을 겁니다. 그래서 그는 사보이 호텔에서 함께 점심 식사를 하자고 그녀에게 청했습니다. 그녀에게는 그것이 전혀 예기치 못했던 대우였겠지요. 그리고 앰브로이티스에겐 뜻밖의 횡재였고요! 앰브로이티스의 친절은 미리 계획된 것이 아니었습니다. 그는 그렇게 초라한 중년 부인이 자기에게 금광과 버금갈 만한 선물을 주게 되리라고는 생각지도 않았던 겁니다. 또한, 세인즈버리 실 양 자신도 그런 사실을 조금도 눈치 채진 못했지만, 결국 금광에 버금갈 만한 선물을 그에게 준 셈이 되었지요.

당신도 아시겠지만, 그녀는 그리 머리가 좋은 편은 아니었습니다. 착하고 동정심 많은 여자였지만 지능만큼은 형편없었다고 생각합니다."

블런트가 말했다.

"그렇다면 채프먼 부인을 죽인 사람은 그녀가 아니라는 건가요?"

포와로는 천천히 말했다.

"그 문제를 어떻게 설명하는 것이 좋을까요, 그것이 내게는 꽤 어려운 문제랍니다. 하지만, 문제의 발생이었다고 생각되는 곳에서부터 다시 시작하겠습니다. 먼저 '구두'입니다!"

"구두라고요?" 블런트는 멍한 표정으로 말했다.

에르퀼 포와로는 머리를 끄덕였다.

"그렇습니다. 버클 장식이 달린 구두 말입니다. 그날 나는 치료를 끝내고 밖으로 나와 퀸 샬로트가 58번지 계단에 서 있었습니다. 그때 택시 한 대가 멈추었습니다. 그리고 문이 열리더니 어떤 여인의 발이 밖으로 나오는 것이 보였습니다. 나는 여자들의 발이나 발목을 주의해서 보는 편이랍니다. 그 발은 아주 잘생긴 발이었으며 발목의 선도 아름다웠습니다. 아주 값비싼 스타킹을 신고 있었지요. 그러나 나는 그 신발이 마음에 들지 않았습니다. 그것은 반짝반짝 빛나는 에나멜가죽으로 만든 새 신발이었는데 커다란 버클 장식으로 화려하게 장식되어 있었습니다. 멋이란 하나도 없었지요—정말 전혀 찾아볼 수가 없었지요! 그리고 내가 그것을 바라보는 동안, 그 숙녀의 전신이 눈에 들어왔습니다—솔직히 말해서, 난 실망했습니다. 매력이란 눈곱만큼도 찾아볼 수 없는데다가 옷도 세련되게 입지 못한 중년 부인이었으니까요."

"그녀가 세인즈버리 실 양이었나요?"

"두말할 나위가 있겠습니까? 그런데 그녀가 차에서 내릴 때 공교로운 일이 벌어진 겁니다. 그녀의 구두 버클이 차 문에 걸려 그만 떨어져 버리고 말았던 거지요. 나는 그것을 주워서 그녀에게 건네주었습니다. 그것이 전부입니다. 이렇게 해서 그 일은 막을 내렸지요.

나중에, 그 사건이 있었던 날 오후에 재프 경감과 나는 함께 그녀한테로 갔습니다(그런데 그녀는 그때까지도 버클을 달아 놓지 않았더군요).

그날 저녁 세인즈버리 실 양은 호텔을 빠져나와 사라져 버렸습니다. 이것이 제1부의 끝입니다. 제2부는 재프 경감이 킹 레오폴드 맨션으로 나를 부른 데서 시작됩니다. 그곳 아파트에는 모피용 장롱이 하나 있었는데, 그 안에서 시체가 발견되었던 겁니다. 나는 방 안으로 들어가서 장롱이 있는 곳으로 갔습니다. 그때 제일 먼저 눈에 들어온 것이 낡아빠진 버클이 달린 구두였습니다!"

"뭐라고요?"

"당신은 그 점을 이해하지 못하시겠지만요, 그것은 낡은 구두—어지간히 닳아빠진 구두였습니다. 하지만, 세인즈버리 실 양은 몰리가 살해되었던 그날, 바로 같은 날 저녁에 킹 레오폴드 맨션에 왔었습니다. 아침에 신었던 신발은 새것이었는데, 저녁에는 낡아빠진 신발이 되었던 겁니다. 어떤 사람이라도 하루 동안에 신발이 그렇게 닳도록 할 수는 없는 일입니다. 당신도 그 점을 이해하시겠지요?"

앨리스테어 블런트는 그게 뭐 그리 대수로운 거냐는 듯이 말했다.

"글쎄요, 그녀가 두 켤레의 구두를 갖고 있었을 수도 있지 않겠습니까?"

"아하, 물론이지요. 하지만 사정은 그렇지가 않았습니다. 재프와 내가 그녀의 방으로 올라가서 소지품들을 모조리 뒤져 보았습니다. 하지만 버클이 달린 구두는 없었습니다. 물론 그녀가 낡은 구두 한 켤레를 따로 갖고 있었을 수도 있습니다. 그래서 한나절 동안 지겹게 신고 다녔던 신발을 벗어 버리고 저녁 때 외출할 때는 바꿔 신었을 수도 있습니다. 그렇지 않습니까? 그러나 만일 그랬다면 다른 한 켤레의 신발은 호텔에 있어야만 합니다. 그 점이 이상한 겁니다. 당신도 그 점은 인정하시겠지요?"

블런트는 그저 가볍게 웃어 보였다. 그가 말했다.

"그것이 뭐가 그리 중요하다는 건지 난 아직도 모르겠어요."

"물론, 중요하진 않지요. 조금도 중요한 게 아닙니다. 하지만, 사람들은 설명할 수 없는 일은 좋아하지 않습니다. 나는 모피용 장롱 옆에 서서 신발을 살펴보았습니다. 신발에 달린 버클은 최근에 누군가가 꿰맨 것이 분명했습니다. 솔직히 말해서 그 순간 나는 의혹을 떨쳐 버릴 수가 없었습니다. 나 자신에 대해서 말입니다. 그래서 이렇게 혼잣말을 했지요. '좋아, 에르큘 포와로, 오늘 아침에 내가 잘못 본 거야. 넌 세상을 너무 낙관적으로 보았어. 그래, 아무리 그렇다고 해도 낡은 신발이 새 신발로 보일 정도였더냐?' 하고 말입니다."

"혹시 그것으로 설명될 수 있는 건 아닌가요?"

"아니, 그렇지 않습니다. 내 눈은 틀림없으니까요! 계속해서 난 그녀의 시체를 살펴보았는데, 정말 끔찍하기 그지없었습니다. 시체의 얼굴이 왜 그토록 잔인하게 짓이겨져서 알아볼 수 없을 정도로 되어 있었을까요?"

앨리스테어 블런트는 초조한 듯 몸을 뒤척거렸다. 그리고 이렇게 말했다.

"그렇다면 다시 그 점을 생각해봐야겠군요. 우리는……."

단호한 목소리로 에르퀼 포와로가 말했다.

"물론이죠, 반드시 필요한 일입니다. 그리고 나에게 결국 그 진실을 알아낼 수 있게 해준 그 과정을 당신에게 계속해서 얘기해야겠군요. 나는 그때 이렇게 중얼거려 보았습니다. '여기에는 뭔가가 잘못되었다. 세인즈버리 실 양의 옷을 입은 여자의 시체가 이곳에 있어(아마 구두만을 제외하고는?). 그리고 그 시체 옆에는 세인즈버리 실 양의 핸드백도 놓여 있어—그런데 왜 얼굴은 알아볼 수 없을 정도로 짓이겨져 있을까? 그 얼굴이 세인즈버리 실 양의 얼굴이 아니기 때문인가?' 그래서 나는 다른 한 여인—그 아파트의 주인이었던 여인의 외모에 대해 들었던 사실을 곰곰이 생각해보기 시작했습니다. 그리고 자문해 보았습니다. '여기에 누워 있는 시체가 바로 그 여자는 아닐까?' 그런 생각을 하자마자 즉시 나는 그 여자의 침실을 살펴보았습니다.

나는 그 여자가 어떤 종류의 여자였는지 마음속으로 그려 보려고 애썼습니다. 겉으로 드러난 면에서 그녀는 세인즈버리 실 양과 판이하였습니다. 깔끔했고 옷도 세련되게 입었으며 화장도 진하게 했다는 등등 말입니다. 하지만, 본질적인 면에서 그 두 여자는 별로 다르지 않았습니다. 머리카락, 체격, 나이 등등……. 그러나 한 가지 차이점이 있었습니다. 앨버트 채프먼 부인은 5호짜리 신발을 신었습니다. 반면, 세인즈버리 실 양은 10인치짜리 스타킹을 신고 있었습니다. 따라서 그녀는 적어도 6호짜리 신발을 신고 있어야만 했던 거죠. 다시 말해서, 채프먼 부인의 발은 세인즈버리 실 양의 발보다는 작았던 겁니다. 나는 시체가 있는 곳으로 되돌아갔습니다. 만일 어느 정도 틀을 갖춘 내 추측이 맞았다면, 그리고 그 시체가 세인즈버리 실 양의 옷을 입은 채프먼 부인의 시체라면, 마땅히 그 신발은 커야만 했습니다. 나는 신발 한 짝을 벗겨 보았습니다. 그러나 그 신발은 느슨하지 않았습니다. 아주 딱 맞았던 겁니다. 따라서, 그 시체는 영락없이 세인즈버리 실 양의 시체인 것처럼 보였던 거죠! 그렇다면 얼굴은 왜 그렇게 형편없이 짓이겨져 있었을까요? 그녀의 신원은 이미 핸드백으로 확인되었습니다. 사실 그 핸드백은 쉽게 없애 버릴 수도 있었을 겁니다. 그런데 이상하게도 그 자리에 고스란히 남아 있었던 거죠.

그것은 수수께끼였고, 또 덫이었습니다. 절망적인 상태에서 나는 한 가닥 희망을 걸고 채프먼 부인의 주소록을 집어들었습니다—치과의사만이 죽은 여자가 누구인지를 확실하게 증명해줄 수 있는 유일한 사람이었으니까요. 우연히도 채프먼 부인의 치과의사는 몰리였습니다. 그런데 몰리는 죽은 사람이었습니다. 하지만, 신원 확인은 여전히 가능했습니다. 당신도 그 결과를 알고 있을 겁니다. 검시 법정에서 그 시체는 몰리의 후임자에 의해 앨버트 채프먼 부인의 시체였음이 확인되었으니까요."

블런트는 초조함을 이기지 못해 안절부절못했다. 포와로는 그런 그의 태도에 조금도 신경 쓰지 않았다.

그는 계속해서 말해 나갔다.

"그다음에 남은 문제는 심리학적인 것이었죠. 메이블리 세인즈버리 실 양은 어떤 사람이었을까요? 이 문제에는 두 개의 해답이 가능합니다. 첫 번째는 인도에서 그녀의 생활과 그녀 친구들의 증언에 의해 뒷받침되는 확실한 해답이었습니다. 그것에 의하면 그녀는 성실하고 양심적이며 조금은 우둔한 그런 여자였습니다. 또 다른 한 명의 세인즈버리 실 양이 있을 수 있을까요? 분명히 또 한 사람이 있었습니다. 그 여자는 잘 알려진 외국인 스파이와 함께 점심을 먹었으며, 병원 앞에서 당신에게 다가와 말을 걸면서 자기가 부인의 절친한 친구였다고 우겨댔으며(이 말은 거짓말이 분명합니다), 살인사건이 발생하기 바로 직전에 한 남자의 집을 떠났으며, 또 다른 여인이 살해되었던 바로 그날 저녁에 십중팔구는 그 여인을 방문했으며, 그 뒤 영국의 경찰이 자신을 쫓고 있음을 알고서 도망쳐 버렸습니다. 이런 모든 행동들이 세인즈버리 실 양의 친구들이 얘기해준 그녀의 성격과 부합될 수 있을까요? 아마 그렇지 않을 겁니다. 따라서 세인즈버리 실 양이 착하고 상냥한 사람이 아니었다면, 그녀는 냉혈한 살인자이거나 그 사건의 공범자임이 분명했던 거죠.

그리고 한 가지 판단 기준이 더 있었습니다—그건 내가 느낀 개인적인 인상이었습니다. 나는 메이블리 세인즈버리 실 양과 얘기를 나눠 본 적이 있었습니다. 그때 그녀를 보고 어떻게 느꼈는지 아십니까? 블런트 씨, 그것이 대답하기가 가장 어려운 문제였습니다. 그녀가 말한 모든 것들, 그녀의 말투라든가 태도 및 몸짓 등등은 그녀의 친구들이 진술했던 것과 일치했습니다. 그러나 그 모든 것들은 또 한 가지 역을 맡은 현명한 여배우의 역할과도 정확하게 일치했던 겁니다. 그리고 결국 메이블리 세인즈버리 실 양은 인생을 처음부터 연극배우로 출발했던 거지요.

바로 그날 나는 퀸 샬로트가 58번지 병원의 환자였으며, 얼링에 사는 반스와 얘기를 나누었습니다. 그 대화는 내겐 무척 인상적이었지요. 좀 억지 같긴 했지만 그의 추측에 따르자면 몰리와 앰브로이티스의 죽음은 우연한 일이었으며, 그들이 노리던 사람은 바로 다름 아닌 블런트 씨 당신이었으리라는 거였죠."

앨리스테어 블런트는 말했다.

"오, 그래요? 좀 엉뚱한 추측이로군요."

"그렇게 생각하시나요, 블런트 씨? 솔직히 말해서 당신이……, 제거되기를 간절히 바라는 사람들이 많다는 건 사실 아닙니까? 당신이 이 나라에서 더 이상 영향력을 행사할 수 없게 말입니다."

블런트가 말했다.

"오, 그래요. 그건 분명한 사실입니다. 하지만, 몰리의 죽음과 그 얘기를 굳이 연결할 필요까지는 없다고 생각하는데요?"

포와로가 말했다.

"그건 왜냐하면 이 사건에는 어떤—어떻게 표현해야 할까요, 무절제함 같은 게 있기 때문입니다. 돈이 목적이 아닙니다. 사람의 목숨도 목적이 아닙니다. 그래요, 이 사건에는 무모함과 무절제가 가득합니다—바로 대형 범죄임을 가리키는 거죠!"

"그렇다면, 당신은 몰리가 자신의 과오 때문에 자살했다고는 생각지 않습니까?"

"난 그렇게 생각지 않습니다—단 한 순간도 그렇게 생각한 적이 없습니다. 분명히 몰리는 살해되었습니다. 그리고 앰브로이티스도, 얼굴을 알아볼 수 없을 정도로 짓이겨진 그 여자도 모두 살해되었던 거죠. 그런데 왜 그랬을까요? 어떤 커다란 이해관계 때문이었을까요? 반스 씨는 당신을 죽이려고 누군가가 몰리나 그의 동료 의사를 매수하려 한 것 같다고 말하더군요."

앨리스테어 블런트가 날카롭게 소리쳤다.

"말도 안 되는 소립니다!"

"아하, 정말 그럴까요? 하지만 누군가를 죽이려 한다고 합시다. 그래요, 그런데 그 사람이 철두철미하게 경호받고 무장되어 있어 접근하기가 무척 어렵다면, 그렇다면 그 사람을 죽이기 위해서는 우선 어떤 의심도 받지 않고 그에게 접근해야만 합니다. 그 경우에 치과의사의 의자보다 더 의심받지 않을 곳이 어디에 있겠습니까?"

"글쎄요, 듣고 보니 그럴 것 같기도 하군요. 나는 이 문제를 그런 식으로는 생각해보지 않았습니다."

"그건 분명한 사실입니다. 그 사실을 깨닫기 시작했을 때부터 막연하나마 나는 사건의 내막을 알게 되었습니다."

"그렇다면 당신은 반스 씨의 추측을 받아들였다는 얘기로군요? 그런데 반스 씨가 누굽니까?"

"반스 씨는 12시경에 레일리 씨에게 치료받았던 환자입니다. 그는 내무부에서 은퇴하여 지금은 얼링에 살고 있답니다. 별로 눈에 띄지 않는 사람이지요. 그러나 난 그의 추측을 받아들이지 않았습니다. 그건 당신이 잘못 생각한 겁니다. 다만 난 그의 원리를 수용했을 뿐이니까요."

"무슨 말인가요?"

에르퀼 포와로가 말했다.

"처음부터 계속 나는 잘못된 길로 빠져 들어갔습니다. 무의식적으로, 그리고 때로는 어떤 목적을 가지고 의도적으로 그렇게 했지요. 이 사건이 공적 범행일지도 모른다는 생각이 끊임없이 나를 쫓아다녔고, 암암리에 그런 가능성에 짓눌리기도 했습니다. 다시 말해서, 블런트 씨, 난 모든 초점을 당신에게 맞췄던 것입니다—왜냐하면, 당신은 널리 알려진 분이기 때문입니다. 은행가로서, 금융계의 제왕으로서, 그리고 보수적 전통의 지지자로서 말입니다!

하지만 아무리 공적인 사람이라 해도 사생활은 있기 마련이지요. 바로 그것이 내 실수였습니다. 나는 사생활에 대해서는 까맣게 잊고 있었던 것입니다. 몰리 씨를 살해할 만한 사적인 동기들은 존재했습니다—가령 프랭크 카터의

적개심 같은 거지요.

마찬가지로 당신을 살해할 만한 사적인 이유도 있을 수 있습니다. 당신이 죽게 된다면 당신의 유산을 물려받게 될 친척들이 있습니다. 당신 주위에는 사랑하는 사람도 있고 증오하는 사람도 있습니다—공적인 인물로서가 아니라 한 인간으로서 말입니다.

나는 내가 '억지로 떠맡은 카드'라고 부르는 최악의 경우를 만났던 겁니다. 그래서 난 프랭크 카터가 의도적으로 당신을 공격한 경우를 생각해보았죠. 만일 그 공격이 진짜였다면 그건 정치 범죄가 되었을 겁니다. 하지만, 그 밖에 다른 설명도 가능하지 않을까요? 충분히 다른 방법으로도 설명될 수 있었습니다. 관목 숲에는 한 사람이 더 있었으니까요. 카터에게 달려들어 그를 잡은 레이크스가 있었던 겁니다. 그는 아무렇게나 총을 쏘고 난 뒤에 카터의 발치로 그것을 던졌을 수도 있습니다. 그럼, 카터는 당연히 총을 집어들었을 테고, 그렇게 손에 총을 들고 있을 때 덮쳤을 겁니다…….

나는 하워드 레이크스에 대해서 곰곰이 생각해보았습니다. 레이크스는 몰리 씨가 죽었던 그날 퀸 샬로트가에 있었습니다. 게다가 레이크스는 당신과 당신이 말하는 모든 것에 대한 신랄한 적이었습니다. 하지만, 그에겐 그 이상의 것도 있었습니다. 레이크스는 당신의 외손녀와 결혼할지도 모르는 사람입니다. 그리고 그녀는 당신이 돌아가신 뒤, 비록 그녀가 멋대로 재산에 손대지 못하도록 신중히 해놓으셨다 하더라도 상당히 많은 재산을 상속하게 될 겁니다.

그렇다면 결국 이 모든 것이 개인적인 만족과 이득을 위한 개인적인 범죄였을까요? 그런데 왜 나는 이 사건을 공적인 범죄라고 생각했을까요? 그것은 한 번에 그치고 만 것이 아니라 여러 차례에 걸쳐 계속해서 그 생각이 떠올랐고, 또한 억지로 떠맡은 카드처럼 내게 강요되었기 때문이었습니다…….

처음으로 어렴풋하게나마 이 사건의 진실을 알게 된 건 그런 생각이 떠올랐을 때였습니다. 교회에서 찬송가를 부르고 있었을 때였지요. 밧줄로 만들어진 올가미에 대한 노래였습니다.

올가미? 나를 잡으려고 쳐놓은 거? 그래, 그럴 가능성도 있지……. 하지만, 그 경우에 누가 그 올가미를 쳐놓았을까요? 그런 짓을 할 만한 사람이 한 명 있었습니다. 사리에 맞지 않는다고요? 아니, 그 반대인가요? 나는 정반대의 시각으로 이 사건을 바라보기 시작했죠. 돈이 목적이 아니라면? 그때는 내 추리와 일치하는 겁니다! 인간의 생명에 대한 무자비한 잔혹함은! 그렇습니다. 다시 내 추리와 일치했지요. 왜냐하면 범인이 벌이고 있던 도박은 극악한 것이기 때문입니다…….

하지만, 그런 나의 새롭고도 이상한 추리가 맞는 거라면 그것은 반드시 모든 것을 설명해줄 수 있어야만 했습니다. 예를 들어 세인즈버리 실 양의 이중성격에 대한 미스터리도 설명해 주어야만 합니다. 버클이 달린 구두의 수수께끼도 해결해 줘야만 합니다. 또, '세인즈버리 실 양은 지금 어디에 있을까?' 하는 물음에도 대답해줄 수 있어야만 하는 거죠.

블런트 씨, 그건 모든 것을 다 해결하고도 남았습니다. 세인즈버리 실 양이 이 사건의 처음이고 중간이며 끝이라는 것도 보여 주었죠. 세인즈버리 실 양이 둘이라는 사실이 전혀 이상해 보이지 않았습니다. 사실 두 명의 세인즈버리 실 양이 있었으니까요. 그녀의 친구들이 그렇듯 확실하게 증언해 주었다시피 어리석긴 하지만 착하고 상냥한 여자가 있는가 하면, 두 명의 살인과 연루되어 있고 거짓말을 하고 의혹을 남긴 채 사라져 버린 다른 한 여인이 있었던 겁니다.

생각해보십시오—킹 레오폴드 맨션의 수위는 그전에 언젠가 한 번 세인즈버리 실 양이 온 적이 있었다고 말했습니다.

이 사건에 대한 내 추론에 의하면 그 첫 방문이 그녀의 마지막이기도 했던 겁니다. 그녀는 킹 레오폴드 맨션을 떠나지 않았으니까요. 그 이후로 다른 세인즈버리 실 양은 똑같은 옷을 입고 버클이 달린 새 구두를 신고—왜냐하면 세인즈버리 실 양의 구두가 그녀에겐 너무 컸으니까요. 가장 바쁜 시간에 러셀 광장 호텔로 갔던 겁니다. 거기에서 그녀는 죽은 여인의 옷을 꾸려서 계산을 치른 다음 그곳을 떠났던 겁니다. 그리고 그녀는 글렌고리 코트 호텔로 갔습니다. 그 이후로 진짜 세인즈버리 실 양의 친구 중에서 그녀를 본 사람은 없었던 거죠. 그녀는 약 1주일 동안 거기에서 메이블리 세인즈버리 실로 행세했던 겁니다. 그녀는 메이블리 세인즈버리 실 양의 옷을 입었고, 또 그녀의 목소리로 말했습니다. 또한 그녀는 좀더 작은 구두를 구입해야만 했지요. 그런 뒤, 그녀는 사라졌습니다. 몰리 씨가 살해되었던 날 저녁에 킹 레오폴드 맨션으로 들어간 것이 그녀의 마지막 모습이었습니다."

"그렇다면 당신은……." 앨리스테어 블런트가 의심스럽다는 듯 말했다.

"결국 그 아파트에는 메이블리 세인즈버리 실의 시체가 있었다는 건가요?"

"그렇습니다! 그것은 정말로 교묘한 이중 속임수였습니다. 그 여자의 정체에 의문을 불러일으키고자 얼굴을 짓이겨 놓았던 거죠!"

"하지만 치과의사의 증언은 어떻게 되는 건가요?"

"아하! 이제 그것에 대해 얘기해야겠군요. 증거가 됐던 건 치과의사의 증언이 아니었습니다. 몰리 씨는 죽은 사람입니다. 따라서 그는 그 일에 대해 증언할 수가 없었습니다. 그야 물론 그는 죽은 여인이 누군지 알 수 있었겠지만요. 증거물로 제시되었던 것은 환자용 카드였는데, 그건 뒤바뀌진 것이었지요. 두 여자 모두 그의 환자였다는 사실을 생각해보십시오. 이 경우에는 그저 이름만 바꾸면 될 간단한 일이었죠."

에르큘 포와로는 덧붙여 말했다.

"그 여자가 죽었느냐는 당신의 질문에, 내가 '사정에 따라 다르다.'라고 대답했던 까닭을 이제는 이해하시리라고 생각합니다. 당신이 말씀하신 세인즈버리 실 양은 어떤 여자를 가리키는 건가요? 글렌고리 코트 호텔에서 사라져 버린 여인인가요, 아니면 진짜 메이블리 세인즈버리 실 양을 가리키는 건가요?"

앨리스테어 블런트가 말했다.

"나는 당신의 명성이 자자하다는 것은 익히 알고 있습니다, 포와로 씨. 따라서 당신이 이같이 유별난 추리를 하게 된 데는 틀림없는 근거가 있을 거라고 생각합니다—만일 그렇지 않다면 그것은 그저 추리에 불과할 테니까요. 하지만, 사실 내겐 그 모든 것이 터무니없어 보이는군요. 당신은 메이블리 세인즈버리 실 양이 의도적으로 살해되었고, 그녀의 신원확인을 막기 위해 몰리 씨가 피살되었다고 말했습니다. 하지만, 그 이유가 뭔가요? 내가 알고 싶은 건 바로 그것입니다. 한 여자가 있었습니다—선량한 중년 부인이었지요. 친구들은 많았지만, 적은 한 사람도 없었습니다. 그렇다면 도대체 그녀 한 사람을 없애

려고 그토록 교묘한 범죄가 저질러졌다는 얘기인데, 그 이유가 도대체 뭡니까?"

"왜냐고요? 그래요. 바로 그것이 문제가 되겠지요. 왜였을까요? 당신이 말씀하신 대로 메이블리 세인즈버리 실은 파리 한 마리도 죽이지 못하는 착한 여자였습니다! 그런데 왜 그녀는 그토록 잔인하게 의도적으로 살해되었을까요? 이제 당신에게 제가 생각하는 바를 설명해 드리겠습니다."

"어서 얘기해보십시오."

에르퀼 포와로는 앞으로 몸을 기울이고서 말했다.

"내가 생각하기엔 그녀가 사람들의 얼굴을 너무도 잘 기억했기 때문에 살해되었던 것 같습니다."

"그게 무슨 말인가요?"

에르퀼 포와로는 말했다.

"이제 우리는 그녀의 이중성을 분리해 냈습니다. 인도에서 온 착한 여자가 있습니다. 그런데 두 역할을 만들게 한 우연한 사건이 발생합니다. 몰리 씨의 병원 계단에서 당신에게 말을 걸어온 사람은 어떤 세인즈버리 실 양이었을까요? 그녀는 선생님 부인의 친구라고 말했습니다. 그리고 이제 그것은 그녀의 친구들과 일반적인 가능성에 비추어서 거짓으로 드러났습니다. 따라서, 우리는 '그건 거짓말이다. 그러나 진짜 세인즈버리 실 양은 거짓말을 하지 않는다.' 하고 말할 수 있을 겁니다. 그러므로 그것은 그녀 나름대로 목적을 위해서 꾸며댔던 거짓말인 셈이지요."

앨리스테어 블런트는 머리를 끄덕였다.

"그래요, 그런 추측이 분명하겠군요. 하지만, 난 지금도 그 목적이 무엇이었는지 모르겠는데요."

포와로가 말했다.

"아하, 그러신가요? 그렇다면 정반대로 살펴보기로 하지요. 그건 진짜 세인즈버리 실 양이었습니다. 하지만, 그녀는 거짓말을 하지 않습니다. 따라서 그 얘기는 사실입니다."

"이젠 무슨 뜻인지 어렴풋하게나마 알 수도 있을 것 같습니다. 하지만 가능성이 좀……."

"물론, 그건 가능성이 희박합니다! 하지만 두 번째 가정을 사실로 간주하면……, 아니, 그 얘기는 진실입니다. 그러므로 세인즈버리 실 양은 정말로 당신 부인을 알고 있었습니다. 그녀는 당신 부인을 아주 잘 알고 있었습니다. 따라서 당신의 부인은 세인즈버리 실 양이 잘 알 수 있는 그런 여자였던 것이 분명했죠. 누군가 다른 사람이 그녀의 위치에 있는 것이 확실했습니다. 당신의 아내는 앵글로 인디언, 선교 단체—아니, 과거로 더 거슬러 올라가서 연극배우였을 겁니다. 레베카 아놀드는 아니었습니다!

자, 블런트 씨, 아까 내가 사생활과 공적 생활에 대해서 언급했던 까닭을 이젠 아시겠습니까? 당신은 위대한 은행가입니다. 부유한 아내와 결혼했던 덕분이죠. 그러나 그녀와 결혼하기 전에 당신은, 옥스퍼드에서 그리 멀리 떨어져 있지 않은 한 은행의 하급 사원이었습니다.

당신은 잘 아실 겁니다—내가 이제야 이 사건의 진상을 바로 보기 시작했다는 걸 말입니다. 돈은 문제가 되지 않았습니다. 당신에겐 당연한 일이지요. 인간의 목숨에 대한 무자비성—그것 역시 당신에겐 대수로운 문제가 아니었습니다. 왜냐하면 오랫동안 당신은 독재자로 군림해 왔기 때문입니다. 독재자에게는 으레 자신의 목숨은 부당할 정도로 소중하지만, 반면 타인의 목숨은 대단치 않은 것으로 여겨지는 법이니까요."

앨리스테어 블런트가 말했다.

"지금 무슨 뜻으로 하는 말인가요, 포와로 씨?"

포와로는 침착한 목소리로 말했다.

"블런트 씨, 당신은 이미 결혼했으면서도 레베카 아놀드와 다시 결혼했던 겁니다. 돈보다는 권력을 얻을 수 있는 미래에 현혹되어서 당신은 그 사실을 숨기고 중혼이라는 죄를 저질렀던 거죠. 그리고 당신의 진짜 부인은 그런 상황에 순응해 주었겠지요."

"그렇다면 내 진짜 아내가 누구라는 건가요?"

"킹 레오폴트 맨션에서 앨버트 채프먼 부인이라는 이름으로 생활했던 여자였지요—거긴 첼시 강변도로에 있는 당신 집에서 도보로 채 5분도 걸리지 않는 가까운 곳이었습니다. 게다가 당신은 진짜 첩보국 요원의 이름을 빌려 썼습니다. 왜냐하면 당신이 극비 일을 한다는 인상을 그녀에게 심어 줘야겠다고 생각했기 때문이죠. 당신의 계획은 매우 성공적이었습니다. 어떠한 의심도 받지 않았으니까요. 그런데도 이런 사실은 여전히 남아 있었죠. 즉, 법적으로는 당신은 레베카 아놀드와 결혼할 수 없는 상태였다는 것과 또한 중혼의 죄를 이미 저질렀다는 사실이 말이지요. 그 뒤 몇 년 동안 당신은 그 일에 대해서 조금도 위험을 느끼지 않았습니다. 그런데 뜻밖에도 곤란한 일이 터졌던 겁니다. 무려 거의 20년이란 세월이 지난 뒤에 한 귀찮은 여인이 당신을 친구의 남편으로서 기억했던 겁니다. 그녀는 영국으로 돌아온 지 얼마 지나지 않아 우연히도 퀸 샬로트가에서 당신을 만났던 거지요. 당신의 외손녀가 그 자리에 함께 있어서 그 여자가 당신에겐 한 말을 듣게 되었던 것도 순전히 우연한 일이었습니다. 그렇지만 않았어도 아마 난 이런 사실을 추측해 낼 수 없었을 겁니다."

"그건 내가 직접 당신에게 말해 준 건데요, 포와로 씨."

"아닙니다, 내게 알려 주어야 한다고 했던 사람은 당신의 외손녀였습니다. 당신은 오히려 의심을 불러일으키게 될까 봐 그녀의 제안에 강경하게 반대할 수가 없었던 것뿐입니다. 그런데 그런 만남이 있은 뒤에 또 하나의 나쁜(당신 입장에서 보면) 우연이 일어났던 거죠. 메이블리 세인즈버리 실은 앰브로이티스를 만나서 그와 함께 점심을 했습니다. 그때 그녀는 그 사람에게 친구 남편과의 만남에 대해 얘기했던 겁니다(그렇게 오랜 세월이 지난 뒤에!). '물론 옛날보다 늙어보였지만 그렇게 변하지는 않았더군요!' 따위의 말을 했겠지요. 물론 이런 것은 순전히 내 추리에 불과한 거지만요. 하지만 틀림없이 그런 일이 일어났으리라고 난 믿습니다. 메이블리 세인즈버리 실은 자기의 친구와 결혼한 블런트 씨가 세계의 금융계를 조종하는 배후의 인물이라는 사실을 단 한 순간도 의식하지 못했으리라고 나는 생각합니다. 하지만, 그 이름은 널리 알려졌습니다. 생각해보십시오—앰브로이티스란 사람은 스파이 활동을 한 경력 이외에도 공갈 협박의 전과가 있었습니다. 공갈범들은 비밀을 남다르게 잘 탐지해 냅니다. 앰브로이티스는 의아스러웠을 겁니다. 게다가 블런트란 사람이 누구인지 알아내기란 손쉬운 일이었을 테지요. 그다음에는 의심할 바 없이 당신에게 편지를 보내거나 전화했을 테고……. 오, 그래요—앰브로이티스에게는 금광을 발견한 것이나 다름없었던 겁니다."

잠깐 동안 포와로는 말을 멈췄다. 그는 다시 계속 말을 이었다.

"그런 유능하고 노련한 공갈범을 다루는 데는 딱 한 가지 효과적인 방법이 있습니다. 그를 영원히 잠재우는 거죠.

그전에 나는 잘못 추측하고 있었습니다. 이 사건은 '블런트 살인 음모'의 결과가 아니었던 겁니다. 정반대로 그것은 '앰브로이티스 살인 음모'였던 거지요. 하지만, 결과는 똑같았지요! 누군가에게 접근하기 가장 쉬운 방법은 그가 전혀 경계하지 않을 때입니다. 치과의사의 의자에 앉아 있는데 조금이라도 경계를 하는 사람이 어디 있겠습니까?"

다시 포와로는 말을 멈췄다. 그의 입가에는 희미한 미소가 번졌다.

"이 사건의 진실은 지금보다 빨리 밝혀낼 수도 있었습니다. 앨프리드란 사환이 《11시 45분의 살인》이라는 추리소설을 읽고 있었습니다. 우리는 그것이 불길한 징조라는 걸 알아챘어야만 했던 거지요. 왜냐하면, 바로 그 시각에 몰리 씨가 살해되었으니까요. 당신은 막 떠나려는 찰나에 그를 총으로 쏜 겁니다. 그러고는 부저를 눌렀겠지요. 세면대의 수도꼭지를 틀어 놓고 당신은 진료실을 빠져나갔지요. 당신은 앨프리드가 가짜 메이블리 세인즈버리 실을 엘리베이터로 안내하는 그 순간에 층계를 내려오기 위해서 시간을 정확하게 짜 놓았지요. 당신은 실제로 현관문을 열고 밖으로 나갔을 겁니다. 하지만, 엘리베이터의 문이 닫히고 위층으로 올라가고 있을 때, 다시 당신은 얼른 안으로 들어가서 계단을 통해 위층으로 올라갔습니다.

나도 경험해봤기 때문에, 앨프리드가 환자를 안내할 때 어떻게 하는지 잘 알고 있습니다. 그 애는 노크하고 문을 엽니다. 그러고는 환자가 안으로 들어설 수 있도록 뒤로 물러서지요. 안에서는 물 흐르는 소리가 들렸습니다. 그래서 앨프리드는 평상시와 마찬가지로 몰리 씨가 손을 씻는 거라고 생각했겠지요. 하지만, 앨프리드는 실제로 그를 보지는 못했습니다.

앨프리드가 엘리베이터를 타고 아래층으로 다시 내려가자마자 당신은 살짝 진료실로 들어갔습니다. 그러고는 당신과 당신 공범자는 몰리의 시체를 들어서 옆에 있는 집무실로 옮겨다 놓았습니다. 그런 뒤에 잽싸게 서류철을 뒤져서 교묘하게 채프먼 부인과 세인즈버리 실 양의 카드를 바꿔놓았습니다. 당신은 하얀 리넨 가운을 입었습니다. 아마도 부인이 변장하는 것을 도와주었겠죠. 하지만, 많은 시간이 필요하진 않았을 겁니다. 앰브로이티스는 처음으로 몰리 씨에게 치료를 받으러 간 거였습니다. 그리고 그는 당신의 얼굴을 모르고 있었습니다. 당신의 사진이 신문에 실린 적은 거의 없었으니까요. 그가 의심을 품을 이유가 어디에 있었겠습니까? 공갈범이라 해도 치과의사를 두려워할 리는 없는 겁니다. 세인즈버리 실 양은 아래층으로 내려갔고, 앨프리드는 그녀를 배웅했습니다. 부저 소리가 울리고 앰브로이티스는 위층으로 안내되었습니다. 그는 문 뒤에서 치과의사가 손을 씻는 모습을 보았겠죠. 그는 의자로 안내되었습니다. 그러고는 아픈 치아를 가리켰겠지요. 당신은 일상적인 얘기를 했습니다. 그러고는 잇몸을 인공동결법으로 무감각하게 하는 게 가장 좋은 방법이라고 설명해 주었을 겁니다. 진료실에는 프로카인과 아드레날린이 있었습니다. 당신은 그것을 치사량만큼 주사했습니다. 다행히도 그는 당신의 치료 기술에 조금도 의심을 품지 않았습니다!

이렇게 해서 아무런 의심도 품지 않고 앰브로이티스는 병원을 떠났습니다. 당신은 다시 몰리 씨의 시체를 끌어내서 바닥에 뉘어 놓았습니다. 양탄자 위에 살짝 긁힌 흔적이 있었던 건 당신 혼자서 그 일을 해야 했기 때문이지요. 그리고 권총을 닦아서 그의 손에 쥐어 놓았겠죠. 또한, 지문이 남지 않도록 문의 손잡이도 닦았을 테고요. 사용했던 기구들은 모두 멸균기 안에 넣으면 되었지요. 당신은 그 방을 나와 층계로 내려갔다가 적당한 시기를 봐서 현관문을 살짝 빠져나갔겠지요. 그것이 가장 위험스러웠던 순간이었을 겁니다.

모든 게 그렇게 해서 잘 풀려나갔습니다! 당신의 안전을 위협하던 두 사람은 모두 죽었습니다. 제3의 사람도 죽었습니다. 하지만, 당신의 입장에서 보면 그런 일은 불가피한 일이었겠지요. 그리고 모든 것이 너무도 쉽게 설명됐습니다. 몰리 씨의 자살은 앰브로이티스에게 잘못 주사했기 때문인 것으로 판명되었습니다. 그리고 다른 두 사람의 죽음은 유감스러운 사건 중 하나로 종지부를 찍었던 거죠.

하지만, 당신에겐 유감스러운 일이지만 나는 현장에 있었습니다. 그리고 의심을 품기 시작했지요. 반대도 했고요. 당신이 바라던 대로 모든 것이 수월하게 풀리지는 않았습니다. 그래서 제2의 방어선이 필요했던 겁니다. 필요하다면 희생자가 더 있어야만 했습니다. 당신은 이미 몰리 씨 집안 구석구석을 훤히 알고 있었습니다. 프랭크 카터, 바로 그 사람이 당신의 희생양이 되기에 적합했습니다. 그래서 그 공범자는 기묘한 방법을 써서 그를 정원사로 고용했습니다. 설령 나중에 그가 이런 괴상망측한 이야기를 늘어놓는다 할지라도 그의 말을 믿을 사람은 하나도 없을 겁니다. 당연한 절차에 따라 모피용 장롱 속의 시체가 발견되었습니다. 처음에 그것은 세인즈버리 실 양의 시체로 밝혀졌지만 나중에 반대 증거가 제출되었습니다. 엄청난 소동이 일어난 거죠! 이 사건은 괜히 일만 복잡하게 만들어 놓은 것처럼 보일 수도 있겠지만, 그건 사실 꼭 필요한 일이었습니다. 당신은 영국 경찰이 실종된 앨버트 채프먼 부인을 찾아내는 걸 원치 않았으니까요. 따라서 채프먼 부인이 죽은 것으로 만들고 경찰이 찾는 사람은 메이블리 세인즈버리 실 양으로 꾸몄던 겁니다. 왜냐하면, 그녀는 결코 찾아낼 수가 없기 때문이지요. 게다가, 당신은 영향력을 행사해서 그 사건의 조사가 중단되도록 할 수도 있었으니까요.

실제로 당신은 그렇게 했습니다. 하지만, 내가 뭘 하는지 알아야만 했기 때문에 당신은 나를 불러 행방불명된 여자를 찾아달라고 부탁했던 겁니다. 그리고 하나씩하나씩 내게 계속 카드를 떠맡긴 겁니다. 당신의 공모자는 내게 전화를 걸어서 감상적인 경고를 했습니다. 첩보 활동 따위의 말을 들먹이면서 이 사건의 공적 측면을 강조했던 거죠. 당신의 부인은 정말 훌륭한 연극배우였습니다. 하지만 자기의 목소리를 감추려면 당연히 다른 사람의 목소리를 흉내 내야만 했습니다. 그래서 당신의 부인은 올리베라 부인의 음성을 모방했지요. 그것이 또한 나를 무척이나 당혹스럽게 만들었습니다.

다음에 난 엑스햄으로 내려갔었지요—그때 마지막 공연이 무대에 올랐던 겁니다. 월계수 나무 사이에 장전된 총을 감춰 놓고 누군가가 그 근처를 디딜 때 저절로 발사되게끔 하는 건 참으로 쉬운 일이지요. 권총은 그의 발밑에 떨어졌습니다. 깜짝 놀란 프랭크는 그 총을 집어들었지요. 더 이상 바랄 게 뭐가 있겠습니까? 그는 현장에서 붙잡혔습니다—그는 엉뚱한 얘기들을 늘어놓았지요. 하지만 그 총은 몰리 씨가 피살되었을 때 사용되었던 것과 같은 것이었습니다.

그런데 그 모든 것은 실은 에르퀼 포와로의 발목을 잡기 위한 올가미였던 겁니다."

앨리스테어 블런트는 의자에서 몸을 뒤척였다. 그의 얼굴은 침울해 보였으며 약간 슬픈 표정이었다. 그가 말했다.

"나를 오해하지는 마십시오, 포와로 씨. 당신은 어느 정도 추측하고 있나요? 실제로는 얼마만큼 아는 건가요?"

포와로는 말했다.

"나는 결혼 증서를 갖고 있습니다—옥스퍼드 근처의 한 법률 사무소에서 발급받은 거죠. 물론 마틴 앨리스티에 블런트와 거다 그랜트 부부의 결혼 증서이지요. 프랭크 카터는 12시 25분 직후에 두 남자가 몰리 씨의 진료실을 떠나는 걸 보았습니다. 첫 번째 사람은 뚱뚱한 남자—앰브로이티스였습니다. 두 번째 남자는 물론 당신이었습니다. 프랭크 카터는 당신을 알아보지 못했습니다. 위 층계에서 당신을 보았으니까요."

"그렇게 말씀하시니 당신은 참 공정한 분이군요."

"진료실로 들어간 그는 몰리 씨의 시체를 발견했습니다. 손은 차디찼고 상처 주위에는 마른 피가 묻어 있었습니다. 그것은 곧 몰리 씨가 죽은 지 꽤 시간이 흘렀다는 점을 뜻했습니다. 그러므로 앰브로이티스를 치료했던 치과의사는 몰리 씨가 아니라 몰리 씨의 살인자였음이 분명한 거죠."

"또 다른 건?"

"예, 헬렌 몬트레서가 오늘 오후에 체포되었습니다."

앨리스테어 블런트는 심한 경련을 일으켰다. 하지만, 이내 그는 조용히 앉아 있었다. 그가 말했다.

"그……, 그 일 때문에 모든 게 틀어져 버렸군."

에르큘 포와로가 말했다.

"그렇죠. 당신의 먼 친척인 진짜 헬렌 몬트레서는 7년 전 캐나다에서 죽었습니다. 당신은 그 사실을 숨기고 또 이용했더군요."

앨리스테어 블런트의 입가에 희미하게 미소가 번졌다. 그는 자연스럽고 천진난만한 표정을 지으며 말했다.

"당신도 알고 있겠지만, 거다는 이 모든 것을 재미있어했습니다. 난 당신을 이해시켜 주고 싶습니다. 당신은 정말 현명하신 분이오. 나는 아무에게도 알리지 않고 그녀와 결혼했었습니다. 당시 그녀는 레퍼토리 극장에서 연극배우로 있었습니다. 내 부모님은 엄격하신 분들이었습니다. 그때 난 회사에 다니고 있었지요. 우리는 그 사실을 숨기기로 했습니다. 그녀는 계속 연극을 했습니다. 메이블리 세인즈버리 실도 그 극단에 있었습니다. 그녀는 우리들에 대해 잘 알고 있었지요. 그러다가 그녀는 순회 극단과 함께 외국으로 떠났습니다. 한두 번 인도에서 거다에게 소식이 왔습니다. 그 뒤로는 아무 소식이 없었습니다. 메이블리는 어떤 힌두교도와 사귀고 있었습니다. 늘 그녀는 우둔해서 잘 속는 여자였지요.

레베카와의 만남과 결혼에 대해서 당신을 어떻게 이해시켜야 할지 모르겠군요. 거다는 이해했습니다. 내겐 그 방법을 통해서만 왕과 같은 권위를 가질 수 있었던 거죠. 나는 여왕과 결혼했고, 여왕의 남편—아니, 왕의 역할까지도 할 기회를 얻었던 겁니다. 나는 그 결혼이 귀천상혼(貴賤相婚; 신분이 다른 사람끼리 결혼했을 때 신분이 낮은 쪽의 지위를 그대로 유지하는 풍습)의 기회라는 것을 거다에게 이해시켰습니다. 나는 그녀를 사랑했습니다. 또한, 일들이 너무도 순조롭게 풀려나갔지요. 나는 레베카도 무척 좋아했습니다. 그녀는 금융에 관한 한 천재적인 머리를 갖고 있었으며, 나 또한 그러했습니다. 우리는 함께 훌륭하게 일을 해냈습니다. 정말 재미있었지요. 그녀는 훌륭한 동료였으며, 난 그녀를 행복하게 해주었다고 생각합니다. 그녀가 죽었을 때 나는 몹시 슬펐습니다. 하지만, 이상한 것은 내가 거다와의 비밀스러운 생활에서 오는 쾌감을 즐기게 되었다는 겁니다. 우리는 기발한 방법들을 사용했습니다. 그녀는 선천적인 연극배우였습니다. 그녀는 7~8명의 인물을 거뜬히 연기해 낼 수 있었습니다—엘비트 채프먼 부인도 그중 하나였지요. 그녀는 파리에서 사는 미국인 과부로도 행세했습니다. 그리고 나는 사업상 일로 거기에 가서 그녀를 만났지요. 때로는 그녀는 화가처럼 미술 도구를 챙겨서 노르웨이로 가기도 했습니다. 그러면 나도 낚시를 하러 그곳에 갔지요. 그리고 나중에 난 그녀를 내 사촌으로 사람들에게 소개했습니다. 헬렌 몬트레서로 말입니다. 그것은 우리 둘에게 커다란 재밋거리였고, 내가 생각하기엔 낭만적인 기분을 지속시켜 주었던 것 같습니다. 레베카가 죽은 뒤에 우리는 정식으로 결혼할 생각이었습니다—하지만, 그렇게 하고 싶지가 않았습니다. 왜냐하면, 거다가 내 공적인 삶에 동참하기가 어려울 것 같았고, 또한 과거의 일이 폭로될지도 모른다는 생각이 들었기 때문입니다. 하지만, 내가 생각하기에 우리가 그런 생활을 계속했던 진짜 이유는 그 생활의 비밀스러움을 즐겼기 때문인 것 같습니다. 만일 우리가 공식적인 가정생활을 했었다면 우린 곧 그 생활에 싫증을 느끼고 말았을 테니까요."

블런트는 말을 멈췄다. 그러다가 그는 경직된 목소리로 말을 이었다.

"그런데 그 빌어먹을 바보 같은 여자가 모든 일을 망쳐 놓은 겁니다. 나를 알아보았던 거죠—그렇게 오랜 세월이 지났는데도 말입니다! 게다가, 그녀는 그 사실을 앰브로이티스에게도 말했습니다. 그래서 무슨 조치를 취해야만 했던 거지요! 그리고 그것은 나 자신만을 위한 이기적인 생각에서 나온 것은 아닙니다. 내가 만일 파멸되고 불명예스럽게 된다면, 이 나라, 내 조국도 마찬가지로 충격을 받게 됩니다. 왜냐하면, 나는 그동안 영국을 위해 큰일을 해왔기 때문입니다. 포와로 씨, 나는 영국을 안정되고 탄탄하게 지켜왔습니다. 나는 독재자가 아닙니다. 파시스트도, 공산주의자도 아닙니다. 그렇다고 돈을 원한 것도 아닙니다. 나는 권력을 사랑합니다. 지배하는 것을 좋아합니다. 하지만, 폭정을 원하는 건 아닙니다. 영국은 민주국가입니다—진실로 민주적인 나라죠. 우리는 불평할 수도 있고, 자기가 생각하는 바를 말할 수도 있고, 정치가들에게 냉소를 보낼 수도 있습니다. 우리는 자유롭습니다. 나는 그런 모든 것을 좋아합니다—내 필생의 일이었으니까요. 하지만, 내가 만일 파멸하게 된다면……, 글쎄요, 어떤 일이 일어날지 당신도 잘 아실 겁니다. 나는 필요한 사람이랍니다, 포와로 씨. 그런데 사람을 등쳐먹는 그리스 공갈범 녀석이 내 필생의 일을 망쳐 놓으려 했던 겁니다. 그래서 무슨 조치를 취해야만 했던 거지요.

거다도 그 점을 이해했습니다. 우리는 세인즈버리 실이라는 여인에게는 정말 미안한 마음이 들었습니다—하지만, 어쩔 수 없었습니다. 그녀를 조용하게 만들어야만 했으니까요. 그녀가 입을 다물고 있으리라고는 믿을 수 없었던 거죠. 거다는 그녀를 만나러 갔습니다. 그리고 함께 차를 마시면서 채프먼 부인에게 기부금을 부탁해보라고 말했지요. 그러고는 자기도 채프먼 씨의 아파트에서 살고 있다는 말도 했지요. 메이블리 세인즈버리 실은 추호의 의심도 없이 찾아왔습니다. 그녀는 아무것도 몰랐습니다. 찻잔 속에 극약이 들어 있다는 걸 말입니다—고통은 전혀 주지 않는 약이었죠. 그저 잠들어서 다시는 깨어나지 못하게 만들었던 겁니다. 얼굴을 그렇게 만든 건 나중에 한 일이었습니다. 다소 속이 메스꺼운 일이긴 했지만, 우리는 그렇게 해야만 한다고 판단을 내렸죠. 그렇게 해서 채프먼 부인은 영원히 이 사건에서 퇴장하게 된 겁니다. 나는 내 사촌 헬렌에게 별장을 주어 살게 했습니다. 시간이 좀 지난 뒤 우리는 결혼하기로 했지요. 하지만, 그보다 먼저 앰브로이티스를 제거해야만 했습니다. 그 일도 잘 처리되었습니다. 그는 내가 진짜 의사라고 믿었으니까요. 나는 주사기만으로 그 일을 잘 처리했습니다. 굳이 드릴을 사용하지 않아도 됐지요. 주사하고 난 뒤에는 내가 뭘 한다 해도 몰랐겠지만요. 아마 드릴을 썼어도 난 훌륭히 해냈을 겁니다!"

"권총들은 어떻게 된 건가요?" 포와로가 물었다.

"사실, 그것은 내가 미국에 있을 때, 내 비서로 일하던 사람의 것이었습니다. 그는 외국 어디에선가 그것을 사왔더군요. 하지만, 떠날 때 가져가는 걸 잊었답니다."

잠깐 동안 침묵이 흘렀다. 그러다 앨리스테어 블런트가 물었다.

"더 알고 싶으신 게 있나요, 포와로 씨?"

에르퀼 포와로가 말했다.

"몰리 씨에 대해서는 어떻게 말씀하시겠습니까?"

앨리스테어 블런트는 짤막하게 대답했다.

"나는 몰리 씨에 대해서도 유감스럽게 생각합니다."

에르퀼 포와로가 말했다.

"그래요, 나는……."

잠깐 동안 다시 침묵이 흘렀다. 블런트가 갑자기 말했다.

"저……, 포와로 씨, 이 일은 어떻게 되나요?"

"헬렌 몬트레서는 이미 체포되었습니다." 포와로가 말했다.

"그럼, 이젠 내 차례입니까?"

"그렇습니다, 블런트 씨."

블런트는 부드럽게 말했다.

"하지만 당신도 그런 일이 별로 기분 좋은 건 아니겠죠?"

"그렇습니다, 나는 조금도 기쁘지 않습니다."

앨리스테어 블런트는 말했다.

"나는 세 사람을 죽였습니다. 따라서 교수형에 처할지도 모릅니다. 하지만, 당신은 내 변론을 들으셨습니다."

"정확하게 그게 무엇입니까?"

"나는 믿고 있습니다. 이 나라의 지속적인 평화와 복지를 위해 진실로 내가 필요하다고 말입니다."

에르큘 포와로는 그의 말을 인정하는 듯 말했다.

"그럴지도 모르지요……, 예."

"당신도 내 말에 동의하시는군요, 그렇죠?"

"그렇습니다, 블런트 씨. 내가 생각하기에도 중요한 문제들—건전함, 균형, 안정, 그리고 정직한 거래 등을 당신이 지탱하고 있다고 생각합니다."

앨리스테어 블런트는 조용하게 말했다.

"감사합니다." 그러고는 덧붙여 말했다.

"글쎄요, 그럼 이 일을 어떻게 하실 건가요?"

"당신은 내가……, 이 사건에서 손을 떼었으면 하는 건가요?"

"그렇습니다."

"그러면 선생님의 부인은요?"

"내겐 상당한 연줄이 있습니다. 오인된 신분, 그런 쪽으로 받아들여지게 될 겁니다."

"내가 거절한다면?"

"그렇다면……." 앨리스테어 블런트는 짧게 말했다.

"내가 그 대가를 치러야겠지요."

그는 계속 말했다.

"이건 당신 손에 달렸습니다, 포와로 씨. 당신 좋으실 대로 하십시오. 하지만, 이것만은 말해야겠군요. 그리고 이건 나 자신을 위해서 하는 말이 아닙니다. 나는 세상에서 필요한 사람입니다. 당신은 그 이유를 아십니까? 그건 내가 정직한 사람이기 때문입니다. 그리고 내가 상식적인 인간이기 때문이지요. 또, 마음속에 딴 속셈이 없기 때문입니다."

포와로는 머리를 끄덕였다. 이상하게도 그는 앨리스테어의 모든 말을 믿고 있었다.

그가 말했다.

"그렇습니다, 한편으로는 맞는 말입니다. 당신은 아주 올바르신 분입니다. 당신은 건전한 정신, 올바른 판단력, 조화로운 인격을 갖고 있습니다. 하지만, 다른 측면도 있습니다. 지금은 죽어 버린 세 사람이 있으니까요."

"그렇지요, 하지만 그들을 생각해보십시오! 메이블리 세인즈버리 실(당신도 말했지만), 그 여자는 대단히 멍청한 여자였습니다! 앰브로이티스, 그는 배신자에 공갈범이었습니다!"

"그렇다면 몰리 씨는요?"

"그건 아까도 말했습니다. 나는 몰리 씨에 대해서 정말 미안하게 생각하고 있습니다. 그러나(그는 근면하고 훌륭한 치과의사였습니다만), 세상엔 그 사람 말고도 많은 치과의사들이 있지 않습니까?"

"그래요." 포와로가 말했다.

"치과의사들은 많이 있습니다. 그렇다면, 프랭크 카터에 대해서는 어떻게 생각하시나요? 선생님은 아무런 죄책감 없이 그를 죽도록 내버려두실 생각이었습니까?"

블런트가 말했다.

"나는 그에게는 한 푼어치의 동정도 느끼지 않습니다. 그는 좋지 못한 사람입니다. 게다가 완전한 건달이고요."

포와로는 말했다.

"하지만 인간……."

"그렇습니다. 우리는 모두 인간입니다……."

"그렇죠, 우리는 모두 인간입니다. 바로 그 점을 당신은 잊어버리셨습니다. 그래요, 메이블리 세인즈버리 실은 어리석은 인간이고, 앰브로이티스는 나쁜 인간이며 프랭크 카터는 부랑아이고, 몰리 씨, 몰리 씨는 많은 치과의사 중 단지 한 사람에 불과합니다. 하지만, 블런트 씨, 내 생각은 그렇지 않습니다. 왜냐하면, 내겐 그 네 사람의 생명이 당신의 목숨처럼 똑같이 소중하게 느껴지기 때문입니다."

"당신이 잘못 생각한 겁니다."

"아닙니다, 나는 절대로 잘못 생각하지 않았습니다. 당신은 천성적으로 정직하고 청렴하고 훌륭하신 분입니다. 하지만, 당신은 한 걸음 옆으로 비켜 서 있었습니다—그렇다고 해서 그것이 당신에게 어떤 문제를 가져온 건 아닙니다. 외적으로 당신은 여전히 정직하고 청렴하며 신뢰할만한 분이었죠. 하지만, 당신의 내부에서는 권력욕이 하늘 높은 줄 모르고 자라고 있었던 겁니다. 그래서 네 명의 목숨을 희생시키고도 당신은 그들을 대수롭지 않게 여기는 거지요."

"포와로 씨, 당신은 이 나라의 안전과 행복이 내게 달렸다는 걸 모르시는 모양이군요?"

"당신은 큰 착각을 하고 있습니다, 블런트 씨. 국가가 당신 한 사람에 의해서 좌지우지된다고는 생각지 마십시오. 게다가 나는 자신들의 생명을 보존할 권리를 가진 개인들의 삶에 큰 관심을 두고 있습니다."

그는 일어났다.

"그것이 당신의 대답이로군요." 앨리스테어 블런트가 말했다.

에르큘 포와로는 피곤한 목소리로 말했다.

"그렇습니다. 그것이 바로 내 대답입니다……."

그는 천천히 걸어가 문을 열었다. 두 남자가 방으로 들어왔다.

2

에르큘 포와로는 한 여인이 기다리는 곳으로 내려갔다.

두려움에 질린 얼굴을 한 제인 올리베라가 벽난로에 기대어 서 있었다. 그녀의 옆에는 하워드 레이크스도 있었다.

그녀는 말했다.

"선생님?"

"모든 것이 끝났소." 포와로는 부드럽게 말했다.

레이크스는 볼멘소리로 말했다.

"무슨 말씀입니까?"

"앨리스테어 블런트 씨는 살인죄로 체포되었습니다." 포와로가 말했다.

"나는 그가 당신을 매수하리라고 생각……." 레이크스는 말했다.

제인은 말했다.

"아니에요. 나는 그렇게 생각지 않았어요."

포와로는 한숨을 내쉬고는 말했다.

"당신들 젊은 사람들, 너무 세상모르고 날뛰지 말아요. 세상은 젊은이 것만도 아니고 늙은이의 것만도 아닙니다. 이 세상은 모두의 소유물이오. 이 세계를 자유와 인간의 정이 넘쳐흐르는 곳으로 만드시오. 그것이 내가 부탁하고 싶은 말이오."

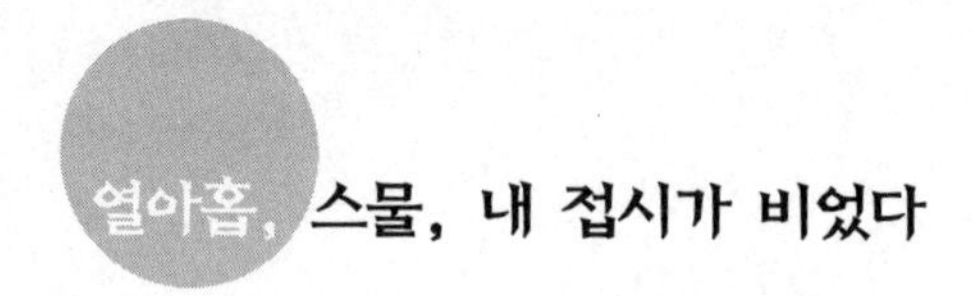

열아홉, 스물, 내 접시가 비었다

에르큘 포와로는 한적한 길을 따라서 집으로 돌아가고 있었다.

그때 반스가 겸손한 태도로 그에게 다가왔다.

"무슨 일이 있었습니까?"

에르큘 포와로는 자신의 어깨를 으쓱해 보이더니 손을 펼쳤다.

반스가 말했다.

"그는 어떤 길을 택했나요?"

"모든 것을 자백했으며, 또한 정당성을 호소하더군요. 이 나라에 자신이 필요하다고 말입니다."

"그건 사실입니다." 반스가 말했다.

잠시 지난 뒤 그는 덧붙여 말했다.

"당신도 그렇게 생각하시나요?"

"맞습니다, 나도 그렇게 생각합니다."

"그렇다면……."

"우리들 생각이 틀릴지도 모릅니다."

"나는 그것에 대해 생각해본 적은 없었습니다만……." 반스가 말했다.

"정말 우리가 틀릴지도 모르겠군요."

그들은 잠깐 동안 함께 거닐었다. 그러다가 반스는 호기심 어린 목소리로 물었다.

"지금 뭘 생각하고 계신가요?"

에르큘 포와로는 성경 구절을 인용하며 대답했다.

"이는 왕이 여호와의 말씀을 버렸으므로 여호와께서 왕을 버려 이스라엘 왕이 되지 못하게 하셨음이니이다(사무엘상 15:26)."

"음, 알았습니다." 반스는 말했다.

"아말렉 사람들을 친 사울. 그렇군요, 문제를 그렇게 생각할 수도 있었겠군요."

그러고 나서 더 걷고 난 뒤에 반스가 말했다.

"난 여기에서 지하철을 탑니다. 안녕히 가십시오, 포와로 씨."

그는 말을 멈췄다. 그러고는 잠시 뒤 어색한 목소리로 말했다.

"당신이 알고 있는지 모르겠지만, 당신에게 얘기할 게 있습니다."

"그래요, 반스 씨?"

"난 당신한테 미안하게 생각하고 있습니다. 하지만, 당신을 헛갈리게 하려고 의도적으로 그랬던 건 아닙니다. 지금 나는 일명 QX912로 불렸던 앨버트 채프먼을 얘기하는 겁니다."

"그래서요?"

"내가 바로 앨버트 채프먼입니다. 그렇기 때문에 내가 이 사건에 흥미를 느꼈던 겁니다. 당신도 아시다시피, 내겐 아내가 없습니다."

그는 웃으며 서둘러 사라져 갔다.

포와로는 꼼짝도 않고 서 있었다. 그가 눈을 뜨자 눈썹이 치켜세워졌다.

그는 혼잣말로 중얼거렸다.

"열아홉, 스물, 내 접시가 비었다……."

그리고 에르큘 포와로는 집으로 돌아갔다.

<끝>

■ 작품 해설 ■

《애국 살인(The Patriotic Murders, 1940)》은 명탐정 에르큘 포와로가 등장하는 장편소설이다. 영국판은 《하나, 둘, 내 구두를 채워라(One, Two, Buckle My Shoe)》로 되어 있는 것은 '하나, 둘, 내 구두를 채워라'로 시작하는 동요를 소설의 주제로 삼고 있기 때문이다.

이 동요는 '열아홉, 스물, 내 접시가 비었다…….'로 끝나는 10행의 동요이므로, 따라서 10장으로 나뉘어 있는 셈이 된다. 크리스티는 동요를 소설에 곧잘 이용하고 있다. 가장 유명한 것은 이 소설보다 1년 전에 쓰인 《그리고 아무도 없었다》에서 볼 수 있다.

《애국 살인》이 좀 색다르게 느껴지는 것은 포와로가 치과의사로부터 치료를 받고 난 뒤 사무실에 돌아와 있는데, 런던경시청의 재프 경감이 치과의사의 의심스러운 자살을 포와로에게 알려온 데서 사건이 시작되기 때문이다.

치과의사의 자살은 범인이 위장한 것으로 판단되었기 때문에 포와로 자신도 혐의자의 한 사람이 되므로 그야말로 포와로는 이 사건에 말려들게 되는 것이다.

치과의사 몰리는 누이와 함께 살고 있으며, 진료실에는 네빌 양이 비서 일을 맡고 있다. 그날 아침 네빌 양은 숙모가 죽었다는 전보를 받고 출근하지 않았는데, 그 전보가 거짓말이어서 서둘러 출근해보니 의사가 자살한 뒤였다. 몰리에게는 자살할 개인적인 이유가 없었다.

그렇다면 누가 몰리를 죽였을까? 몰리는 알코올 중독자인 레일리와 동업을 하고 있다. 그날 몰리의 환자와 레일리의 환자의 명단이 밝혀진다. 그리고 그들의 배경이 조사되고 몇몇 유력한 혐의자가 수사 선상에 오르기는 하지만, 사건은 대단히 복잡하게 얽혀 있다. 그러나 동요가 끝나는 마지막 장에서는 포와로의 명쾌한 해답이 나온다.